HEYNE <

Das Buch

Im Herbst 1886 finden sich drei Rothschild-Brüder und ihre Schwester in einem Palais in Paris zusammen. Hier wird das Testament verlesen, in dem ihre verstorbene Mutter festgelegt hat, wer was erbt, vom Jagdschloss über das Weingut bis zum Silberbesteck. Das Zeremoniell findet in Gegenwart des Porträts statt, das Ingres vor vierzig Jahren von ihrer Mutter gemalt hat und das Betty Rothschild als 40-Jährige zeigt. Was niemand ahnt: Bettys Geist, ihr Wesen, ihre Beobachtungskraft sind in das farbenprächtige Porträt übergegangen. Die Baronin ist tot, aber als Bild lebt sie weiter, hört und sieht alles, was rund um sie geschieht. Aus der Perspektive des Porträts wird die spannende Geschichte einer ungewöhnlichen Frau und zugleich einer Familien-Dynastie erzählt.

Gut anderthalb Jahrhunderte ziehen vorbei, in einer Art imaginärer, jedoch keineswegs erfundener Memoiren, denn der Autor macht aus seiner stolzen Heldin eine Geschichtszeugin … *Der Spiegel*

Der Autor

Pierre Assouline wurde 1953 in Casablanca geboren und lebt heute in Paris. Er war Chefredakteur der Kulturzeitschrift ›Lire‹, schrieb viel beachtete Biographien und Essays und arbeitet gegenwärtig für ›Le monde‹. Für seinen Roman *Lutetias Geheimnisse* erhielt er den *Prix de la Maison de la Presse*. Sein nachfolgender Roman *Das Bildnis der Baronin* war in Frankreich wochenlang auf der Bestsellerliste.

Lieferbare Titel

Lutetias Geheimnisse

Pierre Assouline

Das Bildnis der Baronin

Roman

Aus dem Französischen von
Maja Ueberle-Pfaff

WILHELM HEYNE VERLAG
MÜNCHEN

Die Originalausgabe LE PORTRAIT erschien bei
Gallimard, Paris

Der Originaltext wurde für die deutsche Ausgabe
geringfügig überarbeitet und ergänzt.

FSC www.fsc.org
MIX
Papier aus verantwortungsvollen Quellen
FSC® C014496

Verlagsgruppe Random House FSC-DEU-0100
Das für dieses Buch verwendete FSC®-zertifizierte Papier
München Super liefert Arctic Paper Mochenwangen GmbH.

Vollständige deutsche Taschenbuchausgabe 11/2011

Printed in Germany 2011
Umschlaggestaltung: Eisele Grafik-Design, München unter der
Verwendung eines Fotos von © akg-images
Druck und Bindung: GGP Media GmbH, Pößneck
ISBN: 978-3-453-40903-3

www.heyne.de

Für die drei Grazien:
Angela, Meryl und Kate

Die Nachkommen von James und Betty Rothschild

Rotschild
James (1792–1868)
1824 ∞
Betty (1805–1886)
Rothschild

- Charlotte (1825–1899) *1842* ∞ Nathaniel (1812–1870)
  - Nathalie (1843–1843)
  - James Edouard (1844–1881)
  - Mayer Albert (1846–1850)
  - Arthur (1851–1903)
- Alphonse (1827–1905) *1857* ∞ Leonora (1837–1911)
  - Bettina (1858–1892) *1876* ∞ Salomon Albert (1844–1911)
  - René (1861–1861)
  - Beatrice (1864–1934) *1883* ∞ Maurice Ephrussi (1849–1916)
  - Édouard (1868–1949) *1905* ∞ Germaine Halphen (1884–1975)
- Gustave (1829–1911) *1859* ∞ CécileAnspach (1840–1912)
  - Octave (1860–1860)
  - Zoë Lucie (1863–1916) *1882* ∞ Baron Léon Lambert (1851–1919)
  - Aline (1867–1909) *1887* ∞ Sir Edward A. Sassoon (1855–1912)
  - Bertha Juliette (1870–1936) *1892* ∞ Baron Emmanuel Leonino (1864–1936)
  - André (1874–1877)

- Alphonse (1906–1911)
- Guy (1909–2007) *1937* ∞ ① Alix Schey v. Koromla (1911–1982) *1957* ∞ ② Marie-Helene, Contesse de Nicolay (geb. van Zuylen de Nyevelt) (1927–1996)
  - ① David (*1942) *1974* ∞ Olimpia Aldobrandini (*1955)
  - ② Édouard (*1957) *1981* ∞ ① Mathilde Abdy (*1952) *1991* ∞ ② Arielle Marie Malard (*1963)
- Jacqueline (*1911) *1930* ∞ ① Robert Calmann-Lévy (1899–1982) *1937* ∞ ② Gregor Piatigorsky (1903–1976)
- Bethsabée (1914–1999) *1948* ∞ Donald Bloomingdale (1913–1954)

- Robert (1880–1946)
  1907 ∞
  Nelly Beer
  (1886–1947)
  - Diane (1907–1996)
    1932 ∞ ①
    Anatole Muhlstein
    (1889–1957)
    1952 ∞ ②
    Joseph Benvenuti
    (1898–1967)
  - Alain (1910–1982)
    1938 ∞
    Mary Chauvin du Treuil
    (*1916)
    - Béatrice (*1939)
      1962 ∞ ①
      Armand de la Baumelle
      (1929–1964)
      1981 ∞ ②
      Pierre Rosenberg
      (*1936)
    - Eric (*1940)
      1983 ∞
      Maria-Béatrice
      Caracciolo di Forino
      (*1955)
    - Robert (*1947)
      1999 ∞
      Debra Cohen (*1959)
  - Cécile (1913–1995)
  - Élie (1917–2007)
    1942 ∞
    Liliane Fould-Springer
    (*1916)
    - Nathaniel (*1946)
      1975 ∞
      Nili Limon (*1951)
    - Nelly (*1947)
      1975 ∞
      Adam Munthe (*1946)
    - Gustava (*1952)
      1970 ∞
      Marc Leland (*1938)
- Salomon James
  (1835–1864)
  1862 ∞
  Adèle (1843–1922)
  - Hélène (1863–1947)
    1887 ∞
    Baron Etienne
    van Zuylen de Nyevelt
    (1860–1934)
- Edmond
  (1845–1934)
  1877 ∞
  Adelheid
  (1853–1935)
  - James (1878–1957)
    1913 ∞
    Dorothy Pinto
    (1895–1988)
  - Maurice (1881–1957)
    1909 ∞
    Noémie Halphen
    (1888–1968)
    - Edmond (1926–1997)
      1958 ∞ ①
      Lina Blanc (*1927)
      1963 ∞ ②
      Nadine Lhôpitalier
      (*1932)
      - Benjamin (*1963)
        1999 ∞
        Ariane Langner (*1965)
  - Miriam (1884–1965)
    1910 ∞
    Albert v. Goldschmidt
    (1879–1941)

Sie waren längst gestorben
Und wussten es selber kaum.

HEINRICH HEINE, BUCH DER LIEDER

Nichts tröstet, weil nichts ein Leben ersetzen kann. Selbst erzwungene Abschiede werden als Verlassenwerden erlebt. Dennoch quälen mich keine Schuldgefühle im Augenblick meines Todes. Trotz des Aufruhrs um mich herum bin ich friedlich und heiter gestimmt. Hinter den mühsam unterdrückten Tränen und dem immer noch zu lauten Geflüster erahne ich die tiefe Niedergeschlagenheit meiner Kinder und das stumme Unglück ihrer Kinder. Sie waren der einzige Grund für das letzte Aufflackern meiner Besorgnis. Die Zeit kann mir nun nichts mehr anhaben, weder mit ihrem Dahinplätschern noch mit ihren Erschütterungen. Ich bin sozusagen auf die einfachste Form zurückgeführt worden – bereit, mich vor meiner Nachkommenschaft mit Schmetterlingsflügeln zu präsentieren.

Vor wenigen Stunden erst haben sich meine Seele und mein Körper getrennt, um sich danach dort wiederzufinden, wo niemand sie suchen wird. Mittlerweile befinde ich mich in aller Erhabenheit an der Wand des großen Salons in unserem Haus in der Rue Laffitte 19 in Paris, in dem

Portrait der Baronin Betty de Rothschild, gemalt von dem großen Ingres. Ich werde bald bei meinem Sohn Alphonse in der Rue Saint-Florentin leben, an der Ecke der Place de la Concorde, danach im Schloss Ferrières, und später wird man mich für einige Jahre in die Verbannung nach Neuschwanstein schicken, auf eine Reise, der andere folgen werden, freudige und freiwillige in die schönsten Museen der Welt, bis meine Tage wieder einen friedlicheren Verlauf nehmen, auf der Île de la Cité, im Hôtel Lambert.

Vielleicht entwickeln Seelen, die von Natur aus der Nostalgie zuneigen, eine besondere Fähigkeit zum Erinnern. In der Tat genügten an jedem der Orte, an denen ich verweilte, ein Detail oder eine Farbe, eine Silhouette oder ein Blick, ein Wort oder ein Duft, um die Vergangenheit heraufzubeschwören, um mir eine Geheimtür zu öffnen, die es mir erlaubte, wieder einmal durch das ungewisse und unerklärliche Wirken der Erinnerung in mein Innerstes einzutauchen. Ich liebe an der Gegenwart das geheime Band, das sie mit der Vergangenheit verbindet, und die Sanftheit, mit der sie uns in die verborgensten Winkel unseres Lebens zurückführt. Man empfängt, man feiert, man gibt weiter: Wenn darin der Sinn eines Lebens besteht, so bleibt danach nichts anderes mehr, als still fortzugehen.

Jean-Auguste-Dominique Ingres hat mich zwischen 1844 und 1848 gemalt, aber ich lebe eigentlich erst seit diesem Vormittag in dem Portrait, seit diesem ersten Septembertag des Jahres 1886, dem Tag meines Todes. Diese Frau, die mich abbildet, und ich, wir werden künftig eins sein, für immer lebendig, solange die Meinen für uns sorgen und uns vor den Barbaren schützen können. Durch ein Paradox, das diese eigenartige Situation hervorgebracht hat, stehe ich gleichzeitig außerhalb der Welt und im Mittelpunkt des Lebens dieser Familie.

Ich bin das Portrait.

I

Rue Laffitte

Ich habe keinen Wert darauf gelegt, dem Tod mit offenen Augen zu begegnen. Und selbst wenn, so hätte ich ihn wahrscheinlich nicht erkannt. In meinen letzten Lebensjahren wusste ich, dass mir bis zum Ende meines Weges nur noch wenig Zeit bleiben würde, und war von der Furcht besessen, das Augenlicht zu verlieren. Trotz einer Operation am grauen Star quälte mich die Aussicht, mein Sèvres nicht mehr sehen zu können, dieses grüne Porzellanservice, das François Boucher Stück für Stück als Unikat gestaltet hatte. Das hätte mich der Welt endgültiger entrissen als der verheerendste Wundbrand.

Im Grunde genommen bin ich gegangen, wie ich es mir erhofft hatte, in der Stille unseres Château de Boulogne, umgeben von der Zuneigung der Menschen, die mir nahestehen. Seit gut einem Jahr hatten mich Gichtanfälle geplagt. Heftige Schmerzen in der Brust verboten es mir, ausgestreckt zu liegen, aber ich wünschte mir eine diskrete, unauffällige und stille Agonie hinter den Ripsvorhängen meines Krankenlagers. Man muss bis zum Letzten auf seinen Stand achten und einen Hauch von Ironie wahren.

Die Tage verbrachte ich in einem großen Lehnsessel, die Nächte auf einer Chaiselongue. Nach und nach zog ich mich immer mehr zurück, um meine verbleibenden Kräfte für meine Familie und einen Kreis alter, bewährter Freunde zu schonen. Nicht die Welt floh ich, sondern den Lärm der Gesellschaft. In jedem Leben kommt ein Augenblick, in dem man sich ohne Bedauern von allem Unnützen befreit.

Ich hatte mein Zimmer in der ersten Etage seit einigen Wochen nicht mehr verlassen. In den letzten vierzehn Tagen besuchte mich jeden Tag der Oberrabbiner. Hinter dem großen Fenster zeichnete sich in der Ferne der Hügel von Saint-Cloud ab. Es war halb sechs, als meine Tochter und meine Schwiegertochter mir die Augen schlossen.

Die Schriftsteller sprechen gern über männliche Gebeine, doch niemals über die der Frau; dabei handelt es sich genauso um ein Skelett, das von seiner bereits erschlafften Hülle umgeben ist. Mademoiselle Blum sorgte umsichtig für meine Begräbnistoilette, wie sie unserem Ritus entsprach: ein mit Spitzen besetztes Batisthemd, zwei Schürzen aus weißem Tuch, eine um den Rücken, eine um die Vorderseite des Körpers gebunden, eine weiße Kordel um die Taille, ein Busentuch aus Spitze auf der Brust, ein schwarz-weißer Schal um die Schultern, ein weißes Spitzenhäubchen auf dem Kopf. Meinen Kindern kam die Aufgabe zu, mir weiße Leinenschuhe über die Füße zu streifen. Dann bahrte man mich auf einem Eisenbett auf. Neben mir wurde ein Licht entzündet, das ein Jahr lang brennen sollte.

Um die sechzig Bedienstete defilierten an mir vorüber, um Abschied zu nehmen. Die Bestattung wurde auf elf Uhr dreißig am übernächsten Tag angesetzt.

Man glaubt immer, man habe noch genügend Zeit vor sich, wenn man sich daran erinnert, wie viel schon hinter einem liegt. Ich fühle mich alterslos, im Vollbesitz meiner Kräfte. Doch wenn die Knie den Dienst versagen und der Lärm der Welt nur noch gedämpft an die Ohren dringt, muss man sich zurückziehen oder zumindest die Vornehmheit besitzen, nicht auf Gesellschaft zu insistieren; dabei sollten wir uns jedoch nicht einbilden, alles habe sich gegen uns verschworen und wolle uns schaden. Das Schlimmste ist mir bereits zugestoßen, nun wird mich nichts mehr wirklich treffen können.

Ich habe meinen Sohn Salomon verloren; er war erst neunundzwanzig Jahre alt und ich neunundfünfzig. Das war 1864. An jenem Tag habe ich zum ersten Mal ermessen können, in welcher Tiefe der Tod sich seine Beute suchen kann. Der Schmerz über den Verlust meines zweitjüngsten Sohnes hat das Gewebe meines Lebens zerrissen. Trost gewährt allein die Zeit.

Die Brüder Goncourt kolportierten damals, die Anforderungen und Tücken der Börsenspekulation hätten ihn aus dem Leben gerissen. Welch ein Unsinn! Es ist wahr, Salomon hatte zwei Jahre zuvor so viel Geld an der Börse verloren, dass mein Mann ihn nach Frankfurt in die Buchhaltung und schließlich nach Amerika entsandte, um seinen Blick auf das Wirtschaftliche zu schärfen. Aber sein früher Tod hatte damit nichts zu tun. Er war am Sonntag auf einem besonders wilden Pferd geritten, hatte sich verausgabt und war mitten in der Nacht in Schweiß gebadet erwacht. Gerade, als er wieder zu Kräften zu kommen schien, nach drei Tagen, streckte ihn ein neuerlicher Anfall nieder, er spuckte Blut, und die Ärzte verloren alle Hoffnung.

Doch in Wahrheit hat mich mein Sohn nie verlassen, denn die Unsichtbaren spielen eine große Rolle in unserem Leben.

Und gibt es letztlich ein größeres Privileg, als so sterben zu können, wie man es sich wünscht, wohl geordnet und vor bösen Überraschungen geschützt? Mir war dieses Privileg vergönnt. Nicht, dass das letzte Jahr frei von Leid gewesen wäre, aber das war bedeutungslos im Vergleich zu meinem innigsten Wunsch: Ich wollte, dass meine Kinder, wenn ich die Welt verließ, sicher sein konnten, fortan Segen und Schutz aus dem Jenseits zu erhalten.

Auf sechs Konsoltischen sind zu beiden Seiten der Galerie Kondolenzlisten ausgelegt worden. Zu Hunderten stellen sich die Menschen an, nachdem sie über die Freitreppe heraufgekommen sind. Offenbar reichen die Schlangen der Wartenden bis in die Rue Laffitte. Der Salon links im Erdgeschoss dient als Aufbahrungshalle. Der Hof ist schwarz von Menschen. Die Dankbarkeit der Schuldner führt zu einem Andrang, wie man ihn seit unserem letzten Ball nicht mehr erlebt hat, aber sie lassen sich nicht abhalten. Die Nutznießer meiner Wohltätigkeit heben sich deutlich aus der Menge heraus – da sind die Schützlinge der Barmherzigen Schwestern von Lagny und der Geschäftsführer des *Univers Israélite*, die Flutopfer aus Belgien und die Wöchnerinnen aus dem Jerusalem-Stift, die Armen von Vincennes und die polnischen Waisen, nicht zu vergessen all die tapferen Namenlosen, deren Ehemänner regelmäßig zu Beginn des Monats schon die Probleme haben, die gewöhnlich das Monatsende mit sich bringt. Ich muss gestehen, dass das Schauspiel ihres unerwarteten Zusammentreffens mich entzückt. So viele andere noch, denen ich nur unter der Bedingung half, dass niemand je davon erfuhr, allenfalls die Betroffenen selbst. Wer gibt, um dabei gesehen zu werden, verliert jeglichen moralischen Nutzen seines Handelns.

Die Todesanzeigen werden den männlichen Besuchern überbracht, die den Hauptteil des Trauerzugs bilden. Sie kehren gerade vom Friedhof zurück, die ersten Gespräche erreichen mich bereits. Eine große Menschenmenge hat sich versammelt, Tausende sind herbeigeströmt. Der traurige Anlass wurde feierlich, aber auch standesgemäß begangen. Die von zwei Pferden gezogene Kutsche trug nicht unsere Familienwappen, sondern lediglich ein R. Sie erreichte den Père Lachaise über die großen Boulevards, die Place de la République, den Boulevard Voltaire und die Rue de la Roquette. Der Pfarrer von Notre Dame de Lorette folgte dem Trauerzug bis zum Portal des Friedhofs. Die Kinder aus unseren Waisenhäusern aus der Rue Picpus, Mädchen und Jungen in Uniform, standen Spalier zu beiden Seiten des Leichenwagens, der meinem Wunsch gemäß nur sehr diskret geschmückt war.

Sieben Gespanne mit brennenden Laternen, die mit Trauerflor verhängt waren, folgten in einiger Entfernung, dahinter zehn Trauerkutschen. Domestiken, Kammerdiener und Feldpiqueure in dunkler Livrée schritten hinter meinem Eichensarg, der mit weißem Samt bedeckt und mit silbernen Griffen verziert war. Nur meine Kinder wussten, dass ich angeordnet hatte, die teuren Briefe meiner Mutter in einem Ebenholzkästchen neben mich zu legen, nachdem die meines Mannes und meines Bruders verbrannt worden waren.

Vidal, der treue Kammerdiener meiner neunzehn letzten Lebensjahre, ging an der Spitze, unmittelbar gefolgt von den Jagdaufsehern unseres Schlosses Ferrières. Dann meine Familie: meine vier Kinder, Charlottes Sohn Arthur und meine anderen Enkel. Dahinter endlich eine große Anzahl mir nahestehender Personen und Schaulustiger, die auf viertausend geschätzt wurde. In vorderster Reihe erkannte man Victorien Sardou und Ludovic Halévy, Jules Claretie und den Baron Reille, den Grafen de Camondo und die Cahen d'Anvers, dann die Bischoffsheims und eine Reihe Minister ohne Posten, Gesandte, die ihrer Posten enthoben waren, dazu Akademiemitglieder, deren Schwerter über das Pflaster der Alleen schleiften. Der durch sein Exil verhinderte Graf von Paris ließ sich von dem Marquis de Beauvoir und dem Vicomte de Chevilly vertreten. Angestellte der Familie beschlossen den Zug.

Mich erwarteten die religiösen Häupter der Großen Synagoge in der Rue de la Victoire, die Leiter der Zeremonie, der Kantor und der Oberrabbiner in ihren Betgewändern, umgeben von der Kantorei. Es wurden keine Reden gehalten, die hatte ich mir verbeten, zu oft habe ich sie früher aus dem Mund berühmter Geistlicher hören müssen, die sich dann häufig als denkbar ungeeignet für die Würdigung des Verstorbenen erwiesen hatten; nichts wird je an die edle Tragik von *Oraison funèbre de Madame* heranreichen wird, die große Grabrede, die der Bischof Jaques Bossuet 1670 auf den Tod von Henriette Anna Stuart hielt. Seine wichtigtuerischen Nachahmer sollte man nicht noch eigens ermutigen. Über mein Leben soll niemand seine Phrasen dreschen.

Zadoc Kahn, der Oberrabbiner von Paris, mochte trotz

allem auf eine kleine Ansprache nicht verzichten, die den alleinigen Zweck hatte, das Fehlen von Reden zu bedauern; der Mensch ändert sich nicht, auch wenn er in ständigem Kontakt mit der jenseitigen Welt steht. Keine Blumen und Kränze, ich hatte meinen Wunsch unmissverständlich geäußert. Menschen, die mit unserer Religion nicht vertraut sind, zeigen sich manchmal verwundert darüber, aber so etwas ist nicht üblich, zumindest nicht in unserer Familie. Gleich neben unserer Gruft ruht eine brillante Phädra, die Tragödin Mademoiselle Rachel, die einst in meinem Salon verkehrte.

Es waren erst wenige Stunden vergangen. Als ich den Rückkehrern zuhörte, erlebte ich meine Beisetzung mit, als sei ich zugegen gewesen. Alles war so verlaufen, wie ich es mir gewünscht oder besser, wie ich es in den zweiseitigen Anweisungen festgelegt hatte, die meinem Testament in einem großen blauen Umschlag beigefügt waren. Man kann nie präzise genug sein. Bis zum Schluss muss man sich seiner gesellschaftlichen Stellung würdig erweisen.

Die Damen kehren soeben von der Trauerfeier zurück, die Prozession zum Friedhof ist ihnen erspart geblieben; schon schicken sie sich an, ihre Karte, die sie links unter dem Namen geknickt haben, hier abzugeben, um unserer Familie mitzuteilen, dass sie ihr Beileid auszusprechen wünschen, wie es die Etikette und unsere jüdische Tradition innerhalb einer Frist von sieben Tagen verlangen.

Die Synagoge bietet jenen Komfort, der auf dem Friedhof Père Lachaise fehlt. Zwischen den schwarzen, mit silbernen Borten verzierten Wandbehängen haben diese Damen die großen protestantischen Bankiers erkannt, die Hottinguer und die Vernes, die so eng mit unserer Familie verbunden sind, wie es nur Minderheiten untereinander sein können. Sie haben das Haupt bedeckt wie alle anderen (niemand hat es in diesem kleinen Kreis vergessen: Beim Tod der Marquise befanden sich mein Mann und Guizot, der Jude und der Protestant, unter den vielen, die im Hôtel de Castellane ihren Kondolenzbesuch abstatteten, aber man nahm ihre Abwesenheit in der Madeleine-Kirche sehr wohl zur Kenntnis).

Der Oberrabbiner, der sich ganz zu Hause fühlte, hob zu seiner Rede an: »… Madame Rothschild erfüllte die Rolle, wie sie die Geschichte für die jüdische Frau vorsieht. Sie war Gemahlin und Mutter. Sie hat das Schöne geliebt und bewahrt, sie hat die Armen genährt … Man hat sie eine der großen Jüdinnen der Neuzeit genannt …« Eben das hatte ich vermeiden wollen. Zu Beginn der achtziger Jahre hat Dentu *Les grandes Juives* herausgegeben, ein schmales Bändchen zur Erbauung junger Mädchen, in dem mich Alexandre Weill gleich zu Anfang erwähnte, neben Gracia Nassi, Rebecca, Esther und Miriam, der Mutter der Makkabäer, Jeann d'Arc, der schönen Marie Nunez und Doña Sol Hatschwell; von diesem Gedichtband waren 200 Exemplare gedruckt worden, mehr als genug, aber er war mir gewidmet, und als er mir überreicht wurde, erfuhr ich, wie es ist, geehrt zu werden – eine sonderbare Empfindung. Offenbar soll mich dieses lächerliche Etikett der »großen Jüdin« auf immer und ewig verfolgen… Dann sprach man Gebete auf Hebräisch und Französisch, und den Kaddisch mit seinem reinen, inbrünstigen Klang, der, was die meisten nicht wissen, in erster Linie dem Ruhme Gottes und erst in zweiter Linie der Totenklage dient und der zu wesentlichen Teilen in aramäischer Sprache abgefasst ist.

Hat nicht jeder schon einmal davon geträumt, an seiner eigenen Beerdigung teilzunehmen? Die Anwesenden zählen, die Bemerkungen belauschen, erfahren, wer es ehrlich meint. Da ich bei meiner Bestattung natürlich nicht anwesend sein konnte, beginnt das Vergnügen an meinem Dasein als lebendes Bild mit den Kondolenzbesuchen. Es ist vornehm, sich an gewissen Orten zu zeigen, und zu diesen gehört zweifellos ein mit schwarzem Trauerflor verhängtes Palais.

Für die Welt unsichtbar zu sein, zu hören, was diejenigen sagen oder nicht sagen, die uns für immer erloschen glauben, sie zu betrachten, ist ein noch intensiverer Genuss als vogelgleich über den Himmel zu fliegen. Seltsam, dass die Schriftsteller nicht häufiger auf den Gedanken gekommen sind, ein Meisterwerk sprechen zu lassen, wenn man bedenkt, was man im langen Leben eines Meisterwerks alles zu hören bekommt. Manche Literaten haben sich an Derartigem versucht, die Gräfin von Ségur beispielsweise und E.T.A. Hoffmann mit dem Kater Murr, Pierre Chaine mit den Erinnerungen einer Ratte und Louise d'Aulnay mit denen einer Puppe. Warum nicht auch ein Gemälde? Schließlich hatte M. de Crébillon den Einfall, einen seiner Helden aus einem Sofa sprechen zu lassen, Fougeret de Monbron tat dasselbe mit einem feuerfarbenen Canapé und Voisenon mit einer Badewanne. Man weiß, dass nur die Literatur die Wahrheit spricht. Die Übersiedlung einer Seele in ein Kunstwerk dürfte eigentlich kein Erstaunen mehr auslösen, und wenn es das doch tut, so mangelt es unserer Zeit an Phantasie. Hat der Romancier nicht alle Rechte, und ist nicht der Roman der Ort der absoluten geistigen Freiheit? Nur die Mechaniker der Literatur werden darin eine bloße Technik sehen. Die anderen, die ihr Ohr an mein Bild legen, fühlen vielleicht, wie mein Herz schlägt.

Von meiner Wand aus betrachtet, entfaltet die menschliche Komödie einen ganz neuen Reiz.

Den Mann, der sich jetzt vor mich stellt, mich lange reglos fixiert und dann weitergeht, habe ich noch nie gesehen. Sein Schweigen macht mehr Eindruck als seine Worte. Was will er hier? Ein Emporkömmling aus der Finanzwelt wahrscheinlich. Er besitzt den Dünkel des hochfahrenden Parisers, aber sein Auftreten passt eher zu einem Warenhausverkäufer, der abknöpfbare Kragen feilbietet. Der nächste Besucher, der ihn in der Betrachtung meines Portraits ablöst, ist sein genaues Gegenteil. Edle Züge, reinrassig, distinguiert, ein Herr im rauchgrauen Gehrock. Es scheint, als würde er nur von seiner Kleidung zusammengehalten; eine luftige Grazie, eine Zartheit in Gestik, Zuvorkommenheit und Wortwahl gehen von diesem Menschen aus, ohne dass dies seiner Männlichkeit Abbruch täte. Es mag wahr sein, dass sich die Lebensart nicht mit der Einsamkeit verträgt und dass man nur dann auf sich achtet, wenn man gewärtig sein muss, jeden Augenblick einem anderen zu begegnen. Dieser Mann gehört gewiss zu den Menschen, die sich zum Essen umkleiden, auch wenn sie allein speisen.

Auf ihn folgen ein Vater und seine Tochter, die wenig Aufhebens um mich machen. Einer dieser schönen Herren mit hellen Augen und einem Backenbart, von denen man auf den ersten Blick sagen kann, dass er einmal eine schöne Leiche abgeben wird, vielleicht weil sein Gesicht den Adel des Todes schon vorausahnen lässt; sie ein kleines Persönchen mit Porzellanhaut und einem sehr hübschen Halsansatz, das für sein Alter zu klug daherredet und das, wie man ahnt, nie eine rechte Kindheit hatte. Sie suchen die Bibliothek, in der sie beim heiligen Augustinus etwas zu finden hoffen, sei es Verzweiflung, sei es Trost. Heißt es nicht, es sei immer gut, sich für etwas zu öffnen, das größer ist als man selbst? Ich für mein Teil misstraue diesen allzu erhabenen Worten, die das Denken einschläfern. Aber was ich von ihrer Konversation hörte, als sie sich aus meinem kleinen Salon entfernten, hat mich amüsiert. Sie sprachen von meinem ältesten Sohn Alphonse. Ich hätte angenommen, sie würden mit bewundernden Worten den großen Bankier in ihm loben oder den Präsidenten des Pariser Consistoire oder, noch besser, den ersten Juden, der vor dreißig Jahren zum Direktor der Banque de France ernannt wurde, aber nein: »Er hat das Beste von beiden Seiten geerbt, die Vitalität vom Vater und die Sprachbegabung von seiner Mutter.« Ist es das, was man von mir in Erinnerung behalten wird?

Warum auch nicht – obwohl meine angebliche Begabung für Sprachen kein besonderes Talent darstellt, sondern schlicht und einfach die Frucht einer Erziehung ist, die ich genossen und weitergegeben habe. In meiner Kindheit in der Judengasse in Frankfurt am Main- und später in der Schäfergasse außerhalb des Ghettos – war das Jiddische die Alltagssprache. Meine Mutter beherrschte es vollendet, dazu sprach sie Deutsch und Französisch und schrieb in diesen Sprachen auch regelmäßig Briefe. Doch auch hebräische Gebetsbücher konnte sie lesen. Sie ließ mich diese Sprachen lernen und zudem noch das Englische, das sie selbst nicht beherrschte. Darüber hinaus lernte ich Singen, Klavierspielen und Malen. Doch in einer gewissen Gesellschaft muss man sich nicht nur in fünf Sprachen ausdrücken, sondern ebenfalls in fünf Sprachen schweigen können. Auch darin wurde ich unterrichtet.

Einige der Frauen haben sich die Mühe gemacht, selbst hierherzukommen. Die glatten, weder gekräuselten noch ondulierten Haare haben sie unter dem Schleier versteckt, und sie tragen nur Gagatschmuck; nun, wenigstens könnten sie mir eine Statue errichten für all das Böse, das ich ihnen nicht angetan habe, obwohl es mir ein Leichtes gewesen wäre. Nie habe ich so klar wie heute erkannt, dass in ihren Augen alles, was nicht vornehm ist, gewöhnlich sein muss. Nicht nur die Mauern ihrer Häuser sind von den Verwüstungen der Zeit gezeichnet. Vor allem die mit dem zerknitterten Gesicht mir gegenüber, die nicht weiß, dass ich sie mustere; aufrecht und stolz sitzt sie auf ihrem Stuhl wie ein Strauß, der sein Geheimnis hinunterwürgt. Ihr Name wird mir gleich wieder einfallen; vorläufig höre ich zu, wie sie ihre Familie in den Himmel hebt, als sei sie gerade vom ersten Kreuzzug zurückgekehrt, und muss feststellen, dass ihr Vorwitz sich seit unserem letzten Diner vor sieben oder acht Jahren beträchtlich abgeschliffen hat. Nichts ist verdächtiger als Leute, die bei jeder Gelegenheit die glorreiche Vergangenheit ihrer Vorfahren beschwören. Gewöhnlich muss man nicht lange an der Oberfläche kratzen, bis man herausfindet, dass die Mutter kurz vor der Hochzeit zum römisch-katholischen Glauben konvertiert ist. Wie bedauernswert, wenn man es für opportun hält, das Familienwappen als Mitgift einzusetzen, oder sich die Aussteuer mit einem Wappen verzieren zu lassen. Die einen wie die anderen verraten das Andenken ihrer Vorfahren.

Sie kommen aus den drei Orten, die in Paris zählen: dem

Faubourg Saint-Germain, dem Faubourg Saint-Honoré und dem Viertel Chaussée d'Antin. Der erste ist die Heimat des alten Adels, der zweite beherbergt die liberale und fremdländische Aristokratie, der dritte die Künstler und die Großfinanziers. Dem einen das Prestige, dem anderen die Macht, wobei man stillschweigend übereingekommen ist, dass der Höhepunkt erst dann erreicht ist, wenn der Name des Viertels nicht mehr einen Ort im Stadtgebiet bezeichnet, sondern einen Geisteszustand – dieser Leistung kann sich einzig der Faubourg Saint-Germain rühmen. Eine Zeitlang wurden die berühmtesten Salons nicht von Französinnen geführt, sondern von Ausländerinnen wie der Gräfin Apponyi, Lady Granville und mir, auf neutralem Terrain gewissermaßen, zumal wir jene drei Viertel repräsentierten.

Die Damen verlieren sich in endlosen Debatten um die Breite der schwarzen Borte. Diese Sorge um das Protokoll ist eine süße Tyrannei; je tragischer die Umstände sind, desto inbrünstiger unterwerfen wir uns ihr. Sie beschäftigt uns so sehr, dass wir vorübergehend die Trauer vergessen. Wer weiß, ob das nicht ihre wichtigste Aufgabe ist. Man könnte es glauben, wenn man sieht, wie geschickt manche Frauen mit ihren Visitenkarten hantieren.

Die dunkel gekleideten Besucherinnen platziert man links und rechts von meinem Bildnis, das die schwache Beleuchtung, welche meine Kinder angeordnet haben, in ein gespenstisches Halbdunkel taucht. Sie halten sich absichtlich etwas abseits, ein Stück entfernt von den Tag und Nacht betenden Gelehrten und Rabbinern am großen Tisch, auf dem Bücher liegen, von denen ein Geruch der Ewigkeit ausgeht. Kaum sitzen die Damen vor meiner Nase, schnauft die eine geräuschvoll und trocknet sich die Stirn, als habe die Litanei der Psalmisten gerade eine mystische Krise bei ihr ausgelöst; die anderen lassen ihre Blicke nach oben ins unerreichbare Dunkel schweifen in der törichten Hoffnung, das Licht von draußen möge durch die Wipfel der Bäume hindurch bis zur Zimmerdecke einsickern. Und nun widmen sie sich jenem Zeitvertreib, aus dem sie eine Lebenskunst gemacht und den sie in den Rang der schönen Künste erhoben haben: die Konversation. Diese kreist jetzt um die Beerdigung meines Mannes vor achtzehn Jahren.

»Es heißt, dass bei der Beisetzung des großen Barons James Rothschild vor achtzehn Jahren in der Menge der sechstausend Gaffer, die den Trauerzug bestaunten, ein weinender Mann auftauchte, der besonders niedergeschmettert wirkte; sein Körper schien an jenem Tag unter den Schmerzen zu schrumpfen wie altes Chagrinleder; als sein mitfühlender Nachbar ihn fragte, ob er zur Familie gehöre, wissen Sie, was dieser Mensch ihm zwischen zwei Schluchzern geantwortet hat? ›Eben nicht!‹«

»Wie überaus amüsant! Exquisit, diese Anekdote!«

Amüsant, wahrhaftig, höchst amüsant… Es ist mir ein Rätsel, warum man heutzutage dieses Adjektiv so unmäßig beansprucht. Man wirft damit um sich. Zudem hat diese Episode, wenn auch natürlich versteckt, nur das eine Ziel: Die Familie Rothschild mit Geld in Verbindung zu bringen. Immerfort und immer wieder das Geld. Man kann ihm nicht entgehen, auch wenn eines Tages das Vermögen der Familie im Verhältnis zu ihrer Macht abnehmen sollte. Aber nichts und niemandem wird es gelingen, uns die Schuld dafür zu geben, dass wir reich geboren und noch reicher geworden sind. Dennoch habe ich meinen Kindern eingeschärft, was ich von meinen Eltern gelernt habe: »Wenn man besitzt, sollte man um Vergebung bitten.« Der Name Rothschild hat auf diesem Wege bis ans Ende der Zeiten eine legendäre Färbung bekommen, von der ihn niemand mehr wird trennen können. Da dies so ist, kann man sich ebenso gut daran gewöhnen, mit einem Lächeln natürlich. Wenn uns die Dinge über den Kopf wachsen, tun wir, als hätten wir es so gewollt, hat schon Chateaubriand gesagt, und er war oft genug ein guter Ratgeber.

Man serviert ihnen den Tee. Beim Reden verdrehen sie die Augen. Es genügt, dass eine Frau den Mund öffnet, schon zieht eine andere eine Grimasse, und nicht etwa, weil die erste schlecht aus dem Mund riecht. Ich spreche, folglich werde ich beurteilt. Sie schmeicheln mir, vor allem seit ich nicht mehr bin, aber täuschen wir uns nicht: An einem anderen Ort und unter anderen Umständen würde manch eine bei den Worten »geborene Rothschild« so gekonnt die Nase rümpfen, dass alle Welt nur »geborgte Rothschild« verstünde.

»Stellen Sie sich vor, unser Freund Théophile Gautier, der Betty ganz besonders verehrte, hat so viele Angehörige verloren, dass er sich von Särgen erstickt fühlte wie ein alter Friedhof.«

»Ah, Sie langweilen uns mit Ihren Memoiren aus der Gruft.«

»Wir sollten unser Gelächter aber doch ein wenig dämpfen! Vergessen wir nicht, wo wir uns befinden und weshalb.«

Der Esprit der höheren Stände kennt keine Atempause, obwohl er sich schmeichelt, nie andere zu verleumden, in Verruf zu bringen, ihnen zu schaden – im Gegensatz zur Welt der

Neureichen, die sich so gerne vom Geld verführen lässt. Lange schon hat der Faubourg Saint-Germain seine heimliche Devise des »Nie zu viel« vergessen. Die Herzogin von Angoulême schwatzt drauflos wie ein Kürassier. Der Sarkasmus ist allgegenwärtig, er schleicht sich sogar ins Trauerhaus ein. Nichts wird respektiert, was andererseits gar nicht so verwerflich ist. Das Leben fordert seine Rechte, und wer weiß, ob ich selbst in einer solchen Situation eine große Gefühlsbewegung aufgebracht hätte. Alles ist besser als der heuchlerische Chor der Klageweiber mit ihren Blicken, die von altem Schmerz wie von einer Patina überzogen sind. Wenigstens zerstreuen mich diese Damen. Ich erinnere mich, eine von ihnen gesehen zu haben, wie sie einmal ihr Hündchen ihrer Tochter zeigte und diese aufforderte: »Sag deinem Bruder guten Tag!« Diese Dame ist gut in Form, ein Beweis, dass Bosheit jung erhält. Man hätte Bedenken, ihr die Maske vom Gesicht zu reißen, aus Furcht, dass sich nichts darunter verbirgt.

»Ihr größtes Glück wäre es gewesen, wenn man sie in einem ebenso selbstverständlichen Ton ›Baronin Betty‹ genannt hätte wie man ›Prinzessin Mathilde‹ sagt; als habe es immer nur eine gegeben und als sei es ungebührlich, zu präzisieren, um wen es sich handelt.«

»Sie haben schon vergessen, dass sie verheiratet war. Und hat man sie übrigens nicht ›Baronin James‹ genannt? Sie hat sogar hin und wieder ihre Billets mit ›Baronin‹ unterschrieben, das kann ich bezeugen.«

»Sie hat sich in Paris sehr schnell und dauerhaft bekannt gemacht, obwohl sie nicht einmal Französin war…«

»Und auch keine Deutsche, kann ich Ihnen versichern«, fährt die Energischste in der kleinen Gruppe fort, bevor sie dann doch der Zweifel überfällt. Österreicherin vielleicht, da ihr Gatte Konsul des Kaisers in Wien war. Ein leichter Akzent bei ihrer Ankunft in Paris, das Französische war wohl nicht ihre Muttersprache, aber das gab sich schnell. Und Briefe haben schließlich keinen Akzent, nicht wahr?

»Ihre Kinder und Enkel sind Franzosen, aber Betty hatte tatsächlich nie einen offiziellen Status. In dieser Hinsicht war sie wahrscheinlich eine Ausnahme in ihrer Familie. Was sie nicht daran gehindert hat, sich ganz und gar als französische Israelitin zu fühlen, denken Sie nur an ihren Patriotismus im Jahre 1870.«

An der auffälligen Art, wie sie das »S« in Israelitin zischte, erriet man, was sie von diesen hielt, ohne dass auch nur ein Zucken ihrer Mundwinkel ihre Gesinnung preisgegeben hätte; doch wenn sie nur eine von ihnen hätte behalten dürfen, so wäre ich es gewesen, *ihre* Jüdin, davon bin ich überzeugt.

»Ich weiß es noch wie heute. Sie hat sich geweigert, Paris zu verlassen. Man erzählt sich, sie habe einmal ihr Gespann eigenhändig nach Hause gelenkt, während der Pöbel nebenherlief …«

»Sie haben sie nicht im Triumph davongeschleppt?«, erkundigte sich die Gräfin von V. mit der Schärfe, für die sie bekannt war.

»Nein, aber um ein Haar. Die Leute hielten sie mitten im Bois de Boulogne an und schimpften über ihr Benehmen: Wie konnte sie spazieren fahren, während so viele Männer und Frauen vor Hunger starben! Und als die Stimmen lauter wurden und die Leute nahe daran waren, die Kutsche umzustürzen, geriet Betty in helle Empörung, wenn ich das so sagen darf, und schleuderte ihnen entgegen: ›Nehmt sie euch, wenn ihr wollt, aber hört auf, mich zu belehren. Ich bin eine ebenso gute Patriotin wie ihr, mein Haus ist ein Militärlazarett, und ich habe drei Söhne bei der Armee, die unser Land gegen Bismarck verteidigen.‹ Ein Triumph!«

»Tadellos in allen Lagen, unsere Betty. Es war immerhin ihr Verdienst, dass das Haus Rothschild in Frankreich eine so einzigartige gesellschaftliche Stellung einnimmt. Alle Welt rühmt ihre elegante Korrespondenz und den Esprit, der in ihrem Salon herrschte. Und zu Recht, zu Recht! Ich wäre die Letzte, dies zu leugnen, obgleich sie, wenn sich der Anlass ergab, gerne einmal ins – wie sagt man – Jiddische verfiel, was im Grunde eine Art Deutsch ist …«

In diesem Augenblick nähert sich Monsieur Jodkowitz, mein Prokurist für wohltätige Gaben, der schon eine Weile das Gespräch belauscht hat, stellt seine Teetasse auf die Untertasse, die er in der Hand hält, und wirft den Damen schon fast im Gehen die Worte hin:

»Die Großzügigkeit der Baronin dürfte ihr doch gewiss ein lebenslanges Bleiberecht einbringen, das wäre wohl das Mindeste, nicht wahr, meine Damen?«

Aufgrund seines Tonfalls ist augenblicklich jede von ihnen überzeugt, dass die andere von meinen Gaben profitiert hat. Gepriesen sei Monsieur Jodkowitz, der so gezielt die giftige Saat des Zweifels unter den Klatschbasen von Laffitte gesät hat. Er allein kennt die Anzahl der Personen – die mir oft unbekannt waren und sich nicht in der Gesellschaft bewegten –, die ich mit ein oder zwei Schecks unterstützte, da ihr Brief so wohl formuliert war oder so aufrichtig eine Notlage schilderte. Wogegen diese Damen …

Ihre hohe Abkunft hindert sie nicht, am Klatsch der niederträchtigsten Art teilzunehmen, auch wenn sie ihre Gemeinheiten mit allen Künsten der Konversation verzieren. Die besonders Überspannten unter ihnen rechtfertigen sich vor sich selbst für ihre Exzesse, indem sie sich einreden, sie lebten intensiv; die Diskreteren bieten das kuriose Schauspiel einer Anhäufung von Rätseln, die gar kein richtiges Geheimnis bergen. Ihr Leben ist so ereignislos, dass die winzigste Kleinigkeit tausendundein Echo auslöst. Dennoch haben sie einen lebhaften und offenen Geist, was ich bezeugen kann, da ich häufig gesellschaftlich mit ihnen verkehrte, wenn ich auch nicht mit ihnen befreundet war. Sie wissen, dass sie ihrer Rolle stets gerecht werden müssen. Aber im Grunde kommen sie ständig auf die Höhen und Tiefen der Liebe oder die banalen Aufregungen des Alltags zurück.

Wie können sie immer noch daran zweifeln, dass ich eine Französin bin, zumindest was Herz und Geist betrifft, wobei das »zumindest« nichts Einschränkendes haben soll? Wenn ich dieses Gefühl datieren müsste, was mir natürlich sehr schwer fiele, so würde ich das Jahr 1828 nennen. Damals, vier Jahre nach unserer Eheschließung, erwarben James und ich das kostspieligste und wichtigste Stück Land seit seiner Niederlassung in Paris: eine Konzession auf dem Friedhof Père Lachaise, die es uns erlaubte, eine Familiengruft zu errichten, in der unsere Familie in den kommenden Jahrhunderten beigesetzt werden kann. Unsere eigenen Plätze waren selbstredend ganz unten vorgesehen, Seite an Seite. Rechts und links der Kapelle sollten sechs Tafeln aus weißem Marmor angebracht werden, auf denen hebräische Sprüche mit ihrer französischen Übersetzung stehen würden. Man kann das Wohnhaus wechseln, es verkaufen oder zerstören – die Grabstätte wechseln kann man nicht. So verwurzelt man sich in einem Stück Erde.

Ich komme aus einem Ort, an den ich niemals zurückkehren würde. Nicht, dass er von der Landkarte gelöscht wäre, aber für mich existiert er nicht mehr. Frankreich war unsere Wahl. Ich bin so Französin, wie die Griechen sich als Griechen fühlten: nicht, weil sie eine gemeinsame Herkunft besaßen, sondern weil ihre Kultur sie verband. Ich liebe die französische Sprache, wie selten eine Ausländerin sie geliebt hat; ich liebe sie wegen ihrer Zartheit und ihres außergewöhnlichen historischen Reichtums. Aber sie lässt sich nicht leicht bewohnen; es dauert eine gewisse Zeit, bis sie es einem Fremden erlaubt, sich in ihr niederzulassen.

Man muss den Dingen Zeit lassen, sich langsam in uns einzuschreiben.

Man kann der Seele unserer Familie von Generation zu Generation folgen; das lege ich meinen Neffen und Nichten aller Familienzweige unablässig ans Herz, die von den Ratschlägen ihrer »Tante Betty« nie genug bekommen können. Die wahre Meisterschaft besteht in der Ausdauer. Die Rothschilds haben sich von Anfang an mit einer Entschlossenheit, die mehr als einem Genealogen die Sprache verschlagen hat, der Ausdauer verschrieben.

Mayer Amschel, der um das Jahr 1760 in Hannover in der Bank der Oppenheimers lernte, hatte Prinzipien. Eine Lebensregel. Und eine Vision. Nur deswegen hat er es geschafft, sich aus dem Ghetto in Frankfurt emporzuarbeiten, in dem dreitausend Juden wie eingesperrt lebten, dicht an dicht, mit hohen Sondersteuern belegt. Dabei war er mit dreizehn

Waise geworden, weil seine Eltern 1755/56 von den Pocken dahingerafft wurden. Mayer Amschel, der erste Rothschild, gab sämtlichen Söhnen seinen eigenen Vornamen als Zweitnamen, um ihnen das Prinzip der Geschlechterfolge einzuprägen. Die Familie steht über dem Einzelnen: Sie ist übergeordnet. Das Erstaunlichste ist, dass es ihm gelang, seinen Nachkommen diese Werte zu vermitteln. Ein Erbe, der dieses Namens würdig ist, wird immer darauf bedacht sein, sein Vermächtnis in Ehren zu halten, und versuchen, es nicht zu verraten, während ein Abkömmling sich damit begnügt nachzufolgen, ohne dass es ihm ein Anliegen ist, das Erreichte auszubauen; er gibt sich damit zufrieden, die Früchte zu ernten, sei es in Zahlen oder in Symbolen, ganz wie das Leben spielt. Dies gilt sowohl für ererbte Werte wie für ererbte Kunstwerke: Um sie wahrhaft zu besitzen, muss man sie sich zu eigen machen.

Mögen die Meinen ihr Leben lang Erben von Mayer Amschel bleiben, der die bemerkenswerte Fähigkeit besaß, in jeder Hinsicht unternehmerisch zu denken. Der Marquis d'Havrincourt drückte dies einmal in einem Brief an den Erzbischof von Arras hübsch aus: »In Frankreich erbt man das, was die Väter waren, heute nur noch, wenn man selbst etwas hinzufügt.« Wenn man bedenkt, dass er das 1865 geschrieben hat, sofern mich mein Gedächtnis nicht trügt … Er hatte nur ein mageres halbes Jahrhundert Vorsprung. Mit sich selbst die Zeitrechnung beginnen – welche Eitelkeit! Aber mit der Familie beginnen – ist das nicht die größte Eitelkeit? Die Kunst besteht darin, sich in diesem unsicheren Gleichgewicht zu bewegen, das man die goldene Mitte nennt, aber dort Haltung zu bewahren. Dann kann man immer erklären, dass ein wahrer Gentleman ein Mann ist, der eine Zuckerzange benutzt, selbst wenn er allein am Tisch sitzt.

Ein seltsames Gefühl überkommt mich, da ich in zwei Welten geboren bin – in der, die geht, und in der, die kommt. Die Sehnsucht nach dem verlorenen Paradies ist eine merkwürdige Sucht. Was kann ich dazu, wenn die Erinnerung mich anrührt? Ich stamme aus einer Zeit, in der die Manieren sich noch nicht Benimmregeln nannten. Ich habe mein Jahrhundert gewissermaßen durchmessen, dieses Jahrhundert, das Madame Hanska »töricht« nennt; die Geschichte mag ihr recht geben oder nicht, was tut das zur Sache. Es zählt allein der fatale Augenblick, in dem Frankreich gestürzt ist; aus meiner Sicht war dieser Augenblick die Revolution. Sie war der Anfang der Bedrängnis, der Unannehmlichkeiten, des Niedergangs.

Die achttägige Trauer ist vorüber. Das Hauspersonal entfernt die Tücher, mit denen man die Spiegel verhängt hatte, die zu schwer zum Abnehmen waren. Zwei meiner geliebten Söhne, Alphonse und Gustave, setzen sich vor mich in den Salon. Der Ältere hält ein Dossier in der Hand.

»Wir haben noch Zeit, die Inschrift zu bestellen und den Steinmetz zu beauftragen, aber da du mir die Frage gestellt hast, sage ich dir, was bisher entschieden wurde. Auf dem Père Lachaise liegt Mama neben unserem Vater im unteren Teil der Kapelle rechts, durch ein Fenster von ihm getrennt. Hier der Text, den wir vorbereitet haben …«

Ist es ein Übermaß an Gefühlen, das meinen lieben Alphonse stocken lässt? Er bewegt die Lippen, aber es kommen keine Worte hervor, und er lässt den Kopf hängen, während

Gustave ihm die Hand auf den Arm legt. Ihre Schwester Charlotte, die sich zu ihnen gesellt hat, ergreift das Blatt mit Entschlossenheit und liest mit kräftiger Stimme vor:

»Zum Gedenken an die zärtlichste aller Mütter. Baronin Betty de Rothschild, entschlafen in Boulogne-Billancourt am 1. September 1886 im Alter von einundachtzig Jahren. Ihre Herzensgüte war nicht weniger bemerkenswert als ihr sprühender Geist. Sie zeigte sich den Prüfungen des Lebens stets gewachsen durch die Festigkeit der Seele, die ein tiefer Glaube vermittelt. Durch den Adel ihrer Empfindungen, durch die Erhabenheit ihres Denkens war sie der Glanz der Familie, der Schutzengel der Armen. Unzählig waren ihre Wohltaten, die durch ihre Großzügigkeit noch verdoppelt wurden. Ihr Andenken, das vielen teuer ist, wird von ihren Kindern wie ein Heiligtum bewahrt.«

Charlotte lässt das Blatt sinken und murmelt ein leises »Amen«, das von ihren Brüdern sogleich aufgenommen wird. Dann Schweigen. Aber ein Schweigen, das diesem Haus auf einmal eine unerwartete Leichtigkeit gibt – diesem Haus, das endlich befreit ist von dem ununterbrochenen Kommen und Gehen der Besucher. Ein Haus, das so viel gesehen und erlebt hat, ein Haus, das der Vater und die Mutter, die es beseelten, nun für immer verlassen haben.

Neben der juristischen Frist ließen sie auch eine Anstandsfrist bis zur Eröffnung meines Testaments verstreichen. Darin ist alles genau niedergelegt, bis zum kleinsten Löffelchen. Ich habe alles bedacht, damit keine Streitigkeiten entstehen. Alles, auch die Verschickung des Portraits meines lieben Mannes nach Schloss Lafite bei Bordeaux, das er 1868 erwarb, weil er ahnte, dass die Nachfrage nach exzellentem Rotwein steigen würde. Auch die Wiedereröffnung meiner Räumlichkeiten in Schloss Ferrières und in Boulogne nach dem Ende des Trauerjahres, auch die Vergrößerung der Büroräume in der Bank nach Ablauf derselben Frist. Man soll nicht sagen, dass ich meinen Kindern Streit hinterlassen habe.

Der Notar hatte die Freundlichkeit, sich in die Rue Laffitte zu begeben, um die Kinder davon in Kenntnis zu setzen. Alphonse, von nun an das unumstrittene Familienoberhaupt – obwohl ich kaum glaube, dass einer meiner Söhne je das Format besitzen wird, das James' Nachfolger haben sollte – äußerte den Wunsch, dass die Zeremonie vor meinem Portrait stattfinden solle. Gewissermaßen in meiner Gegenwart. Das verschlossene Dokument, das ein Siegel aus schwarzem Lack mit unserem Wappen trägt, wird umständlich eröffnet, und dieser Vorgang hat etwas von einem Ritual an sich, genau wie damals vor zwei Jahren in einem Salon im ersten Obergeschoss in Gegenwart von sechs Zeugen, die wir ganz einfach unter den Ingenieuren und Abteilungsleitern der österreichischen Eisenbahngesellschaft suchten, die einst mein Mann erwarb. Ein echtes Ritual erkennt man, wie alle Welt weiß, an seiner Feierlichkeit.

Es wird keine unangenehmen Überraschungen geben. Meine Kinder wissen, was sie erwartet. Sie wurden darüber erst von ihrem Vater, dann von mir unterrichtet. Das ist das Mindeste in einer großen Familie, in der alles gemeinsam entschieden wird. Denn unser eigentlicher Reichtum besteht nicht in unserem ausgedehnten Grundbesitz oder in der Sammlung, die eines Renaissancemäzens würdig wäre, sondern in etwas viel weniger Spektakulärem: einem Prinzip, das aus alter Zeit überliefert wurde, einem Prinzip von einer solchen Strenge und Unnachgiebigkeit, dass es nicht schriftlich vor dem Notar niedergelegt werden muss, damit man es respektiert.

Seit über dreißig Minuten verliest Maître Corrard das detaillierte Inventar der Schlösser, Villen, Ländereien, Juwelen, Möbel, Konten und Wertpapiere, und schon hält Charlotte es nicht mehr aus. Sie steht auf, läuft nervös hin und her und zeigt die ganze Zeit mit dem ausgestreckten Arm auf mich.

»All diese Geschichten von Aktivmasse und Passivmasse und der Wiedereinrichtung der Erbschaftssteuer, ausgerechnet hier, wo Mama immer noch dabei ist …«

Einer ihrer Brüder redet ihr gut zu und führt sie in den Kreis zurück, während der Notar zum Kapitel der Legate kommt und die Tatsache unterstreicht, dass ich bei meinen Söhnen die aufwändige Lebensweise berücksichtigt habe, zu der sie in der Geschäftswelt verpflichtet sind, und dass die zwei Millionen Francs, die ich jedem meiner Enkel hinterlasse, erst bei ihrer Verheiratung ausgezahlt werden und nur unter Vorbehalt …

»Dies ist in Artikel 8 näher dargelegt«, erklärt Maître Corrard, wie ich ihn gebeten habe. Sollte es Gott gefallen, dass eines meiner Enkelkinder eine Ehe eingeht, die dem Willen seiner Eltern zuwiderläuft, wird es seines Legats verlustig gehen, und dieses wird den Legaten seiner Brüder und Schwestern zugeschlagen. Ich hege vollstes Vertrauen, dass meine geliebten Kinder dieser vorsorglichen Verfügung zustimmen und in ihr, so wie ich, einen Akt der Gerechtigkeit sehen werden. Zudem gestattet das Vertrauen, das die Unparteilichkeit meiner mütterlichen Liebe ihnen einflößen sollte, mir die Hoffnung, dass sich in ihren Herzen niemals auch nur der geringste Zweifel an der Billigkeit meiner Verfügungen im Allgemeinen und dieser im Besonderen regen wird.«

Dann erinnert der Notar sie daran, dass ich, damit meine Urenkel in unserem Schlösschen in Boulogne einmal ebenso glückliche Tage verleben können wie ihre Eltern, eine vorläufige Summe von 30.000 Francs pro Jahr für die Instandhaltung des Parks zur Verfügung stelle für den Fall, dass der Ort vorübergehend unbewohnt sein sollte. Danach fährt er mit der Auflistung der anderen Legate fort:

»... 6.000 Francs für den Oberrabbiner Zadoc Kahn, 300 für Père Roullier, Pfarrer von Ferrières, 50.000 Francs für die Jugendfürsorge ..., den Verantwortlichen meines Waisenhauses ..., eine Leibrente von 3.000 meinem treuen Vidal sowie das Mobiliar seiner Kammer und 20.000 Francs ... Meinen Freunden wünsche ich ebenfalls Verschiedenes zu hinterlassen: 5.000 Francs für Lady Cadogan, 12.000 Francs für Monsieur de Veyran, 6.000 Francs für die Baronin de Beyens und ebenso viel für die Gräfin von Kisselef ..., ein Erinnerungsstück aus Silber für den Baron de Weisweiller, der unserer Familie und insbesondere mir eng verbunden ist, ebenso an Ignaz Bauer, der meinem seligen Mann sehr nahe stand, für Horace Landau, den ich unter unseren Freunden auszeichnen möchte, Doktor Meyer in Dankbarkeit für seine Pflege, 2.000 Francs für Monsieur Veyran, meinen Vorleser ..., 5.000 Francs meinem Prokuristen Monsieur Jodkowitz ..., einen Diamanten im Wert von 6.000 Francs für Alfred Mayrargues für seine Anhänglichkeit an meine Person und die Erziehung, die er meinem Sohn Edmond angedeihen ließ, einen Diamanten im Wert von 10.000 Francs für meinen alten Freund Bignani, ein Stück Silberzeug an Émile Strauss im Gedenken an meinen Mann, ein Frühstücksservice altes Sèvres mit Vogeldekor für Madame Ettling zur Erinnerung an unsere Gespräche in Cannes. Ich bitte meine teure Freundin, die Gräfin von Redorte, in Erinnerung an unsere bewährte und zärtliche Freundschaft und das angenehme Verhältnis, das über Jahre hinweg unserem Leben Anmut verlieh, einen Smaragdring, das letzte Freundschaftspfand unserer lieben und schmerzlich vermissten Freundin Delphine, entgegenzunehmen, deren Andenken uns so kostbar ist … Eine kleine, diamantenbesetzte Halskette mit einem Perlengehänge für meine Freundin Marion Coleman in Angedenken an ihre teure Schwester Aggy, die meine beste Freundin war … Das Pastellbild von Quentin de La Tour, das im Salon in der ersten Etage hängt, für Eugène Lami als Dank für seine innige Zuneigung und seine künstlerischen Arbeiten …«

Das Mienenspiel der Zuhörer wechselt, während der Notar mit seiner etwas dünnen, aber doch von gerichtserprobter Kraft beseelten Stimme vorliest. Ich betrachte meine Kinder, lauere gespannt auf eine gehobene Augenbraue, auf ein Zeichen von Ungeduld. Sie hören schon nicht mehr, was Maître Corrard ihnen über meine Wünsche, meine Pferde betreffend, vorliest: Diese Tiere sind treue alte Diener, und ich nicht will, dass sie in schlechte Hände geraten. Daher habe ich meinen Söhnen verboten, sie zu verkaufen, und verlange, dass man sie stattdessen nach Tafarette bei Schloss Ferrières bringt.

Jeder reagiert auf das, was ihn persönlich berührt, wird bewegt von seinen ganz persönlichen Erinnerungen, deren einzige Mitwisserin ich war; hin und wieder zucken jedoch alle gleichzeitig zusammen und wechseln komplizenhafte Blicke, wenn ein Indiz für meine zärtlichen Gefühle oder ein Freundschaftsbeweis gegenüber dem einen oder anderen Mann zur Sprache kommt. Es ist nicht nötig, dies auszusprechen, sie verstehen einander auch so. Ich habe geliebt, und ich wurde geliebt, so könnte man es ausdrücken. Wir haben nie über meine Liebschaften gesprochen. Auch nicht über diese eine große, mich völlig überwältigende, obwohl alle maßgeblichen Leute in Paris darüber im Bilde waren. Wie sollten wir auch darüber sprechen? Doch ich wusste, dass sie wussten. Wir haben uns ohne viele Worte verstanden, obwohl sie damals, als ich mein Herz verlor, noch so jung waren. Solche Leidenschaften dürfen ruhig bekannt sein, sofern sie unausgesprochen bleiben. Jedes Wort wäre ein Wort zu viel und würde alles verderben. Solange einer von uns lebt, müssen die Herzensangelegenheiten im Geheimnis des Familienromans eingesperrt bleiben, andernfalls würden die Autoritätsbeziehungen und das liebevolle Verhältnis, das uns verbindet, Schaden nehmen. Es ist nicht die beste Lösung, aber es ist vorläufig die am wenigsten schädliche. Ich weiß nicht, wie es in einem oder zwei Jahrhunderten aussehen wird, aber unsere Nachkommen werden sich mit diesem kleinen Häufchen Familiengeheimnisse zu arrangieren wissen. Und gibt es denn viele Familien, in denen man nicht eine verborgene Peinlichkeit findet, wenn man tief genug gräbt? Ein Gerücht gibt sein Gift langsam ab; eines Tages würde es sie doch erreichen und unweigerlich die Tatsachen nicht nur enthüllen, sondern sie auch entstellen.

Vorläufig sehe ich sie darüber lächeln.

»Es gibt hier noch etwas, aber dazu ist meine Anwesenheit

nicht mehr erforderlich«, verkündet der Notar und schwenkt einen kleinen Umschlag. Als Alphonse ihn mit dem Selbstbewusstsein des Familienoberhauptes, das sich schon ganz in seiner neuen Rolle eingerichtet hat, ergreifen will, zieht der Notar ihn zurück:

»Verzeihen Sie, aber ich glaube, dass dies eher Ihre Schwester betrifft, wenn ich mich am Wortlaut orientiere: »Für meine innig geliebte Charlotte und meine teuren Söhne.«

Alphonse begleitet ihn, während die drei anderen Kinder gemeinsam sitzen bleiben, als würden sie beim Auseinandergehen zum ersten Mal unwiderruflich ein elternloses Leben beginnen müssen. Ich sage »die Kinder«, obwohl meine Söhne neunundfünfzig, siebenundfünfzig und einundvierzig Jahre alt sind.

Gewiss war es für sie nicht immer leicht, im übergroßen Schatten meines Mannes Konturen zu gewinnen. Wie dies häufig in großen Familien zu beobachten ist, gelang dies am ehesten noch dem Erstgeborenen. Alphonse besuchte das Collège Bourbon und wurde auf sein Bakkalaureat von einem späteren Mitglied der Académie Française vorbereitet, in die unser Sohn übrigens später selbst aufgenommen wurde. 1855 wurde er in den Rat der Direktoren der Banque de France gewählt. Nie ließ er sich von den ernsten Geschäften der Bank dauerhaft ablenken: weder von seiner Begeisterung für die Kunst – er hat dem Museum von Paris bestimmt 600 Kunstwerke verschafft – noch von seinen Briefmarkensammlungen oder seiner Lust am Spiel.

Wie Alphonse begann auch Gustave mit 19 Jahren, erste Geschäftsbriefe zu schreiben. Je nach Adressat in tadellosem Französisch, Englisch oder Deutsch. Die Privatlehrer, die wir sorgsam ausgesucht hatten, leisteten offenbar gute Arbeit. Gustave hat die Genügsamkeit und den Fleiß der ersten Rothschilds aus der Frankfurter Judengasse geerbt. Als Direktor der Nordbahn kümmerte er sich später vor allem um unsere Eisenbahninteressen.

Edmond, der Jüngste, überraschte uns alle mit seinem nicht nur befriedigend, sondern großartig bestandenen Bakkcalaureat. Zur Belohnung schickte James ihn auf eine Ägyptenreise, woraus ein beständiges Interesse an dieser fernen Kultur erwachsen ist. Ich hörte ihn neulich noch mit einem Gelehrten lebhaft über die Entstehung der Pyramiden debattieren. Als 1871 die Unruhen aufflammten und die Kommune von Paris die wohl größte Bedrohung unseres Besitzstandes und eine bis dahin unbekannte Gewalt in den Straßen entfesselte, war auf das Einvernehmen meiner Söhne Verlass. Übrigens sicherte Alphonse in jenen Jahren durch ein Bankenkonsortium die Reparationszahlungen des französischen Staates an Deutschland ab.

Wer könnte beschreiben, welche Gefühle eine Mutter bewegen, die sieht, wie ihre drei Söhne einen Kreis um die Schwester bilden, als wollten sie sie vor einer unsichtbaren Gefahr schützen? Ich möchte nicht, dass Charlotte sich in ihrem Schmerz verschließt. Offensichtlich gerührt von dieser unerwarteten Neuigkeit setzt sie sich, während meine drei Söhne neben ihr stehen bleiben.

»Mein letztes Lebewohl«, liest sie mit zittriger Stimme die Schrift auf dem Umschlag. Sie zögert, ihn zu öffnen, streichelt ihn einen Moment und zieht dann langsam, als könne eine zu brüske Bewegung den kostbaren Inhalt zerstören, den Brief hervor.

»Wenn ihr diese Zeilen lest, meine geliebten Kinder, die euch die letzten Regungen meines Herzens und die letzten Empfindungen meiner mütterlichen Zärtlichkeit überbringen …«

Ich verlasse die Welt mit heiterem Gemüt, dem Willen Gottes unterworfen, und lobe ihre Verbundenheit mit der Religion unserer Väter, wobei ich den brennenden Wunsch äußere, meine Kinder mögen ihre eigenen Kinder auf den rechten Weg lenken, damit keines von ihnen unseren Namen mit der Schande der Abtrünnigkeit beflecken möge; ich will glauben, dass sie vereint bleiben und die wöchentliche Zusammenkunft aller um den Tisch des Familienoberhaupts als Tradition bewahren; ich möchte weiterhin gerne, dass meine Söhne nie vergessen, den klugen Rat ihrer Schwester einzuholen, die in entscheidenden Momenten ein so sicheres Urteil hat. Dies wollte ich ihnen noch sagen, den vieren, und ihnen allein, mit einer, wie ich hoffe, festen Schrift, auf weißen, schwarz umrandeten Blättern, die ich aus meinem Witwenstand aufbewahrt habe.

»Und das?«, fragt Alphonse, indem er auf einen noch kleineren Umschlag deutet, der ohne die Angabe eines Empfängers mit unserem Wappen versehen ist.

»Ich werde ihn aufbewahren«, murmelt Charlotte, kurz nachdem sie ihn wieder geschlossen hat.

Ich habe eine Haarlocke hineingelegt. Meine Tochter ist die Letzte, die sie gestreichelt hat. In ihren Armen bin ich gestorben.

Dieses letzte Andenken von mir wird ihr genügen. Eine Locke und ein Portrait. Das Geld ist nicht das Maß aller Dinge. Auch wenn man es unweigerlich mit unserem Namen in Verbindung bringt, was man bei anderen wohlhabenden Familien nie tun würde. Bei ihnen hat man über Generationen hinweg das Geld mit keinem Wort erwähnt. Hätte ich über mein Tun und Lassen Buch geführt und für meine Familie und einige andere Menschen meine Erinnerungen niedergeschrieben, hätte dieses Andenken geringes Gewicht gehabt. Im Gegensatz zu anderen Frauen meines Standes, die sich mit ihrem, wie sie meinen, vergeudeten Leben ausgiebig beschäftigen, hatte ich nicht das Bedürfnis, ihm Form und Schönheit zu geben, um es zu rechtfertigen. Keine Belehrungen, wie sie einst Anne de Bourbon ihrer Tochter hinterließ. Nur diese Zeilen und eine Haarlocke.

Vor fünf Jahren verlor Charlotte ihren ältesten Sohn, nachdem bereits ein anderer Sohn und eine Tochter im Kindesalter gestorben waren. Seither ist sie mir in meinem ewigen Schmerz um Salomon näher gerückt. Charlottes Sohn war erst 37 Jahre alt, hatte im Französisch-Preussischen Krieg in der Garde Mobile gedient. Leider war er von kränklich Natur und neigte zur Schwermut, was ihn schließlich dazu trieb, seinem Leben ein Ende zu setzen. Seither habe ich Charlotte nie mehr wie früher lächeln sehen. Von meinen Kindern ist sie wohl das begabteste. Das Raunen über die elegante Diktion ihrer englisch geschriebenen Briefe hat mich immer mit Stolz erfüllt. In ihren Tagebüchern bevorzugt sie das Deutsche als Sprache der Empfindsamkeit. Wie schön sie aussieht, hat Ary Schaffer, unser guter Freund, mit seinem Gemälde, das meine Tochter in schwarzem Kleid zeigt, für immer überliefert. Charlotte versteht sich ausgezeichnet mit Malern wie Édouard Manet und Henri Rousseau, und selbst so schwierige Charaktere wie die Komponisten Camille Saint-Saëns oder Georges Bizet suchen ihre Freundschaft. Schwerlich konnte mir entgehen, dass ihre Ehe mit ihrem Cousin Nathaniel von manchem als eher oberflächlich eingestuft wurde, weil ihr Mann weniger temperamentvoll und musisch gestimmt ist als sie. Dafür erwies sich »Nat« als fleißig und gewissenhaft. Die Bälle und Soireen waren nicht seine Welt, er klagte oft über die Schweißausbrüche der tanzenden Damen. Noch an seinem Todestag debattierte er mit meinem ältesten Sohn über amerikanische Aktien und russische Anleihen.

Welch seltsames Privileg, die eigenen Kinder als Hinterbliebene ihrer Mutter zu sehen.

Ein Kammerdiener bringt die Zeitungen, die wir hatten beiseitelegen lassen; Gustave bemächtigt sich ihrer und liest laut Auszüge vor. Heute interessiert ihn nur die Rubrik der Nachrufe:

»Die Berufung zum Schönen war bei ihr die Berufung zum Guten …« Das schreibt *Le Gaulois!* »Das Zusammenspiel von Güte und Geschmack …, in letzter Zeit hatte sie die leiseren Töne bevorzugt, anders gesagt, erstrahlte sie durch den Glanz ihrer Diskretion … Herz, Charme, Geist – nur Kenner bemerken die Eleganz ihrer Erscheinung … Sie war maßvoll, bevorzugte das geheimnisvoll-sanfte Halbdunkel, was sie nicht daran hinderte, die Stellung ihrer Familie zu festigen und zum Glanz des Namens Rothschild beizutragen …«

»Um wen handelt es sich?«, fragt Alphonse, der zu uns zurückgekehrt ist.

»Manche nennen sie bereits die ›gute Baronin‹ …«

»Mama«, sagt Gustave leise und richtet den Blick auf mein

Bildnis. Die Zeitung entgleitet seinen Händen und verteilt sich auf dem Teppich. Für den Wimpernschlag eines Augenblicks könnte man meinen, ihm sei bewusst geworden, dass ich gegenwärtig, dass ich das Portrait bin.

Alphonse überfliegt die anderen Blätter, die auf dem Sockeltisch liegen und ruft dann den Kammerdiener:

»François, Sie haben nur die guten Zeitungen gebracht. Wir hätten gerne auch die, die uns nicht leiden können.«

»Was glaubst du denn, was du darin finden wirst?«, fragt Gustave trocken. Er hat sich wieder gefasst. Die Ahnung dessen, was nicht sein kann und darf, ist wieder aus seinen Augen verschwunden. »Ich wette, sie schreiben, dass Persönlichkeiten von Adel nur deshalb an der Trauerfeier teilgenommen haben, weil sie Kunden unserer Bank sind.«

Kurz darauf erscheint ein Tablett mit einem Stapel Zeitungen. Unser Kammerdiener beherrscht diese Gesten wie kein anderer: eine unauffällige Wendung des Körpers, des Arms und der Hand, die in der respektvollen Verbeugung gipfelt, die ihm zu einem natürlichen Reflex geworden ist. Ich beobachte dies zum ersten Mal, wahrscheinlich dank meines Rückzugs in die Unsichtbarkeit, und ich verstehe endlich, warum er mir einmal anvertraut hat, dass ihm das Dienen so viel Freude bereitet, ja, ihn geradezu entzückt: weil Dienen bedeutet, jeglichen Willen aufzugeben.

Jeder ergreift einige Gazetten. Man muss nur sterben, und schon erinnern sich die Zeitgenossen daran, dass man gelebt hat.

»Welche hast du?«

»*L'Anjou*, aus Angers natürlich, ein Artikel von einem gewissen Louis Baume. Kennst du ihn? Nein, sicher nicht, niemand kennt ihn, er ist auch so ein Unbekannter aus der großen Schar der Handlanger, der uns für seine Mittelmäßigkeit bluten lassen will. Bei einer Überschrift wie ›Jüdisches‹ weiß man wenigstens gleich, woran man ist, nicht wahr?«

»Was meinst du damit?«

»Man weigert sich, die Rothschilds zu bewundern, weil diese Leute, folglich wir, ihren Adel allein ihrem Vermögen verdanken, weil sie ihr Geld nicht mit ihrer Hände Arbeit verdienen, sondern wiederum mit Geld. Provisionen, Wechselgeschäfte, Zinsgebühren und andere Auslagen, und all das bringt eine Armee von Buchhaltern zustande, die ausgebildet wurde, um die Geldsteuer einzunehmen. ›Wir‹ jedoch haben nichts geschaffen, nun ja, es ist die übliche Leier …«

»Aber was schreiben sie über unsere Mutter?«

»Sie erklären, dass die Art der Bekanntgabe ihres Todes den Worten von Drumont und seiner *France juive* recht gibt … Halt, das ist interessant. Hört zu! ›Der Beweis, dass die Presse in den Händen des jüdischen Kapitals ist, wird dadurch erbracht, dass beim Tod der Baronin Rothschild ihre wohltätigen Werke und die Gaben an die Armen von Paris, die Spitäler und Rathäuser, die in ihrer Summe nicht weniger verschwenderisch als die der Gräfin von Chambord sind, mit keinem Wort erwähnt wurden; dennoch war sie die Königin Frankreichs!‹ Diese Argumentation ist … wie soll man sagen …?«

»Meines ist noch besser!«, ruft Edmond. »Oder schlimmer, wenn ihr wollt. Hier in *Le Matin*. Wisst ihr, was man uns vorwirft? Den wirtschaftlichen Schaden, den unsere Trauer bei den Herstellern von Luxusgütern verursachen wird, weil wir unsere Salons geschlossen haben, den von Alphonse, deinen,

Gustave, und meinen natürlich, und durch die Absage unserer Bälle und Empfänge in diesem Jahr. Und das meinen sie auch noch ernst!«

»Ernst oder nicht, dieser hier hat gar nicht so unrecht: ›Insbesondere durch die Frauen, nämlich durch die Rolle, die sie in dem nicht ganz grundlos so genannten Rothschild-Clan spielen, hat sich die israelitische Finanzwelt tiefgreifend verändert und modernisiert.‹ Gut erkannt, Monsieur Fouquier Henry vom *Avenir de Bayonne*!«

Ich sehe es ihren Gesichtern an: Es ist noch zu früh, als dass sie mich vermissen würden. Sie wissen noch nicht, dass eine Persönlichkeit, die die Geschichte ihrer Familie prägt, den folgenden Generationen für immer ihren Weg vorschreibt. Ich beschütze und hüte sie. Ich werde sie nicht im Stich lassen. Aber was kann ein Bild, das an der Wand hängt, schon ausrichten?

Endlich ist das Trauerjahr vorüber. Meine Räume wurden wieder eröffnet, in Boulogne und Ferrières, in der Rue Laffite und auf dem Weinschloss Lafite, zuletzt in Cannes, in der Villa, die ich erst im Alter im englischen Viertel am Fuß des Hügels Croix-des-Gardes erbauen ließ und in der meine letzten Jahre so sanft verstrichen.

Ich muss nicht bei meinen Kindern sein, weder hier noch in ihren Appartements, um zu wissen, welcher Artikel meines Testaments zu den meisten Debatten führen wird. Derselbe wie bei James. Beim Tod seiner Eltern war das noch anders, denn zu jener Zeit wäre ein Rothschild niemals in Versuchung geraten, die Kette zu durchbrechen. Es wäre undenkbar gewesen, denn sie waren in ihrem Zusammenhalt noch ganz dem Geist des Ghettos verhaftet. Auch wenn sie ihre Geschäfte bereits in ganz Europa betrieben und Fürsten, Könige und Kaiser zu ihren Kunden zählten, waren ihre Partner in aller Regel Juden, meist sogar Verwandte.

Mein Mann hat die, wie er sie nannte, »solide Freundschaft« immer geschätzt, die die Geschwister und Cousins gegen Schicksalsschläge absichern soll. Eine Freundschaft jenseits der Blutsbande. Dieser Musketierinstinkt, bei dem die Familie an die Stelle des Königs tritt, war die Garantie für ihren Erfolg. Sprach man mit einem, so sprach man zugleich mit den anderen, das Wort des einen galt für alle. So war es immer gewesen. Man sagt lieber »die Rothschilds« als »Rothschild«, als habe die Dynastie die Individualität zunichte gemacht. Beim geringsten Anlass gaben die Söhne einen der Lieblingssprüche ihres Vaters zum Besten: »Wenn ihr sie nicht dazu bringt, euch zu lieben, bringt sie dazu, euch zu fürchten.« James hatte Paris in Windeseile das Fürchten gelehrt, und das sollte sich bis zu seinem letzten Atemzug nicht ändern. Soweit ich weiß, hat ihn abgesehen von unserer Familie niemand aufrichtig um seiner selbst willen geliebt. Wenn man meinen Mann liebte, dann um dessentwillen, was er repräsentierte.

Es ist nicht so sehr diese »solide Freundschaft«, die ihnen im nächsten Jahrhundert Schwierigkeiten bereiten wird, sondern unsere, James' und meine unerschütterliche Überzeugung, die wir von unseren Eltern und diese wiederum von ihren Eltern ererbt haben, dass man den Glauben unserer Vorfahren *unter keinen Umständen* aufgeben darf. Dabei waren wir keine leidenschaftlichen Orthodoxen, sondern eher Traditionalisten. Von allem, was ich aus Wien nach Paris mitgebracht habe, waren die beiden kostbarsten Gegenstände zweifellos die Mesusa, die ich am Pfosten der Eingangstür anbringen ließ, und der siebenarmige Leuchter, der auf dem Familientisch stand.

Offen gesagt befolgte James, obwohl er sich ihnen verbunden fühlte, die religiösen Vorschriften mit einer gewissen Zerstreutheit. »In Fragen der jüdischen Religion wenden Sie sich an meine Gattin«, antwortete er einmal, als man ihn zu seiner Religionsausübung befragte. Immerhin hielt er ein Mahzor, das Gebetbuch für die hohen Feiertage, griffbereit in seinem Büro. Er wusste, dass ich mich über die Gebote des Himmels nie hinweggesetzt hätte, auch wenn das eine große Befreiung gewesen wäre. Ich hielt den Sabbat als Ruhetag und Tag der Gebete ein, ebenso die großen Feste, die dem jüdischen Jahr seinen Rhythmus geben, und ich sorgte dafür, dass unsere Kinder auch in diesem Sinne erzogen wurden. Ich verstand es so einzurichten, dass das Gedenken an die Errettung der Juden im persischen Reich auf den Karnevalsdienstag fiel und der Sieg der Makkabäer über die Syrer mit Weihnachtsgeschenken gefeiert wurde. Oft hieß es, ich hätte die prächtigsten Soireen in ganz Paris gegeben, aber ich selbst war nie glücklicher, als wenn sich meine Familie am Freitagabend in unserem Stadtpalais in der Rue Laffitte um den Tisch versammelte, zum Neujahr in Boulogne, zum Gedenken an die Wanderung durch die Wüste mit Freunden auf dem Land oder zum Fest des Auszugs aus Ägypten in Schloss Ferrières. Der Versöhnungstag war der einzige Tag, den wir getrennt verbrachten, jeder bei sich in jener Abgeschiedenheit, die der Buße angemessen ist. Bei diesen Anlässen spürte man die lichtvolle Gegenwart der Ahnen, und das ist von unschätzbarem Wert. Es sei denn, man lebt ohne Erinnerung, und das ist schrecklicher, als ohne Gott zu sein.

Die Bar-Mizwa meines ältesten Sohnes Alphonse fand in der Rue Laffitte im engsten Familienkreis statt. Diese kleinen Feste haben etwas Seelenvolles, während bei den großen Diners lediglich der Geist regiert. Trotzdem habe ich sehr früh Zugeständnisse an unsere gesellschaftliche Stellung gemacht, da ich unseren Gästen und gar unserem Koch Antonin Carême keine koschere Küche zumuten wollte – trotz aller Drohungen meines Onkels Amschel, der in seinem Lebenswandel der jüdischste der fünf Brüder geblieben und dem Antisemitismus am stärksten ausgesetzt war, weil er Deutschland nicht verlassen wollte. Amschel hatte die Essensvorschriften zur Bedingung für seine Anwesenheit an unserer Tafel gemacht.

Als ich meinen Wohnsitz in Paris nahm, gab ich meine Stadt auf, mein Land, meine Sprache, meine Freunde, die Nähe zu meinen Eltern. All das lag nun hinter mir. Alles, abgesehen von meinem Judentum und der Verpflichtung, es mit den Erfordernissen der Welt in Einklang zu bringen.

Außenstehende können sehr wohl begreifen, dass wir es uns von Anfang an zur Regel gemacht haben, untereinander, innerhalb der Rothschild-Familie, zu heiraten. Das betrifft vor allem Außenstehende, die aus dem Bank- oder Finanzwesen kommen und meinen, dass das von James angehäufte Vermögen Dimensionen erreicht habe, die die Grenzen des Vorstellbaren übersteigen. Eheschließungen sind die beste Methode, das Kapital in der Familie zu halten, unter der Bedingung –

der wir uns stets gebeugt haben –, dass die Frauen sich von den Geschäften fernhalten. Nicht aufgrund einer angeborenen Unfähigkeit, sondern um zu vermeiden, dass ein Fremder seine Nase in unsere Angelegenheiten steckt, sollte mal plötzlich einer der Ehemänner kein Rothschild sein. Selbst wenn sie ihre Cousins heiraten, bringen unsere Töchter eine Mitgift in das Bankhaus ein und nicht etwa Geschäftsanteile an der Bank. Solange dieses Prinzip befolgt wird, hat die Dynastie eine Chance, sich auch in Zukunft zu behaupten.

Im Gegensatz zu dem, was allgemein vermutet wird, haben wir es sorgsam vermieden, die Ehen unserer Kinder zu arrangieren. Wir haben sie unauffällig miteinander aufwachsen lassen in der Hoffnung, dass diese vertraute Gemeinschaft die Entstehung von Liebe begünstigt. Und wenn ein Rothschild seine Cousine oder Nichte heiratet, so kann er zumindest sicher sein, dass er eine gute Partie macht. Das jedenfalls hörte man auf den Finanzplätzen Europas, als bekannt wurde, dass Betty, die Tochter Salomons aus dem Wiener Haus, ihren Onkel James aus dem Pariser Haus heiraten würde. Ich war die Erste aus der Familie, die einen so nahen Verwandten ehelichte.

Als geborene Betty von Rothschild wurde ich nun zu Betty de Rothschild. Diese Wahl des Herzens und der Vernunft ersparte mir die lästige Pflicht, meinen Namen abzulegen, um einen noch berühmteren zu finden. Abgeleitet wurde er übrigens von dem Haus, das die Familie meines Großvaters in der Frankfurter Judengasse bewohnt hatte: das »Haus zum rothen Schild«. Mayer Amschel war bald in das »Haus zum grünen Schild« umgezogen, aber da hatte sich der Name schon festgesetzt.

Verwenden wir nicht das Wort »Verwandtenehe«, es ist zu hässlich. Das Thema der Endogamie war einmal Anlass für eine scharfsinnige, aber grausame Beobachtung, die ich eines Abends auf einem Ball aus dem Mund des sizilianischen Fürsten Salina hörte: »Die Häufigkeit der Eheschließungen unter Vettern fördert nicht eben die Schönheit der Rasse. Betrachte ich sie, denke ich an Äffchen, die gleich an den Kronleuchtern schaukeln werden.« Das sagte er beim Anblick des Schwarms junger, heiratsfähiger Mädchen, die von ihrer Umgebung wie Wechsel begutachtet wurden, die man eines Tages würde ausstellen können. Nebenbei: Diese Praxis ist bei vielen großen Familien unterschiedlichster Herkunft sehr verbreitet, wenn man sich ihre Eheschließungen und die Strategien dahinter genauer ansieht. Da die Rothschilds untereinander heiraten, und das innerhalb einer Religion tun, in der man sich ohnehin seinesgleichen sucht, sind wir für sie besonders jüdische Juden. Wir Rothschilds sind anders, wir sind Angehörige eines Volkes, das sein Auserwähltsein zu etwas Besonderem macht. Aber das ist es nicht allein.

Meine Mutter wurde als Caroline Stern geboren, sie war die Tochter von Sarah Kulp, ihr Vater war Weingroßhändler. Mein Vater, Baron Salomon von Rothschild, war der zweite Sohn von Gutle Schnapper Mayer Amschel. Er wurde 1774 in Frankfurt geboren und ließ sich 1818, dreizehn Jahre nach meiner Geburt, in Wien nieder. Man ist Jude durch seine Mutter, so lautet unser Gesetz. Ich hatte das Glück, meine Söhne mit Jüdinnen vermählt zu sehen, wenn auch nicht alle mit Rothschilds.

Obwohl sie sich auf Bällen ausgezeichnet mit dem Herzog von Montpensier verstand, heiratete meine Tochter Charlotte ihren englischen Cousin Nathanael, und das führte zu der ersten Rothschild-Hochzeit auf französischem Boden. Louise, die Tochter meiner Tante Hannah, heiratete ihren Cousin Mayer Carl aus dem italienischen Zweig in London. Anthony, Hannahs Sohn, verband sich mit Louisa Montefiori, ebenfalls in London. Mein Sohn Gustave war der Erste, der seine Wahl außerhalb der Familie traf, indem er Cécile heiratete, eine Anspach mit vielen Vorzügen, deren größter Fehler es war, keine Rothschild zu sein.

Doch zu meinem Unglück musste ich auch erleben, wie einige aus der Familie uns verließen. Hannah Mayer, Hannahs Tochter, wagte es als Erste, unser Gesetz zu brechen, indem sie den Abgeordneten Henry FitzRoy heiratete. Die Trauung fand in London im Jahre 1839 statt, aber ich erinnere mich daran, als wäre es gestern gewesen, so groß war die Anspannung. Trotz ihrer Verstimmung war ihre Mutter am Hochzeitstag angereist, dann jedoch blieb sie stoisch am Kirchenportal stehen. Es wäre stark untertrieben, wenn man sagen würde, unsere Familie habe diese Verbindung als Verrat empfunden. Mein Mann tobte vor Wut. Ich habe immer noch seine Worte im Ohr: »Wir müssen sie vergessen, sie aus unserem Gedächtnis tilgen! Ich will sie nie mehr sehen, solange ich lebe, und keiner von euch wird sie empfangen!« Er konnte sich tagelang nicht beruhigen, und seine Miene verfinsterte sich jedes Mal, wenn einer von uns so ungeschickt war, in seiner Gegenwart Hannah Mayers Namen zu erwähnen. Zehn lange Jahre mussten vergehen, bis das Paar in der Rue Laffitte im Kreis der Familie empfangen wurde.

James vergab ihr nie, denn sie hatte vorgemacht, dass es einen nicht vorgezeichneten Lebensweg geben könnte. Ihr

Vorstoß, dem man aus gewisser Sicht Mut und Kühnheit nicht absprechen konnte, wurde zum Präzedenzfall, um eine Bezeichnung der Juristen zu gebrauchen. Denn die Vorstellung, es seien eben englische Sitten, die sich auf den englischen Familienzweig beschränken würden, war eine Illusion.

Seit meinem Umzug nach Paris erfuhr ich häufig und immer voller Kummer von der Konversion dieses Sohnes oder jener Tochter eines bekannten Israeliten. Muss man betonen, dass es in den meisten Fällen dabei nicht um den Glauben ging? Diese Konvertiten meinen zu wissen, wohin sie gehen, obwohl sie nicht einmal mehr wissen, woher sie kommen. Hirngespinste! Es wird überall und immer etwas geben, das sie daran erinnert. Die Begeisterung für genealogische Fragen teilen die Aristokraten mit den Juden; sie sind die beiden Teile der Bevölkerung, die sich brennend für ihre Herkunft, die ererbten Werte und ihre Weitergabe interessieren, die wissen wollen, wie sich ihr Name in die Zeit eingraviert hat und wie alt ihr Geschlecht ist. Sie haben beide das Gefühl, einer ununterbrochenen Kette anzugehören, besiegelt durch eine Allianz, die den Gesetzen der Menschen übergeordnet ist – bei den einen ist es der König, bei den anderen der Allmächtige. Den einen wie den anderen geht nichts über die Familie. Aber während so viele andere Häuser verschwunden sind, gehört unseres zu denen, die noch auf ihren Fundamenten stehen. Doch das geschah nicht von selbst, die Brüder und Cousins mussten sich durchsetzen, damit das Haus erhalten blieb. Dem italienischen, in Neapel ansässigen Zweig der Familie mangelte es an Intelligenz und Umsicht, und er erlosch kurz vor dem Abdanken der Bourbonen. Sein Gründer Carl war ein unbedeutender Mann; sein Sohn Adolphe, der ihm nachfolgte, übertraf ihn noch an Mittelmäßigkeit, und diese beiden glanzlosen Persönlichkeiten beendeten die Geschichte der Rothschilds in Italien.

Den alten aristokratischen und jüdischen Geschlechtern ist zudem gemeinsam, dass die berühmtesten unter ihnen häufig eine unerhörte Widerstandsfähigkeit besitzen und in ihrem Leben mehrmals Tod und Auferstehung überstehen.

Wenn ich gerade heute an diese Dinge denke, so liegt dies an den Gesprächen, die in unserer Familie geführt werden. Meine Enkelin Hélène hat ihre Wahl getroffen: Trotz des vehementen Missfallens ihrer Eltern und des Widerstands der Familie hat sie sich entschlossen, Baron Etienne van Zuylen de Nyevelt zu heiraten. Sie wird die erste französische Rothschild sein, die eine Ehe außerhalb des Glaubens ihrer Vorfahren eingeht. Sie will partout nicht einsehen, dass es bei uns keine Beziehung zum Allmächtigen gibt, die nicht durch das Gesetz geregelt wird. Als der Kummer einer kalten Wut wich, legte meine Schwiegertochter Adèle schwarze Kleider an und verkündete, sie werde ihr Haus in der Rue Berryer Frankreich vermachen, damit daraus ein Museum entstehen könne. Hélène erfuhr bei dieser Gelegenheit, dass sie enterbt worden war, wie es den Bestimmungen in unseren Testamenten und denen unserer Kinder entsprach. Die Tochter meines Sohnes Solomon hat immerhin das Trauerjahr abgewartet, bis sie ihren Entschluss verkündete. Ein magerer Trost.

Ein solches Missgeschick war den französischen Rothschilds bisher erspart geblieben; nur unsere englischen Cousins, glaubte man, würden solch lockeren Sitten verfallen. Es ist in der Tat schon geraume Zeit her, seit Lionel, Nathans

Sohn, sich im Unterhaus geweigert hat, auf etwas anderes als die hebräische Bibel zu schwören, was ihm erst um die zehn Jahre später zugestanden wurde; sein Sohn Nathanael saß ebenfalls im Unterhaus und wurde der erste Rothschild im Oberhaus. Aber wenigstens gaben weder der eine noch der andere ihre innersten Werte preis; im Gegenteil – sie kämpften für die Gleichstellung der Juden. Das war kein geringes Verdienst in einem Königreich, in dem erst ein Cromwell hatte kommen müssen, damit Juden nach drei Jahrhunderten endlich wieder aufgenommen wurden, nachdem Eduard I., der sein Land vollständig und dauerhaft »judenrein« machen wollte, sie verbannt hatte. Meine Großnichte Annie, die Tochter von Sir Anthony Rothschild und Louisa Montefiore, traf eine Wahl, die mich sehr bestürzte. Sie heiratete den ehrenwerten Eliot Yorke; er war Stallmeister des Herzogs von Edinburgh, Abgeordneter der Grafschaft Cambridge, Sohn des Admirals Yorke, des vierten Grafen de Hardwicke, aber ein Christ. Und natürlich gab sie, wie ich es vorausgesehen hatte, den Anstoß zu weiteren Eskapaden: Annies Schwester Constance heiratete kurz darauf Cyril Flower, Lord Battersea; dann verband sich Hannah, Mayers Tochter, mit Archie Primrose, dem fünften Grafen Rosebery und Sohn der Herzogin von Cleveland. Aber wir haben den Kummer nicht gepachtet, die Clevelands zeigten sich ebenso untröstlich über diese Ehe wie wir, und aus denselben Gründen; auch sie waren überzeugt, dass bei der Verbindung zweier Personen aus so starken, so tief verankerten und dabei so unterschiedlichen Traditionen eine von beiden früher oder später zwangsläufig Opfer bringen müsse. Eine kuriose Solidarität bildete sich zwischen den beiden Familien: Wir waren uns einig in der Entschlossenheit, uns nicht zu vereinen. Die Rothschilds und die Clevelands benutzten ihren Kindern gegenüber gleichlautende Argumente und erklärten, dass die jungen Leute nicht nur Gefahr liefen, von der Welt verurteilt zu werden, sondern auch ihren Familien großen Kummer bereiteten. Vergebens.

Der italienische Zweig der Familie beeilte sich, den englischen Sitten zu folgen. Marguerite hielt es für klug, ihr Schicksal mit dem Agenors, des elften Herzogs von Gramont zu verbinden, und ihre Schwester Berthe nahm Alexander, den dritten Fürsten von Wagram, zum Mann. Niemand konnte sie davon abhalten, ihr Vater Carl nicht und wir nicht, und es gelang uns auch nicht, ihr das Ausmaß der Gefahren deutlich zu machen, die auf den lauern, der seinen Weg in der Gesellschaft allein machen will. Ich fühlte zudem eine gewisse Verantwortung, da ich mit unserer Annäherung an die gehobene Gesellschaft und die Aristokratie die Dinge in Gang gebracht hatte. Will man jedoch mit ihr ganz verschmelzen, verliert man sich in ihr. Ich hatte gewarnt, dass wir uns anpassen und gleichzeitig unsere Eigenart, unser Stück Adel aus urdenklichen Zeit bewahren müssen. Damit meinte ich den Adel, den unsere Vorfahren über Jahrhunderte hinweg an uns weitergaben, und nicht den Titel, der erst kürzlich für geleistete Dienste einem jüdischen Hofbeamten von einem Fürsten verliehen worden war. Franz I., der letzte Kaiser des Heiligen Römischen Reiches Deutscher Nation und erster Kaiser von Österreich, hatte die fünf Rothschild-Brüder 1816 in den Adelsstand erhoben und sie dann sechs Jahre später zu Freiherren ernannt. Nur vier von ihnen konnten den Titel mit Stolz tragen, Nathan als englischer

Untertan Seiner Majestät konnte ihn nicht führen, ohne dass ihm dies schwer geschadet hätte.

Zu unserer Familie werden somit in Zukunft Apostaten zählen, denn es besteht kein Zweifel daran, dass meine liebe Enkelin nun als Erste konvertieren wird. Vielleicht hätte sie die Wut meines Vaters erleben sollen, als er in dem neuen Buch des Akademiemitglieds Michaud, *Abrégé chronologique de l'histoire de France* las, er, Baron Salomon de Rothschild, sei zum katholischen Glauben übergetreten. Da stand es, auf Seite 865, unter dem Datum des 17. Dezember 1821, nach den Neuigkeiten über eine Umbildung des Ministerrats: »M. Salomon Rotschild [sic], Israelit, einer der reichsten Bankiers Europas, wurde zu Wien getauft. Als Pate war anwesend Fürst Esterhazy.« Abschließend folgte das Jahresbudget mit den Einnahmen und Ausgaben von 1821 ... Konvertit! In seinen Augen gab es keine schlimmere Beleidigung. Ich erinnere mich, dass dieser Michaud, nachdem ihn der Zorn meines Vaters getroffen hatte, sich für diese unglaubwürdige Nachricht entschuldigte. Mein Vater verlangte und erhielt die Zusage, dass ihr Briefwechsel in der neuen Ausgabe veröffentlicht werde. Dann rief er uns, seine Kinder, zusammen und forderte uns auf, dieses Buch eines Tages an unsere Kinder weiterzugeben und auch sie zur Weitergabe an ihre Nachkommen zu verpflichten, damit keiner im Zweifel blieb: Ein Rothschild verlor seine Ehre, wenn er konvertierte.

Sie wissen das besser als alle anderen, diese Herren vom Jockeyclub, die vor mir stehen und einen Kreis bilden, fernab der klatschsüchtigen Damen und frommen Beter. Sie reden über Geld, was mich kaum erstaunt, aber sie reden über meines, was mich doch ein wenig überrascht. Sie könnten wenigstens warten, bis eine Anstandsfrist verstrichen ist. Doch schließlich kenne ich selbst diese Schwäche und bin ihr aus reiner Lust am Plaudern selbst schon verfallen. Und nun schätzen sie als vernünftige Financiers mein angenommenes Vermögen:

»Die sechshundert Millionen, die sie von James geerbt hat, haben sich seither vermehrt ...«

»Und zu Recht! Das ist das Betriebskapital des Bankhauses. Sie wissen doch, dass sie Zusammenschlüsse auf drei Jahre beschränken; die Rothschilds nehmen nur drei Prozent ihres Geldes und legen den Rest an, um Zinsen zu erhalten.«

»Sie sprechen natürlich von den Männern, denn wie Sie wissen, haben die Frauen in geschäftlichen Angelegenheiten kein Wörtchen mitzureden, und wenn sie konvertieren – ganz einfach, dann haben sie gar nichts mehr.«

An diesem Punkt mischt sich der Marquis de Breteuil ein, der Einzige, der sich aus dem Gespräch bisher herausgehalten hat, und sagt mit nachdenklicher Miene, als seien seine Worte noch nicht ausgereift: »Aber wie machen sie das? Bei uns ist das Vermögen in weniger als vier Generationen aufgebraucht! Man rettet sich nur hin und wieder durch eine Geldheirat, sie dagegen ... Finanzbarone, anders kann man sie nicht nennen.«

»Man kann sich nicht vorstellen, dass das eines Tages anders werden könnte ...«

»Höchstens dann, wenn die Familie nur noch aus Mädchen besteht, die ausschließlich Christen heiraten.«

Daraufhin wendet sich das Gespräch dem Bestand meines Weinkellers in Boulogne, der kurz vor meinem Tod schriftlich festgehalten wurde, und den Namen der besonders guten Jahrgänge zu, nach denen sie sich schon die Lippen lecken, dem 1848er Pichon-Longueville, dem 1858er Romanée, nicht zu vergessen der Posten, der sie am meisten beeindruckt hat, um die eintausendsechshundert Flaschen Lafite 1870 und ebenso viele Margaux 1869.

Monsieur Auguste war heute Morgen schon sehr früh da, noch vor dem Blumenhändler. Ich sehe ihn näher kommen mit seinen weißen Handschuhen, den berühmten Kardinalshandschuhen aus Perkalin, die er jedes Mal überstreift, wenn er mich in die Hand nehmen muss. Ein Unbekannter begleitet ihn, ein großer junger Mann mit dünnen, runden Brillengläsern, der sich als Kunstsachverständiger erweist; wahrscheinlich wurde er im Zusammenhang mit einer Publikation über Ingres zu uns in die Rue Laffitte geschickt. Man hebt mich unter tausend Vorsichtsmaßnahmen hoch, nimmt mich ab und stellt mich behutsam aufrecht hin. Der Unbekannte sucht nur nach einer Beschriftung auf der Rückseite des Rahmens.

Er kritzelt ein paar Notizen in ein großes schwarzes Heft, dann zieht er sich schon wieder zurück und lässt mich mit meinem lieben Monsieur Auguste allein, meinem Bewacher oder besser meinem Schutzengel, einem Meister des Kunsthandwerks, der sich besonders gut auf die Restaurierung von alten Gemälden versteht und dessen Werkstatt sich seit der Revolution in der Rue de Charonne befindet; sein großes Können und sein vertrauter Umgang mit der Familie haben ihn zum Obersten Bilderhänger aufsteigen lassen. Mit Stolz trägt er diesen seltenen Titel, der für den Fall eines Diebstahls oder einer Beschädigung in der Tat sehr beruhigend auf Polizisten und Versicherungen wirkt. Muss ein Rothschild ein wertvolles Gemälde an einen anderen Ort bringen, so ruft er Monsieur Auguste, damit er beim Ab- oder Aufhängen keine böse Überraschung erlebt. Seit Kurzem arbeitet Monsieur Auguste auch für andere Personen, aber vorwiegend für uns, denn wir haben ihn bekannt gemacht. Keiner weiß es natürlich, aber er und ich haben ein geheimes Bündnis geschlossen. Etwas ist zwischen uns entstanden, jenseits der Grenzen des Verstandes, allein auf der Ebene der Empfindsamkeit und der intimsten Gefühle.

Monsieur Auguste ist der einzige Mensch, der mit mir spricht, seit ich aus dieser Welt in die andere übergewechselt bin. Er wartet, bis der Salon sich geleert hat, tut so, als wolle er den Rahmen abwischen und spricht mich dann an, als könne ich ihm antworten. Nichts kann mich tiefer rühren.

»Alle gleich. Sie wollen es immer mit eigenen Augen sehen. Ich habe ihnen doch ein für alle Mal gesagt, was auf der Rückseite steht, ich habe es auf ihren Wunsch hin sorgfältig kopiert, aber nein, sie wollen sich vergewissern! Als würden sie etwas entdecken, was ein anderer nicht bemerkt! Ah, diese Pingel …«

Ein Lakai kündigt zwei neue Besucher an.

»Monsieur Eugène Leroy, Sachverständiger für das königliche Museum, speziell aus Brüssel angereist, hat eine Verabredung mit Monsieur Auguste …«

»Das stimmt, ich habe es vergessen …«

Ein großer und ziemlich betagter, magerer Herr betritt den Salon in Begleitung eines jungen Mannes, der sein Sekretär sein könnte. Er soll eine Bewertung meiner Privatsammlung abgeben, wahrscheinlich im Zusammenhang mit meinem Erbe. Er verliert keine Zeit, geht methodisch und gewissenhaft vor und wendet sich gelegentlich an Monsieur Auguste mit der Bitte, ein Bild abzuhängen, oder an seinen Sekretär, um ihm etwas zu diktieren. Er lässt mehrere Gemälde vor sich aufstellen.

»Dieses Selbstbildnis des Künstlers als Fahnenträger, signiert und datiert Rembrandt 1656, im Ballsaal hängend, wurde 1840 in London in der Galerie Simon Clarke gekauft, offenbar aus dem Besitz König Georgs IV., vermutlich das teuerste Stück mit 250.000 Francs … Weniger wertvoll ist ein Christoph Amberger, die Halbfigur einer vornehmen Person im roten Wams mit einer gefütterten Houppelande, sie hält ein Pergament in der Hand, 3.000 Francs … Und zwischen diesen beiden notieren Sie die Infantin Margarita, stehend, von Vélasquez, zwei weitere Rembrandts, das Bildnis einer alten Frau und das Bildnis seines Sohnes, ein Reiterangriff von Wouwerman, eine adelige Dame von Holbein, aber die Zuschreibung ist umstritten, und dann noch Teniers, Terburg, Steen, ein exquisites Seestück von van de Velde aus einer berühmten Sammlung von La Haye, Madonnen aus der Brügger Schule, soweit der Bestand der Privatsammlung der Baronin Betty de Rothschild in ihren Räumlichkeiten, Gesamtschätzung 3.036.000 Francs, besten Dank für Ihre Hilfe, geschätzter Herr.«

Die beiden entfernen sich in Richtung Belgien, und Monsieur Auguste hängt die Bilder wieder an ihren Platz, rückt die Rahmen zurecht und wendet sich mir zu.

»Ich wünsche einen guten Tag, Baronin.«

Ob er meine Antwort versteht? Ob er sie ahnt? Ich glaube

schon. Aber niemals würde er etwas verraten. Und wenn doch, so würde niemand ihm glauben. Manchmal wünsche ich mir geradezu, das Geheimnis meiner Existenz würde auffliegen und ich würde aus dem Käfig des Schweigens erlöst.

Monsieur Auguste ist gealtert. Ich spüre jetzt schon, dass er mir fehlen wird. Für mich bewahrt er sich all sein Zartgefühl und seine Zuvorkommenheit. Ich verstehe jetzt erst den Zweck des morgendlichen Besuchs. Der Sachverständige hat mich diskret in Augenschein genommen, während Monsieur Auguste für Ablenkung sorgte. Er wollte es mir nicht sagen, aber ich habe verstanden: Sehr bald werden die Spediteure mich zu meinem ältesten Sohn Alphonse bringen, wie es sich gehört. Dort wird für mich ein neuer Lebensabschnitt beginnen. Die Rue Laffitte wird nur noch eine Erinnerung sein, aber eine, die lebt. Sie wird immer in meinen Gedanken bleiben. Es spielt keine Rolle, ob man in einem Haus wohnt oder nicht, wenn man es in sich trägt.

Die Rue Laffitte ist in mir, und von nun an wird alles mich in sie zurückversetzen.

2

Rue Saint-Florentin

Nie stand mir unser Leben in der Rue Laffitte intensiver vor Augen als nach meiner Unterbringung im großen Salon der Rue Saint-Florentin. Dieser Umzug am Tag nach meinem irdischen Tod im Winter 1886 war notwendig, damit mir das Glück geschenkt wurde, die Vergangenheit Körnchen für Körnchen auszukosten.

Das Stadtpalais, das an der Ecke der Place de la Concorde, der Rue de Rivoli und der Rue Saint-Florentin liegt, wurde im 18. Jahrhundert für einen Minister Ludwigs XVI. gebaut, eben jenen Grafen von Saint-Florentin. Talleyrand bewohnte es, und James erwarb es von dessen Nichte und Erbin, der Herzogin von Dino. Man sprach von einer Summe von 1.185.000 Francs; tatsächlich kamen nur wenige Privatpersonen in den Genuss, ebenerdig auf einen legendären Platz blicken zu können. Wir haben dort nicht gewohnt, nicht einmal nachdem James es durch den Kauf der angrenzenden Häuser vergrößert hatte. In seinem Testament vererbte er es unseren drei Söhnen, die übereinkamen, ihre Anteile dem ältesten, Alphonse, abzutreten, der sich kurz nach seiner Heirat mit Leonora 1857 hier niederließ: ein Gebäude mit mehreren Stockwerken und zwei Hauptflügeln.

Ob es wohl eines Tages einem Historiker auffallen wird? Wir hatten unseren Wohnsitz in der Rue Laffitte, unser Sohn seinen in der Rue Saint-Florentin, wir wohnten sozusagen bei Fouché, der während der Französischen Revolution für die Hinrichtung des Königs gestimmt hatte und später Napoleons oberster Polizist wurde, unser Sohn bei Talleyrand, der die Restauration der Bourbonen betrieb.

Nichts ist so indiskret wie ein Leben als Gemälde. Eine solche Daseinsform ist umso schöner, als sie umsonst ist: Alles, was ein Gemälde erfährt, dient nur seiner eigenen Erbauung, da es sich von selbst versteht, dass es niemals davon Gebrauch machen kann. So wird seine Erhabenheit noch durch seine Uneigennützigkeit gesteigert.

Seit ich nicht mehr bin, habe ich so viel erfahren: Worte, Gesichtszüge, Bruchstücke hier und da belauschter vertraulicher Gespräche. Niemals war ein Mitglied unserer Gesellschaft so gut im Bilde über die wahre Natur ihrer Persönlichkeiten wie ich, selbst wenn die Empfänge, Diners, Bälle und Gespräche, die in der Rue Saint-Florentin stattfanden, merkwürdigerweise nur ein schwacher Nachklang derer sind, die die Rue Laffitte zum Schauplatz hatten.

In Frankreich noch mehr als in Deutschland wird die Gesellschaft von den Frauen aufrechterhalten. Sie sind die Hüterinnen aller Traditionen, im gesellschaftlichen Leben ebenso wie in der Religion und in der Familie, freilich unter der Bedingung, dass sie ihre Rolle stets diskret und maßvoll spielen.

Wir Frauen können mit unserem Wissen und unseren Ahnungen Bewusstseinsstufen durchschreiten, die den Männern ewig unzugänglich bleiben werden. Doch manchmal zahlen wir dafür den Preis eines Leidens, das größer als ein gewöhnlicher Schmerz ist.

Kurz nach meiner Ankunft in Paris begriff ich, dass es meine Aufgabe war, den moralischen Wohlstand des Hauses zu gewährleisten, da mein Ehemann ihm lediglich einen materiellen bringen konnte. Als eine verehelichte und geborene Rothschild besaß ich einen entscheidenden Vorteil gegenüber jeder anderen frischgetrauten Ehefrau in unserer Welt: Ich war schon sehr früh ganz genau über meine künftigen Pflichten als Ehefrau und Mutter aufgeklärt worden. Doch mit fünfundzwanzig Jahren, nachdem ich bereits drei Kinder zur Welt gebracht hatte, wollte ich nicht auf ein Gefühlsleben verzichten.

Ein Haus ist wie ein Gemälde: Es muss seinem Käufer auch ermöglichen, sich in die Ahnenreihe seiner vorhergehenden Besitzer einzufügen. Als James sich im Viertel Chaussée d'Antin niederließ, hieß die Rue Laffitte noch Rue d'Artois. Das war bereits die Adresse des Bankiers Jacques Laffitte und der Königin Hortense de Beauharnais; später sollte sie die unseres Freundes Jacques Offenbach, des Journalisten Émile de Girardin, der Abenteurerin Lola Montez sowie diverser Kunsthändler werden. James kaufte 1817 zuerst das Haus Nummer 19 für etwas mehr als eine Million Francs von einem Kollegen, dem der nach Prag geflüchtete Joseph Fouché, Herzog von Otranto, es gerade veräußert hatte. Zwölf Jahre später erwarb sein Bruder – und mein Vater – Salomon das Nachbarhaus, die Nummer 17. Noch mal drei Jahre später kaufte James die Grundstücke der Häuser 21, 23 und 25 hinzu und wurde so Eigentümer eines Stadtpalais, in dem der Herzog von Rovigo, dann die Greffulhe lebten, und eines anderen Hauses, in dem der Bankier Perier wohnte. Der so entstandene Gebäudekomplex bildete nach vielen Abriss- und Sanierungsarbeiten den Häuserblock, den die Familie stets »die Rue Laffitte« nannte und der sowohl die Wohn- als auch die Arbeitsräume umfasste, mit Übergängen zwischen den beiden Bereichen.

Ich musste meinen Mann zunächst davon überzeugen, dass man, wenn man empfangen werden will, selbst empfangen muss. Vier Diners pro Woche mit jeweils etwa fünfzig Gedecken wurden rasch als der richtige Rhythmus einer entsprechenden Hofhaltung erachtet. Schwarzer Anzug, weiße Krawatte, weiße Pikeeweste für die Herren, großes Dekolleté für die Damen. Dank seiner Beziehungen zu Zirkeln wie der Union und dem Jockeyclub konnte er manchmal Aristokraten an seine Tafel bitten. Die Männer, aber nie deren Frauen. Im günstigsten Fall, denn meistens beklagte er sich bei seinen Brüdern: »Ich habe niemanden, außer den *brokers*!« Da er als Ausländer wahrgenommen wurde, was sein starker Akzent nicht besser machte, blieb er der Bankier der ehemaligen Feinde; schließlich hatte der Erfolg begonnen, als die Familie sich 1814 unter der Führung Nathans als Vermittler für die Zahlung der englischen Hilfsgelder an Österreich und für die Kriegsentschädigung, die Frankreich den Siegern schuldete, zu behaupten gewusst hatte. Sie kamen auf die Idee, den Sold des österreichischen Heers in Colmar mit gezogenen Wechseln zu bezahlen, indem sie die französischen Zahlungen für die Entschädigung vorstreckten.

Während seiner Anfangszeit in Paris setzte James dennoch auf Diskretion und Vorsicht und bemühte sich, »einen Finger in jedem *business* zu haben, um seine eigenen Worte aufzugreifen. Er achtete auf die Ausgaben und vermied es, Vorrechte des Adelsprädikats und Privilegien des Hofbankiers zu missbrauchen. Seine europäischen Kollegen schätzten ihn und seine Brüder nicht besonders. Doch sie erkannten ihren untrüglichen Instinkt an – und ihre Fähigkeiten, sich jederzeit verlässliche Nachrichten zu besorgen.

Unser Name wurde damals noch entstellt. Man nannte James achtlos »Roschill«. Man muss zugeben, dass seine Manieren die Leute verstimmten; nach einem Souper bestand er stets darauf, der Gastgeberin Komplimente über die Qualität der Speisen zu machen. Anfang der 1820er Jahre, an dem Tag, an dem James mich in Neuilly dem Herzog von Orléans vorstellte, ging er, als der Fürst den Salon betrat, geradewegs auf ihn zu:

»Euer Durchlaucht, kennen Sie die Baronin Rothschild?«

»Nein.«

Da beging mein Mann die bemerkenswerte Unbeholfenheit, sich zu mir umzudrehen:

»Madame, ich stelle Ihnen Seine Hoheit, den Herzog von Orléans vor.«

Ich konnte nicht glauben, dass er dies mit Absicht getan hatte; da er nicht weltgewandt war, ahnte er nicht, dass zwar ein Mann zuerst einer Frau vorgestellt werden soll, jedoch bei Fürsten die Reihenfolge umgekehrt ist. Jener war so vornehm, nichts dazu zu sagen. Im Gegensatz zum Grafen Potocki, der, als er es nicht mehr ertrug, dass James ihn öffentlich mit Stanislas anredete, ihn mit lauter Stimme bat:

»Nennen Sie mir doch Ihren *Taufnamen*, Herr von Rothschild. Ich möchte auch wissen, wie ich Sie ansprechen soll.«

Ein paar Monate genügten, um die ersten Widerstände zu überwinden und einen Teil des Faubourg Saint-Germain in die Rue Laffitte zu locken. Ich hatte diese gesellschaftliche Eroberung wie eine Kampagne geplant, doch ich dachte nicht, dass das Wohlwollen, dann die in Zuneigung verwandelte Freundschaft von Königin Maria Amalia, der Gemahlin des Bürgerkönigs Louis-Philippe I., genügen würde, um die schärfsten Feindseligkeiten zu mildern. Der Familiensinn, das Traditionsbewusstsein und eine bestimmte Veranlagung zur Mildtätigkeit brachten uns einander instinktiv näher, zumal der Hof mich auf Abstand hielt, was ihr nicht missfiel. Als zum ersten Mal davon die Rede war, mich in den Tuilerien zu empfangen, und Minister Villèle die Ungeschicklichkeit begangen hatte, mit der Herzogin von Angoulême offen darüber zu reden, sprach sich jene lebhaft dagegen aus, dass es mir gestattet sein sollte, mich vor sie hinzusetzen, wenn sie ihren Zirkel abhielt: »Überlegen Sie doch! Den Hocker für eine Jüdin ... Haben Sie vergessen, dass der König von Frankreich der Allerchristlichste König ist?« Die Familie Orléans erwies sich als besser unterrichtet. Im einen Fall war das Größe, im anderen höchstens Vornehmheit. Madame de Genlis gab zu bedenken, wahre Größe könne natürlich alles erheben, was in ihre Nähe komme. Königin Maria Amalia umarmte mich öffentlich. Widerstrebend folgte der Hof. Sie war wohl selbst davon überrascht, dass sie Israeliten bereits ihre Tür öffnete, die sie alten Verwandten aus der Provinz noch verschloss. Man hatte wahrhaftig den Eindruck, dass sie plötzlich Zweifel beschlichen, ob sich nicht eine Gesellschaft ohne Mischung als sehr reizlos erweisen sollte?

Fortan wurde unser Name nicht mehr entstellt. Weder mündlich noch schriftlich. Wer weiterhin beharrlich ein *h* vergaß oder das Adelsprädikat, wie der Marquis de Castellane, tat es absichtlich. Solche Leute haben die Gabe, aus einer Gewohnheit ein Prinzip zu machen, und freuen sich darüber, aber sie sind wohl die Einzigen.

Bei einem Diner im Jahr 1827 wurde deutlich, dass der Ton nun ein anderer war. Anwesend waren Lord Granville, Pozzo di Borgo, Herzog von Mouchy, Hauptmann der königlichen Garde, Graf von Noailles, Graf von Flahaut, Graf von Girardin, Erster Jagdaufseher, Gräfin de Laborde, jetzige Madame Delessert, Baron de Fréville, Requetenmeister, Baron Gérard und eine meiner Cousinen aus Wien. Nach dem Diner setzte Rossini sich ans Klavier, und man bat mich zu singen. Der Marquis de Castellane verabschiedete sich, ging ein paar Schritte auf der Straße mit einer der eingeladenen Damen und machte ihr eine vertrauliche Mitteilung, deren genauen Inhalt ich am nächsten Tag erfuhr:

»James Rothschild ist klein, hässlich und stolz, aber er veranstaltet Feste und Diners. Die hohen Herren machen sich darüber lustig, aber, nun ja, es macht ihnen deshalb nicht weniger Vergnügen, sich zu ihm zu begeben, wo er doch die beste Gesellschaft von Paris versammelt. Seine Frau singt gut und zittert dabei sehr, aber ihr deutscher Akzent tut in den Ohren weh, finden Sie nicht?«

Das genügte mir, um über diese Kreise im Bilde zu sein: Wenn man nicht auf natürliche Weise zu ihnen gehört, bedeutet dies ganz einfach, dass man nicht geboren ist. Mit einem Wort, es wird einem deutlich gemacht, dass man nur Geld hat, während sie Vermögen besitzen. Dennoch konnte ich mich unter der Julimonarchie besser entfalten als später im Zweiten Kaiserreich: Es ist angenehmer, eine der wenigen Kosmopolitinnen in einer sehr französischen Welt zu sein als in einer Gesellschaft, in der das triumphierende Weltbürgertum *fashionable* geworden ist. Im Zeichen der Zeit wechselte das Dekor, und schon bald sollte die Historienmalerei von der Malerei des bürgerlichen Lebens abgelöst werden, Paris und Helena von Madame Charpentier und ihren Kindern, David von Renoir.

Wenn ich damals noch etwas unschlüssig war, welches Bild die Welt von unserer Ehe hatte, so wurden bald alle Zweifel ausgeräumt. Unfassbar, was man alles wahrnehmen kann, wenn man andere ohne deren Wissen beobachtet. Lord William Russell zum Beispiel meinte über uns: *She handsome, he vulgar*. Der Diplomat Seiner Majestät erklärte seinem Nachbarn, meine einwandfreien Manieren und meine hoch entwickelte Kultur stünden in einem merkwürdigen Kontrast zur Grobheit meines Gatten. Dazu stieß er gewaltige Wolken von Zigarrenqualm aus. Es stimmt auch, dass Michelet, der große Historiker, James aufgrund seines »Profils eines intelligenten Affen« auffällig wie eine Skizze von Rembrandt fand.

Neulich noch geschah es, vor meinen Augen, bei einem vertraulichen Gespräch, als man bei den Zigarren angelangt war, dass einer sehr vornehmen Persönlichkeit augenblicklich die Gesichtszüge entgleisten, als man feixend auf meinen Mann zu sprechen kam: »Baron James? Ein trauriger Herr und überdies ein Beschnittener.« Ich denke allmählich, dass ein Mensch, der seine berühmtesten Zeitgenossen zu solchen Entgleisungen inspirierte, sie nicht gleichgültig gelassen haben konnte. Wo er sich auch befand, nahm er Raum ein, weckte er Aufmerksamkeit, zog er Blicke auf sich, existierte er. Ob durch seine Stärke, seine Macht oder seine Ungnade, er war unübersehbar. Es genügt, das zu erkennen, ohne in die eine oder andere Richtung Wirbel darum zu machen, denn ob man sie nun verteufelt oder verherrlicht, man wird den Rothschilds auf beide Arten nicht gerecht.

Wahrscheinlich hatten wir, was die Herrschaft der Männer betraf, keine zwei Gedanken gemeinsam. Dennoch habe ich ihn, bevor ich ihn als Ehemann liebte, bereits als Onkel gemocht. Wir standen uns immer sehr nahe. Als ich klein war, erkundigte ich mich gewohnheitsmäßig nach ihm, und wir korrespondierten regelmäßig miteinander.

Alles lässt sich leichter ertragen als eine lieblose Ehe. Jane Austens Heldinnen legen davon Zeugnis ab. James war zweifellos der lebhafteste und offenste Rothschild seiner Zeit. Selbst die größten Kritiker billigten ihm eine außergewöhnliche Anpassungsfähigkeit zu. Dies glich die Geschmacksverirrungen und die Unhöflichkeiten aus, die immerhin allmählich weniger wurden. Sagt man nicht, dass eine Frau den Mann, mit dem sie ihr Leben teilt, veredelt?

In seinem Alltag freilich interessierte er sich kaum für etwas anderes als für seine Geschäfte; der Erwerb und die Ausstattung unserer Familiensitze gehörten in seinen Augen zu dem Prunk, der für das reibungslose Funktionieren eines großen Bankhauses notwendig war; er las nichts mit Ausnahme der Familienbriefe, doch er nahm sie sich wieder und wieder vor, wie ein Buch, dessen Geschichte er sich einprägen wollte. Zumindest hatte es diesen Anschein. Waren nicht alle Männer der Familie so geartet, dass es den Frauen überlassen blieb, einen Pakt mit Geist, Eleganz und Geschmack zu schließen?

Er verfügte über die Gabe, sich mit den hervorragendsten Männern seiner Zeit zu umgeben. Er kannte sich in vielen Bereichen nicht im Mindesten aus, wusste jedoch, wer jeweils der bedeutendste Experte darin war. Von da an war die Wissensvermittlung nur noch eine Geldfrage: Zu den Betreffenden zählten so verschiedene Persönlichkeiten wie der Dichter Heine für die Konversation, der Rechtsanwalt Crémieux für seine Prozesse, der Hellenist Letronne für die Münzkunde, der Arzt Dupuytren für seine Magenverstimmungen oder Louis-Philippe für die Regierung Frankreichs.

Doch auch wenn er ein ganzes Haus in dem noblen Faubourg Saint-Germain in seinen Dienst genommen hätte, wäre das nicht genug gewesen, um ihn mit dem brillanten scharfzüngigen Humor, dem berühmten »Esprit Mortemart« zu beseelen. Mit seinen Entscheidungen, die fast immer auf seinem durch lange Erfahrung geschulten Gespür beruhten, lag er selten falsch. Er hatte schon früh die weise Erkenntnis gewonnen, dass es nicht genügt, am meisten zu bezahlen, um das Beste zu erhalten.

Wenn Antonin Carême noch auf dieser Welt weilte, würde er mir gewiss nicht widersprechen.

James hatte es auf den König des Blätterteigs, den Erfinder des Cremeschnitte und der Pastete aus Blätterteig abgesehen. Zuvor hatte schon Talleyrand seine Talente entdeckt: Antoine Carême verbrachte nur fünf Jahre in unserem Dienst, die letzten fünf seiner Berufstätigkeit, bis er sich, zu krank, um sein Amt weiterzuversehen, von Étienne Magonty, einem seiner talentiertesten Schüler, vertreten ließ – so wie er selbst eines Tages seinen Lehrer Laguipière abgelöst hatte. Wenn unsere Tafel schon früh als eine der besten von ganz Paris galt, so verdankten wir dies Carêmes Genialität. Gleich als er zu uns kam, 1826, wenn ich mich recht entsinne, gestaltete er die Küchen um, setzte neue Herde ein und ordnete an, dass die Teller grundsätzlich vorgewärmt wurden.

Er wurde so heftig umworben, dass man sich zur Not auch mit einem seiner Assistenten zufriedengab, wenn man ihn selbst nicht anstellen konnte. So wurde Plumerey Küchenchef in der russischen Botschaft, nachdem Zar Nikolaus I. befohlen hatte, dass sein Tisch mit dem unseren wetteifern sollte. Die Wahl erwies sich als klug, da in Wirklichkeit der Schüler die letzten beiden Bände des unter dem Namen seines Lehrers erschienenen *Traité elementaire et pratique des entrees froides, des socles et de l'entremets de sucre* geschrieben hatte. Doch das war Plumerey; Carême dagegen war einzigartig. Er hatte das Kochen wahrhaftig zur Kunst erhoben; dabei musste man »Kochen« im weitesten Sinne verstehen. Er beschäftigte sich nicht ausschließlich mit dem, was auf dem Teller lag. Er maß zum Beispiel der Goldschmiedekunst des Tafelservices große Bedeutung bei. Sein Ruf als »Palladio der Kochherde« – diesen Beinamen hatte man ihm gegeben –, war nicht ungerechtfertigt, denn er betrachtete das Schauspiel der Nahrungsgestaltung bisweilen mit den Augen eines Renaissancearchitekten. Wenn ein General zu ehren war, erfand er Kelchgläser mit Süßspeisen, die von einer militärischen Trophäe getragen wurden, und ersetzte diese durch eine Lyra, wenn es sich um einen Künstler handelte, oder durch ägyptische Motive für einen Gelehrten. Er ging sogar so weit, Kelche nach seinen eigenen Plänen beim Silberschmied Odiot anfertigen zu lassen, der seine Zeichnungen nur noch umzusetzen brauchte.

Bei den großen Soireen, aber auch sonst, wachte er über alles und jedes, er begutachtete die mit einer weißen Mayonnaise verzierten Forellen, die als Vorspeise auf den Balltischchen verteilt waren, ebenso wie sein Mandelgelee mit Haselnüssen, das damals als die erlesenste Süßspeise galt. Man muss gesehen haben, mit welcher Sorgfalt er die Proportionen der Sockel ausbalancierte! Eine kleine Küche macht ein Haus groß, sagt man, aber ich glaube nicht daran. Carême war glücklich bei uns, das merkte man ihm an. Dabei war sein Gehalt nicht besonders hoch: gerade einmal 375 Francs. Doch der Rothschild in James war klug genug gewesen, den geringen Verdienst dadurch auszugleichen, dass er Carême die Mittel zur Ausübung seines Talents so großzügig zur Verfügung stellte, wie es damals in Paris kein anderer getan hätte: Ihm standen zehn Personen zu Diensten, und er verfügte über einen unbegrenzten Kredit, um bei den ausgesuchtesten Lieferanten einzukaufen. Bevor er ging, erfand er taktvollerweise den Lachs à la Rothschild, das Filet de boeuf Rothschild, ein kalt serviertes Rinderfilet in Scheiben, bedeckt mit Gänseleber, Trüffeln und Gelee, sowie das Soufflé Rothschild, ein Dessert aus Konditorcreme und in Danziger Goldwasser eingelegten kandierten Früchten. Das war er uns schuldig.

James hatte etwas von einem Tyrannen, insofern herrschte bei uns rund um ihn eine Art Absolutismus. Vermutlich lag es daran, dass sein Leben von diversen kategorischen Imperativen regiert wurde. Eine klare Vorstellung von dem zu haben, was getan werden muss, und sich daran zu halten – es gibt wohl schlimmere Laster. Doch ich hatte Mühe, ihm die Schwäche einer Denkweise aufzuzeigen, die sich nur autoritär zu äußern vermag. Wahre Autorität ruft eher Dankbarkeit als Gehorsam hervor, obgleich ihm eine derartige Überlegung eher spitzfindig erschien. Jedenfalls hatte er immer das erste und das letzte Wort, ausgesprochen mit seinem schrecklichen teutonischen Akzent, über den sich hinter seinem Rücken ein jeder lustig machte. Nur dann sprach er nicht, wenn er beim Spiel Geld verlor. Große Schmerzen sind stumm.

Sechs Jahre nach unserer Hochzeit bekam ich das besonders heftig zu spüren.

Die politischen Unruhen, die in der Julirevolution gipfelten, verursachten James schlaflose Nächte. Ich hatte nicht die geringste Chance, zu seinen Sorgen und Ängsten durchzudringen, und versuchte, seine Gereiztheit mit Würde zu ertragen. Als König Karl X. im Juli 1830 eine Notverordnung und drei Ordonnanzen veröffentlichte, welche die Pressefreiheit aussetzten und die Zahl der zu wählenden Abgeordneten verkleinerten, empörte sich das Volk. Die Tore und Geschäfte des Port Royal waren geschlossen. Drei Tage lang lieferten Handwerker, Studenten und Arbeiter den königlichen Truppen Barrikadenkämpfe, dann dankte Karl ab und floh nach England. Erst später erfuhr ich, dass mein Mann zwar einem Minister der alten Regierung ein ländliches Versteck angeboten hatte, sich aber der Bitte des in Bedrängnis geratenen Königs um Geld verschlossen hatte. Doch er wusste, dass seine Geschäfte auf dem Spiel standen, und vergrub Anleihen im Garten des Hauses unseres Sohnes Salomon in Suresnes. Er spendete der neuen Regierung 15.000 Francs zur Pflege der Verwundeten der Straßenkämpfe. Schließlich hob das Bürgertum um Adolphe Thiers einen entfernten Vetter des Königs auf den Thron, Louis-Philippe von Orlèans. Er wurde der Bürgerkönig. Kurz darauf zog James unserem Sohn Alphonse, der damals drei Jahre alt war, die Gardeuniform an. Dem Schwur des neuen Königs wohnte mein Mann bei, für ihn war der Umsturz noch glimpflich ausgegangen, denn mit Louis-Philippe hatte er sich bereits früher angefreundet. Aber er misstraute der Wiederherstellung der öffentlichen Ordnung, rechnete stets mit neuen Unruhen.

Meine Kinder trinken zu meinen Füßen Tee. Ich beobachte sie aufmerksam, und zum ersten Mal wird mir deutlich, welche Gemeinsamkeiten sie im Mienenspiel aufweisen, als ob ich hätte warten müssen, bis ich unsichtbar wurde, um sie endlich sehen zu können: eine Spur Leutseligkeit in der unteren Gesichtshälfte, ein von herablassender Freundlichkeit geprägtes Lächeln, ein bedeutungsschwerer Blick, als wüssten sie mehr, als sie aussprechen, die Augen halb geschlossen, als wollten sie nicht wirklich hinsehen, eine gewisse Zurückgezogenheit von der Welt, eine große Distanz zum Menschlichen, die Fähigkeit, kurz und begrenzt zuzuhören …

Dies werden vielleicht für immer die charakteristischen Gesichtszüge der Rothschilds sein.

Wenn sie wüssten, welches Glück ich empfinde, sie so zu betrachten, obgleich meine Gefühle wegen meines Zustandes stumm bleiben müssen. Sie sprechen von ihrem Vater, und über einen Umweg, der mir entgeht, wendet sich die Unterhaltung dem Thema zu, mit welchem Feingefühl er dafür gesorgt hatte, in einer Zusatzverfügung zu seinem Testament jedem von ihnen eine bestimmte Kleinigkeit zu hinterlassen. Eine Winzigkeit verglichen mit ihrem Gesamterbe, aber etwas, das sie sorgsam bei sich zu Hause aufbewahren:

»Bei mir war das *Die Durchquerung der Furt*, eine Zeichnung von Decamps, die ich geliebt habe, als ich klein war, und die im Salon seiner Privaträume hing«, erinnert sich Charlotte. »Und auch *Das Milchmädchen* von Greuze, das erste Gemälde, das er selbst gekauft hatte. Wir mochten es beide sehr …«

»Aus denselben Gründen habe ich die Louis-quatorze-Uhr, eine Pietra-Dura-Arbeit, die im Louis-seize-Salon von Ferrières steht, bekommen, und außerdem alle seine Tabakdosen sowie eine Kamingarnitur aus altem Sèvres-Porzellan, aus denselben Gründen wie du«, fügt Gustave hinzu.

»Und ich«, sagt Edmond, »die Möbel seiner Wohnung in der Rue Laffitte und die Stiche. Und meinem Sohn James hat er Bücher und Originalzeichnungen vererbt. Eigentlich hat er jedem das hinterlassen, was ihm besonders gefallen hat. Sich in solchen Details zu verewigen, die für Außenstehende nicht zu entschlüsseln wären, ist seine Art, bei uns zu bleiben. Überraschend bei jemandem, der oft als Tyrann bezeichnet wurde, nicht wahr?«

Ich erinnere mich noch deutlich an jene Augenblicke, in denen James sein geheimes Testament diktierte. Es geschah am 16. Juni 1864, an einem Donnerstag um ein Uhr mittags. Er hatte uns im Speisezimmer versammelt, das an sein Arbeitskabinett grenzte, einen Raum, der, wie der Notar festgehalten hat, in der ersten Etage des Stadtpalais lag und zwei Fenster zum Hof hatte, sodass nur die betroffenen Personen Einblick nehmen konnte. James hatte sieben Zeugen um Maître Corrard geladen: den Baron de Saint-Didier und den Vicomte de Saint-Pierre, Doktor Adolphe Marx, einen ehrenamtlichen Notar, Maître Charles Dupont, Léon Say, Mitglied des Direktoriums der *Chemins de Fer du Nord*, den Maler Louis Lami de Mozan und Félix Mathias, Ingenieur bei der Nordbahn. Alle männlich, mündig und Untertanen des Kaisers. Ich sehe den Notar noch vor mir, wie er ihnen das verschlossene, an fünf Stellen mit schwarzem Lack versiegelte Schriftstück präsentierte, das einen Stempel mit dem Familienwappen trug; darauf bestätigte er, dass dieses Dokument zwar von der Hand eines Dritten geschrieben, aber tatsächlich von ihm unterzeichnet war. Schließlich las Maître Corrard es laut vor.

Wir hatten keine Gütergemeinschaft: Bei unserer Heirat hatte James die Kleidung, den Ring und den Hochzeitsgürtel beigesteuert, während mein Vater, sein Bruder, mir die Summe von eineinhalb Millionen Francs als Mitgift gegeben hatte. James vererbte mir selbstverständlich als Volleigentum alle Geschenke und Zuwendungen, sei es in Geld oder in Geldwert, die er mir gemacht hatte oder die er mir bis zum letzten Tag seines Lebens machen würde, sowie die französischen oder ausländischen Rentenpapiere, die auf meinen Namen hinterlegt worden waren, die 1,5 Millionen Francs meiner Mitgift, vermehrt um 750.000 Francs des Gewinns, den ich ihm durch unseren Ehevertrag eingebracht hatte. Er hatte vorgesehen, dass ich diese 2.250.000 Francs für vier Prozent bei Rothschild Frères anlegte, damit mir durch meine Söhne eine jährliche Rente von 350.000 Francs ausgezahlt würde. Letztlich hatte James alles in seine Planungen einbezogen, angefangen mit der Erhaltung unserer teils städtischen, teils ländlichen Besitztümer. Außer dem Palais in der Rue Laffitte, einem Nießbrauch, der natürlich die Geschäftsräume der Bank ausschloss, hinterließ er mir unser Schloss in Boulogne sowie die Pferde, die Wagen und das Mobiliar von Ferrières. Doch das Wichtigste stand anderswo, zwischen den Zeilen seines letzten Willens und nicht in den Zahlen.

Man merkte James, der das jüngste von zehn Kindern gewesen war, den stark ausgeprägten Geschwistersinn an. Er bat seine teuren Söhne, einander zu lieben und beizustehen, sich vor jedem wichtigen Ereignis ihres Lebens und ihrer beruflichen Laufbahn zu versammeln; durch Ratschläge und Vertrauen sollten sie sich gegenseitig stärken; er bat sie, ihren englischen Schwager Nathaniel stets wie einen Bruder anzusehen; der Bund sollte für sie eine Pflicht und ein Glückspfand sein, aber vor allem eine Art Geheimbund um den Namen Rothschild. Er hatte sein Erwachsenenleben damit verbracht, über die letzten Worte nachzusinnen, die sein Vater dem Ältesten auf dem Sterbebett ins Ohr geflüstert hatte: »Wenn ihr fünf Brüder, meine Söhne, einander treu verbunden bleibt, so werdet ihr die reichsten Männer Deutschlands werden.«

Wenn es einen einzigen Wert gibt, den er seinen Erben vermitteln wollte, dann ist es eben jener: Solidarität innerhalb einer Familie, die als ein Netz betrachtet wurde. Aus der Verstreutheit bezog sie ihre Festigkeit: fünf Brüder in fünf Hauptstädten, verbunden durch wechselseitige Beteiligungen und gemeinsame Entscheidungen. Bescheidenheit wurde zur unantastbaren Regel. Selbst wenn man sich unterschiedlich oder sogar überlegen fühlen sollte, musste man solidarisch mit den Verwandten bleiben, den nächsten wie den weiter entfernten. Denn wenn wir es nicht auf ganz natürliche Weise sind, zwingt uns ein unsichtbarer Feind dazu, indem er uns an bestimmte Wahrheiten erinnert, was immer unangenehme und unbequeme Folgen hat.

Er wollte das Schloss Ferrières und die dazugehörigen Gebiete zum Majorat erheben, um den Besitz über das Ältestenrecht von einem männlichen Nachkommen zum nächsten fortbestehen zu lassen, damit das Familienoberhaupt stets die Seinen um sich versammeln konnte, doch das französische Gesetz sah eine solche Regelung nicht vor. Nur aus diesem Grunde und nicht um damit eine Bevorzugung auszudrücken, ging Ferrières an Alphonse. James fürchtete vor allen Dingen, dass seine Kinder eines Tages durch die Umstände gezwungen sein könnten, das Familienschloss aufzuteilen. Er war auf Ferrières, den Ort unserer Zusammengehörigkeit, fixiert, weil wir uns dort alle trafen, und folglich war es der Ort unserer Stärke. Falls dieses Schloss vor den Toren von Paris jemals aufgegeben werden sollte, hätte das letzte Stündlein einer bestimmten Idee von den Rothschilds geschlagen, davon war er überzeugt und davon überzeugte er mich. Er hatte so viel von sich selbst in diesen Ort gelegt, dass er nunmehr Symbolwert besaß. Acht Jahre lang hatten die Arbeiten an diesem fünfundsechzig Quadratmeter großen, mit vier Türmen und Kuppeln bewehrten Gebäude gedauert, das stilistisch eine Mischung aus Renaissance und Louis-quartorze-Stil darstellt.

Mein Mann kannte seine Kinder gut. Man hätte meinen können, jede Zeile seines Testaments wende sich an alle und an jeden Einzelnen, als ob es ihnen jeden Morgen vorgelesen werden sollte, sogar seiner Tochter und seinen Enkelinnen, die trotz ihres bedeutenden Erbes keinerlei Recht hatten, sich in die Geschäfte einzumischen. Er war kein Pereire, der etwas von Volkswirtschaft oder Moralphilosophie verstanden hätte; statt einer gelehrten Abhandlung genügten ihm ein paar einfache Zeilen, um seine »Lehre von der Bankierskunst« weiterzugeben, was der Notar völlig verstand, als er sie in angemessenem Ton vorlas:

»Damit die Anlage sicher und verbürgt ist, fordere ich Edmond auf, sich mit geringeren Gewinnen zu begnügen und nicht nach hohen Zinsen zu streben. Ich ermahne ihn auch, seine Wertpapiere nicht leichtfertig zu veräußern. Denn häufiges Umwandeln in der Hoffnung, hohe Zinsen zu erzielen und seine Position zu verbessern, führt oft zum Verlust des Kapitals. Man muss sich vor diesen Maklern hüten, die großartige Versprechungen über satte Gewinne machen. Fast immer geht es ihnen nur darum, eine Position zu erlangen und sich persönliche Vorteile zu verschaffen. Generell sollte man nur solche Geschäfte anfangen, die man selbst abwickeln und überblicken kann, oder zumindest solche, bei denen man im Voraus sicher ist, dass jeder sie für gut befindet und sich an ihnen beteiligen will … Ich möchte meine Kinder um eines bitten, nämlich keine Geschäfte außerhalb des Hauses zu machen, sei es mit öffentlichen Geldern, sei es mit Waren oder anderen Werten. Ein Haus kann nur dann gut geführt, die Zusammengehörigkeit nur dann erhalten werden, wenn alle Teilhaber im selben Interesse und auf dieselbe Weise arbeiten. Ich hoffe, jedem meiner Kinder genügend unabhängiges Vermögen zu hinterlassen, sodass sie es nicht nötig haben, gefährlichen Geschäften hinterherzulaufen. Ich empfehle ihnen, ihren Namen nicht für alle Geschäfte herzugeben, die man ihnen vorschlägt, damit der Name, den sie tragen, stets so wie zum gegenwärtigen Zeitpunkt geachtet wird. Ich ermahne sie, nicht ihr ganzes Vermögen in Wertpapieren anzulegen und möglichst viele gängige Werte zu behalten, die jederzeit eingelöst werden können.«

Wenn es ein Merkmal gibt, das der erste Rothschild erfolgreich vererbt, ja sogar zu einem Familienschicksal gemacht hat, dann ist das die Vorsicht, gepaart mit Diskretion, was die Rothschilds jedoch niemals vor Ausnahmen, Übertreibungen und Fehltritten geschützt hat. Bei James äußerte sich die Vorsicht in der Flinkheit, mit der er während der Choleraepidemie von 1832 unser Stadtpalais in der Rue Laffitte mit Chlor anstreichen ließ. Diesen Charakterzug hatte James von seinem Vater geerbt, und er tat alles, um ihn auch seiner Nachkommenschaft weiterzugeben. Für ihn schien es dabei selbstverständlich, dass seine Söhne sich zu beiden Seiten seines Kontors in der Rue Laffitte niederlassen würden. Sie schienen ihm naturgemäß für die Bank bestimmt zu sein, ebenso wiederum ihre Kinder, selbst wenn der Umstand, als Rothschild geboren zu werden, sie alle dazu verurteilte, auf eigenen Füßen zu stehen. Doch das hinderte ihn nicht daran, die Möglichkeit in Betracht zu ziehen, dass das Bankhaus eines Tages liquidiert werden könnte. Mit dieser unheilvollen Aussicht bat er sie in seinem Testament, stets unter dem Firmennamen Rothschild Frères zusammenzubleiben.

James vermachte zudem seinem Freund Guibert einen 50.000 Francs teuren Ring als Erinnerung und seinem Freund Fromont einen weiteren im gleichen Wert, während seinem Diener Félix Draye eine jährliche Leibrente in Höhe seines halben Lohns ausgesetzt wurde. Doch diese Vermächtnisse und viele weitere im Testamentsnachtrag waren, außer für die Begünstigten, nicht sehr bedeutend, verglich man sie mit einem Paragrafen des Artikels 15 seines Testaments, in unseren Augen dem wichtigsten. Darin gab er seinen Kindern seinen Segen, wobei er sie zugleich warnte:

»Ich bitte euch nochmals inständig, meine teuren Kinder, euch nie von den soliden Traditionen unserer Väter zu entfernen. Dieses kostbare Erbe hinterlasse ich euch, und ihr werdet es an eure Kinder weitergeben. Der Wille Gottes schenkt dem Menschen seinen Glauben zusammen mit seinem Leben; diesem Gebot der Vorsehung zu gehorchen, ist unsere vornehmste Pflicht: Sich von seinem Glauben loszusagen, ist ein Verbrechen. Liebt also den Gott eurer Väter und dient ihm mit guten Werken.«

Ein *Verbrechen*. Das Wort quälte mich nachhaltig. Ich sann unablässig darüber nach; zunächst erschien es mir zu heftig. Ich gebrauchte es in meinem eigenen Testament nicht, aber wir hatten den gemeinsamen Willen: Man führt sein Leben nicht ohne die Seinen, wenn nicht mit Rothschilds, dann zumindest mit Juden. Sich darüber hinwegsetzen? Sonst würde man sich selbst verleugnen.

Am Ende erwähnte James, er habe sein Testament gemäß den Gesetzen und Bräuchen der Stadt Frankfurt gemacht, der er unterstand, da er nie Franzose hatte werden wollen. Doch er warnte seine Angehörigen, falls einer von ihnen versuchen sollte, sich einer seiner Verfügungen zu entziehen, sie anzufechten oder sich ihr zu widersetzen, werde dieser sofort zugunsten der anderen enterbt.

Vier Jahre später fügte er einen Testamentsnachtrag hinzu, in dem er seinen drei Söhnen das Weingut Château Lafite bei Bordeaux ungeteilt hinterließ, ebenso Les Carnades, das er nur für sie gekauft hatte.

Täuschen ließ er sich gewiss nicht. Als seine Augenschmerzen immer heftiger wurden und der Tod schon vor der Tür zu stehen schien, murrte er: »Sobald man anfängt zu krepieren, werden die Leute so höflich, dass es einem den Rest gibt.« Übrigens galten seine letzten Worte nicht den Menschen, sondern den Pferden seiner Ställe in Paris und Boulogne. Auf geradezu pathetische Weise war er um ihr ferneres Schicksal besorgt. Über seine Lippen kamen gemurmelte Anweisungen, die man eilends notierte: »Cox darf nicht geritten werden und lässt sich nicht allein einspannen, Salvator ist ein sehr gutes Pferd, aber schnaubt ziemlich viel … Duke? Er hat Feuer in den Vorderbeinen, Négro wird gut sein, wenn er ordentlich geführt wird, und Tigris ist ein braves Pferd, ein schneller Läufer …«

Dann entschlief er.

Ich verbrachte meine beiden Witwenjahre im Bordelais, auf Schloss Lafite, das durch Alexandre de Ségur einen hohen Bekanntheitsgrad erlangt hatte und das James bei der Versteigerung nach hartem Kampf gegen einen Weinhändlerverband aus der Gegend für mehr als vier Millionen erworben hatte; eine stattliche Summe, doch das geschah dreizehn Jahre, nachdem die Klassifizierung von 1855 das Weingut Lafite als *Premier Grand Cru* des Médoc eingestuft hatte. Dieses Schloss wirkte relativ bescheiden neben Ferrières, aber es gefiel mir sehr gut, atmete es doch den Geist der Jahrhunderte, war verschwiegen und gemütlich; mit seinen 164 Hektar, davon 90 Hektar für die Reben, war es ein Anwesen mit menschlichen Ausmaßen. Château Lafite hat eine Seele, was die Rue Laffitte nie hatte. Schreiben wir dieses Geheimnis dem Genius Loci zu und sprechen wir nicht mehr davon. Vielleicht rührte das von diesen *Jerobeam* genannten Dreiliterflaschen her, die der Staub der Zeit mit einer pelzigen Schutzhülle versehen hatte; sie bildeten eine Hecke zu beiden Seiten einer Steintreppe.

Ein Gedanke von Hölderlin hat mich mit seiner Prägnanz zutiefst beeindruckt: »Seit ein Gespräch wir sind«, bemerkt er und verweist damit auf den geheimnisvollen Anteil, den andere Menschen noch in unseren einsamsten Gedanken haben. Unterhalten wir uns also, ohne uns zu erregen, da wir ja offenbar unfähig sind zu schweigen! Der Salon ist einer der wenigen Orte, wo Feindschaften sich nicht verhärten müssen. Im Gegensatz zur landläufigen Meinung ist der Geist dort seltener vertreten als der Geistesblitz.

Man sagt, die Schließung meines Salons am Tag nach James' Tod habe viele unglücklich gemacht. Es ist nicht von Übel, eine gewisse Nostalgie aufrechtzuerhalten, denn viele Stammgäste wären vielleicht enttäuscht, wenn er wieder öffnen würde. Die Zeit ist jetzt eine andere, sie hat an Leichtigkeit verloren, und einige Figuren dieses Schattentheaters weilen gar nicht mehr unter uns. Die noch Lebenden sind heute Nachmittag anwesend, hier vor mir, und bevölkern den Salon meiner Schwiegertochter mit ihren Erinnerungen.

Hier geht es nicht weniger glanzvoll zu, ihre Getreuen haben nicht weniger Witz, der Geist, der liebenswürdig macht, pulsiert mit ebenso viel Brillanz und Ungezwungenheit, diese *sprezzatura* richtet köstliche Schäden an, aber das steht auf einem anderen Blatt. Vielleicht sollte sie sich sträuben, das, wenn auch unbeabsichtigt, nachzuahmen, was Gerüchte über diese Welt von früher behaupten, die sie nicht gekannt hat. Die Überlebenden dieser Gesellschaft von Plaudertaschen sagen heute nichts anderes:

»Bettys Salon, das war …«

»… ein halbes Jahrhundert lang der Treffpunkt für geistreiche Leute. Hier spürte man eine stilvolle Behaglichkeit mit einem Sinn für das Wohltemperierte. Der Nachname zog die Besucher durch seine Macht an, der Vorname hielt sie durch seinen Charme.«

»Sehen Sie sich das Portrait an, das Ingres von ihr gemacht hat, dort hinter Ihnen. Ja, drehen Sie sich um, meine Damen: souveräne Anmut, natürliche Vornehmheit, überlegenes Taktgefühl, all das liegt darin. Auch wenn ihre Cousine Louisa aus England, ihre Vertraute, die immerhin von ihrer Konversation geblendet war, das alles etwas *too much* fand.«

»Als Mademoiselle Arnould-Plessy sich in die Rue Laffitte begab, um dort Verse vorzutragen, tat sie das gern und nicht aus Eigennutz. Am nächsten Tag ließ Betty ihr einen Fächer aus ihrer Sammlung nebst ein paar Worten des Danks überbringen, damit sie durch den Tausend-Franc-Schein nicht in Verlegenheit geriet. So war sie eben. Wissen Sie, das Besondere an ihr war, dass sie geliebt wurde, ja, geliebt, während so viele andere bewundert, geachtet oder gefürchtet wurden.«

»Dieser Salon wird eines Tages noch in die Geschichte eingehen!«, echauffierte sich die Jüngste unter ihnen, untröstlich, weil sie dazu verurteilt war, ihn nie anders als vom Hörensagen zu kennen.

»Wen hat man denn dort angetroffen? Denken wir nach ... Fürst Talleyrand, Baron Louis, Ingres natürlich und Halévy, nicht zu vergessen Dupuytren ...«

»Rossini ...«

»Eine tragende Säule, wie könnte ich ihn vergessen«, entgegnete sie und sprach dabei jeden Namen langsam aus, um die Erinnerungen nachklingen zu lassen. »Und Meyerbeer ebenfalls, Eugène Sue, häufig die Moitessier, Thiers, Cousin, George Sand und dann Claude Bernard ...«

»Der es ihr zu verdanken hat, dass er seine pharmakologischen Giftexperimente auf der Île de Puteaux machen konnte ...«

»Und Eugène Delacroix, der uns von seinem Marokko-Abenteuer erzählte ...«

»Hatte Madame Cornu nicht Delacroix gegen Nieuwerkerke unterstützt, als es um den Posten des Generaldirektors der Museen ging? Jede Epoche hat die Madame de Maintenon, die sie verdient. Aber ich sehe nicht, dass in Bettys Salon ein richtiger Staatsmann herausgeragt hätte wie Molé bei der Gräfin von Castellane oder Guizot bei der Fürstin von Lieven ...«.

»Changarnier ...«, wagt sich die Sarkastischste vor, ein schwaches Lächeln in den Mundwinkeln, das sich sogleich in denen der anderen widerspiegelt, ohne dass es weitere Kommentare gibt, so sehr schwelgen sie in ihrem stillschweigenden Einvernehmen über das, was in ihren Augen ein

Skandal war. Unglaublich, welche Phantasie man aufbringen muss, um die Wahrheit zu sagen. Die Tatsache, dass Changarnier und ich uns geliebt haben. Über alle Maßen. Diesen Frauen fehlt es nicht an Inspiration, schade nur, dass ihre Ausdruckskraft so selten mit ihren Einfällen Schritt halten kann.

»Aber ist das denn wirklich erforderlich? Denken Sie an Madame Récamier: Bei ihr brillierte Chateaubriand …«

»Natürlich, wenn man Gott im Hause hat«, meint die Jüngste des kleinen Kreises.

»Für diejenigen, die das Privileg hatten, dabei zu sein,« erwidert eine der Älteren, »war das Wortgefecht zwischen Alexander von Humboldt und Abbé de Pradt unvergesslich. Stellen Sie sich eine Stunde lang zwei brillante Plauderer vor, einer so gesprächig wie der andere, wie einer darauf wartet, dass der andere hustet, um sich in den Wortschwall einzumischen, bis dieser sich schneuzt und so zulässt, dass sein Gegenüber sich in die Bresche wirft, um das Wort wieder an sich zu reißen … Erstaunlich!«

»Eine zu hohe Konzentration großer Männer an einem solchen Ort schadet dem Niveau eines *Bureau d'esprit.* Sie gehen sich schnell auf die Nerven und verdrängen einander, dann werden sie ausfallend. Denken Sie nur an den eher rüpelhaften, ziemlich ungehobelten Monsieur de Balzac, er hat überhaupt kein Taktgefühl und ist so laut!«

»Das stimmt, ihn hätten wir fast vergessen, den guten Balzac …«

Ich nicht, und das nicht ohne Grund. Der gute Mann hat uns immer verachtet, setzte jedoch die Gewandtheit eines Höflings ein, es sich nicht anmerken zu lassen. Ist James jemals darauf hereingefallen? Ich möchte es nicht beschwören; seine Freundschaft zu ihm war aufrichtig, auch wenn sie nicht erwidert wurde. Die Undankbarkeit hing wohl mit Balzacs Genie als Romancier zusammen. Wenn man bedenkt, welche Gefälligkeiten mein Mann ihm so manches Mal erwies, nicht nur, indem er ihm gestattete, die begehrten privaten Kurierdienste zu benutzen, die die Bankhäuser der Rothschilds quer durch Europa miteinander verbanden. Balzac hielt ihn für einen Geldverleiher, und man kann sich vorstellen, mit welcher Grimasse und welchen Gedanken er das Wort hinter unserem Rücken ausgesprochen haben muss, nicht ohne James überdies noch zum »König der Juden« zu krönen. Der Ausdruck stammt von ihm, obgleich wir Stendhal eine Redensart verdanken, der noch ein ganz anderer Erfolg beschieden sein sollte, wenn ich so sagen darf, und zwar »reich wie Rothschild«. Stendhal hingegen hatte genügend Feingefühl besessen und sich von James inspirieren lassen, als er für seine Romanfigur Lucien Leuwen einen Vater erfinden musste: einen dem Vergnügen zugeneigten Bankier zwischen Pflicht und mondäner Welt, wobei der Autor jedoch nicht allzu nachdrücklich auf die Verbindung hinwies.

Balzac hatten wir im August 1832 bei der Herzogin de Castries, die er zu seiner Romanfigur der koketten Herzogin von Langeais machte, in seiner Sommerfrische in Aix-les-Bains kennengelernt. Am Ende der Saison, sobald wir nach Paris zurückgekehrt waren, sahen wir uns wieder. Unsere Freundschaft war von langer Dauer, denn ich erinnere mich, dass wir genau zehn Jahre später mit Las Marismas, Aguado, Varona und natürlich Castries das Théâtre de l'Odéon besuchten, um Balzac beim vernichtenden Misserfolg der *Ressources de*

Quinola – das passenderweise vom Untergang eines Dampfschiffes handelte – beizustehen. Tatsächlich hatte er nicht nur die Claqueure hinauskomplimentiert, sondern auch die Kritiker, deren Plätze er uns gegeben hatte, was nicht die beste Methode war, ein positives Echo zu bekommen. Sagen wir es so, das Stück war auch nicht bedeutend. Wenn ich Balzac nur ein einziges Mal das Gift hätte zurückgeben wollen, das er manchmal über uns verspritzte, hätte ich nur in meiner Umgebung durchblicken lassen müssen, dass ich mir sein Stück nicht angesehen und einen sehr netten Abend verbracht hätte. Zwei Jahre später widmete er James einen Roman, und mein Mann beförderte die werbenden Briefe, die Balzac an eine polnische Gräfin schrieb, durch den Zoll.

Ich schätzte ihn und war mir dabei völlig der Tatsache bewusst, dass er vor allem an unseren Diners teilnehmen wollte. Er tummelte sich zwanglos in diesem bunten sozialen Durcheinander, das man mit übermäßiger Höflichkeit »Gesellschaft« nennt und das immer nur ein Sammelsurium ist, selbst dort, wo ein Kastengeist herrscht. Mein Tagesablauf war ihm gleichgültig. Er wusste, dass er unangemeldet bei uns erscheinen konnte und dass ich jeden Tag um fünf Uhr zu Hause war. Doch ob er nun kam, um von James 30.000 Francs zu schnorren – denn in seiner Situation kam ein Darlehen einer Schenkung gleich – oder um mich inständig um meine Hilfe bei der Veröffentlichung der *Memoiren zweier junger Frauen* zu bitten, sein Blick verriet ihn bereits, während seine Worte noch täuschten.

In seinen Augen blieben wir, was wir auch anstellen mochten, ewige Parvenüs. Als Marivaux dieses schreckliche Wort populär machte, konnte er freilich noch nicht ermessen, welche schädlichen Auswirkungen es einmal in den Salons haben würde. Übrigens hat Balzac uns als solche für das Kaspertheater seines Werks verwendet, er, der sich als Sekretär der Gesellschaft bezeichnete. Man musste das Schlimmste befürchten, bei ihm wie auch bei so vielen anderen Schriftstellern, für die der Jude hässlich und seine Frau schön ist. Der Marquis de Castellane verbreitete diese Vorstellung, als er einmal Folgendes von sich gab: »Salomon ist schrecklich hässlich und James, wenn auch furchterregend, ist der Adonis der Rothschilds.«

Balzac hat mir mit *Das verfluchte Kind* zumindest literarisch ein Denkmal für die Ewigkeit gesetzt und James mit *Ein Geschäftsmann.* Doch im einen wie im anderen Fall hat er entweder unseren Titel vergessen oder unser Adelsprädikat unterwegs verloren. Wir fühlten uns geschmeichelt, als wir entdeckten, dass wir die Ehre hatten, zunächst im Inhaltsverzeichnis der *Revue des Deux Mondes* zu erscheinen, dann im Buch, auch wenn man ziemlich verschroben hätte sein müssen, um uns mit den Sujets seiner Romane in Verbindung zu bringen: eine Romeo-und-Julia-Geschichte zur Zeit der Religionskriege, eine Mutter, die zur Verliebten geworden ist, die Legitimität einer Geburt, Eifersucht … Vielleicht ein skizziertes Augenzwinkern durch die Figur der sanften jungen Jeanne de Saint-Savin, die eine Vernunftehe eingeht mit einem alten Grafen, doch da kannte er mich schlecht. Was den Geschäftsmann betrifft, wollen wir hoffen, dass James die Anspielung nicht auf sich bezogen hat, falls er daran gedacht haben sollte, einen Blick in die Erzählung zu werfen, denn der fragliche Cérizet ist eher ein *homme d'affaires* von der zwielichtigen Sorte. Im Übrigen machte sich niemand Gedanken über diese abenteuerlichen Analogien, bis *Das Haus Nucingen* erschien. Selbstverständlich spielte die Handlung in Paris, in der Welt der Hochfinanz, wo man entweder Jude oder Protestant ist. Zumindest konnte man ihm diesmal nicht vorwerfen, eine Gesellschaft zu beschreiben, in der er nicht empfangen wurde. In der Tat war Balzac so geschmacklos, seiner Hauptfigur ein Merkmal zu verleihen, das in den Augen aller charakteristisch für James war, abgesehen von der Jovialität, mit der er alle Nachrichten, gute wie schlechte, aufnahm – sein starker teutonischer Akzent, der einen Teil seiner Identität ausmachte. Für mich war dieser Roman ein besonderer Affront: Nucingen hielt sich eine Reihe von Geliebten, öffnete sein Herz aber nur einer einzigen: einer Kurtisane. Mir kamen sogar Gerüchte zu Ohren, dass Balzac, bevor er 1846 nach Polen aufbrach, meinem Mann seine frühere Haushälterin und Maitresse aufgedrängt haben soll, allerdings vergeblich. Ernest Feydeau bestätigt die Analogie zwischen der Romanfigur Nucingen und James in seinen *Mémoires d'un coulissier*, er war James' Mittelsmann an der Börse bei seinem Versuch, die Brüder Pereire zu destabilisieren, indem er in großen Mengen Aktien des Crédit Mobilier kaufte. Feydeaus Buch hat einiges zu der Vermutung, dass Rothschild und Nucingen ein und derselbe waren, beigetragen. Zumindest erkennt eben dieser Feydeau an, dass James nie ein Spekulant à la Pereire war, sondern ein Kapitalhändler. Das ist mehr als eine Nuance. Doch für alle, die James kannten, war die Analogie mit Nucingen, einem Papierbankier, nicht haltbar, denn dieser wurde als Spezialist für Liquidationen beschrieben. Damals entsprach ein anderer Mann diesem Portrait viel mehr, doch ihn kannten allein die Financiers, und das aus gutem Grund: Achille Fould, der mit Methode und System liquidierte; er stammte aus dem Elsass, gab sich geheimnisvoll, war zum Protestantismus konvertiert, jonglierte mit Strohmännern und Namensgebern, hatte sich in der Nähe von Rocquencourt zum Schlossherrn erklärt und wurde nach einigen Börsencoups reich. Eigentlich entsprach Fould ganz und gar dem großen Bankier der *Menschlichen Komödie*, nur dass er nicht mit einem Adelstitel und dem Akzent des Barons von Rothschild ausstaffiert war.

James schlug hart zu, ließ sich nicht den geringsten Profit entgehen, hätte jedoch keinesfalls den Finanzplatz ruiniert. Er trat als besonders gewitzter Kapitalhändler auf und nicht als Bittsteller für Spareinlagen. Man kannte ihn schlecht, wenn man ihn als einen Mann darstellte, der die Menschheit wie seine Kundschaft behandelte. Er gehörte zu denen, die Zynikern alles verzeihen, Heuchlern aber nichts. Durch seine Vorstellung von den Pflichten, die der Familie gemäß seinem hohen Ideal oblagen, war er dazu verurteilt, bei Geldgeschäften eine gewisse Zurückhaltung zu üben.

Pamphletisten und Publizisten haben viel dazu beigetragen, gegen jede Wahrscheinlichkeit das Gerücht in Umlauf zu bringen, er sei Nucingen. Es gab sogar einen gewissen Mirecourt, glaube ich, der verbreitete, James habe Balzac mit Aktien der Staatsanleihe von 1845 bestürmt, damit dieser sein Portrait in den Neuauflagen des Romans retuschierte. Natürlich vergebens. Doch das Unglück war geschehen. Eben jener behauptete, James habe ebenso Horace Vernet zu dem erschrockenen Juden auf dem Gemälde *Die Wegnahme der Smalah Abd el Kaders* inspiriert, der mit seiner Kassette flieht. Was Arkadi, den Helden aus Dostojewskis Roman *Der*

Jüngling betrifft, liegt der Fall klarer: Er äußert selbst lauthals, er wolle reich wie Rothschild sein oder gar nichts, um, wie er glaubt, die Welt durch das Geld zu beherrschen.

Was hat man nicht alles auf seine Kosten erzählt! All diese Anekdoten kamen nicht von Antisemiten; mitunter ließen prominente Juden sich dazu hinreißen, über seinen Akzent und seine Manieren zu spotten. Zugegebenermaßen beschäftigte ihn in unseren Pariser Anfängen die jüdische Gemeinde weniger als der *Grand Orient de France*, eine Loge, deren Netz bedeutend tragfähiger war.

In den Augen der »Portugiesen«, dieser höchst kultivierten, vornehmen und selbstgefälligen sephardischen Patrizier, und in denen der »Avignonnais«, Nachkommen der französischen Juden aus dem 14. Jahrhundert, gehörte Rothschild zur dritten Gruppe, der letzten und am meisten verachteten, der 102 »Deutschen«, in der sich Elsässer, Lothringer, Metzer und eben Deutsche mischten, in ihren Augen lauter Wucherer, die sich in einem unverständlichen Dialekt artikulierten und bestenfalls durch ihr Vermögen geschützt waren.

Wenn es stimmt, dass man nur Reichen etwas leiht, war es logisch, dass James von Gerüchten überschüttet wurde. Nicht alle waren unbegründet. Doch vom Kern einer wahren Begebenheit ausgehend hagelte es unweigerlich Verdrehungen. Sein ungehobeltes Benehmen, seine fehlende Bildung, sein Mangel an Weltgewandtheit, alles Bausteine einer »Kosmopolitesse«, begünstigten diese rasante Entwicklung. Er klimperte mit seinem Geld. Dennoch hätte er sich niemals die Attitüde des Grafen von Orsay gestattet, der – überzeugt von seiner Autorität in allen Fragen des guten Geschmacks –, als er bei einem Empfang einem Gast helfen wollte, einen zu

Boden gefallenen Gegenstand zu finden, der mangelnden Beleuchtung dadurch abhalf, dass er einen Geldschein anzündete.

In Paris wurde ständig über James' Schnitzer gemunkelt, die ich erahnte, wenn ich sie nicht miterlebte. Als wir eines Abends hohen Besuch hatten und James die Ungeschicklichkeit beging, einen der Geladenen mit seinem Vornamen anzusprechen, drehte dieser sich zu seinem Diener um und sagte zu ihm: »Antworte, du hörst doch, dass der Baron mit dir spricht«, bevor er sich empfahl. Solche vorzeitigen Abgänge schockierten James nicht sonderlich, war er doch davon überzeugt, dass die Hoheit wiederkommen würde. Denn, wie er aus Erfahrung zu meinen glaubte: Sie kamen alle wieder.

Die Gäste meines Sohnes am heutigen Abend, die die Erinnerung an Balzac heraufbeschwören, wissen ganz genau, was sie von dem großen Romancier zu halten haben.

»Stellen Sie sich vor, eines Tages setzte er dem großen Baron in einem äußerst dringlichen Ton zu. Und wissen Sie, worum es ging? Eine Sache mit einem Tabakgeschäft, das er für seine Haushälterin erwerben wollte! Und als Betty ihm versicherte, sie werde alles tun, um ihm zu helfen, rühmte er ihre ›bezaubernde Liebenswürdigkeit‹! Woran das wohl liegt ...«

»Woher wissen Sie denn das?«, fragte die Gattin eines Finanziers, die sich bis dahin zurückgehalten hatte. »Denn schließlich ist nicht bekannt, dass Monsieur de Balzac dies öffentlich kundgetan hätte.«

»Briefe!«, meinte ganz entschieden eine der energischsten Personen des kleinen Kreises, der sich durch die lebhafte

Unterhaltung gebildet hatte. »Briefe von Schriftstellern findet man jede Woche in den Auktionshäusern. Sie kosten so gut wie nichts und sind sehr amüsant. Ich kaufe regelmäßig welche, nicht um sie zu sammeln – ich habe schon genug Laster –, sondern um sie unter unseren Freunden herumgehen zu lassen.«

»Und was für Freundlichkeiten kann man dort noch lesen?«, fragte eine schüchterne Stimme, die unschuldig tat.

»Anfang der vierziger Jahre zum Beispiel teilt er seiner Geliebten mit, dass er die vier Bände der *Menschlichen Komödie* luxuriös hat binden lassen, um sie der Baronin James zu schenken, denn, so stellt er klar, ›der Kreditbrief wird vielleicht notwendig sein‹. Und der Kerl fügt hinzu: ›Übrigens möchte ich diesen erlauchten Juden nichts schuldig bleiben.‹«

»Das schreibt Balzac?«

»Wer sonst? Geld, Geld, Geld! Etwas anderes sah er nicht in den Rothschilds.«

»Ein ganzes Leben voller abenteuerlicher Investitionen, mit den Gläubigern auf den Fersen, um schließlich reich an mündelsicheren Anlagen zu enden! Ein Genie ist zu solcher Schäbigkeit fähig, sobald es seinen angestammten Bereich verlässt. Im Grunde hatte der große Baron vielleicht nicht unrecht mit seinem Zynismus. Er kannte seine Pappenheimer.«

»Andererseits«, erwidert eine äußerst schlagfertige Dame, die jede Nebensächlichkeit zum Kern einer Argumentation machen konnte, »hat dieser Balzac nicht ein wenig übertrieben mit den modernen Anregungsmitteln? Ist die Parallele, die er zwischen der Verbreitung von Schokolade und dem

Niedergang der spanischen Nation zieht, nicht etwas, wie soll ich sagen, fragwürdig?«

Diese Botschaften von jenseits des Grabes können mir immer noch schaden, aber ist das nicht unser aller Schicksal? Der Brief ist eine geheime Unterhaltung mit einem Abwesenden, die von der Zeit und den Sammlern früher oder später ans Licht gebracht wird. Zu der Zeit, als wir mit den Straus verkehrten, unterstellte ein Gerücht mir eine Liaison, was sofort in Balzacs Feder floss. Als ich durch einen Händler der Rue Saint-André-des-Arts davon Wind bekam, dass besagter Brief im Autografenhandel im Umlauf sei, wollte ich ihn zusammen mit einem Posten anderer Billetts zurückkaufen, um ihn darin verschwinden zu lassen, doch ein Sammler, dessen Namen ich nie erfuhr, war mir zuvorgekommen. Der Experte war immerhin so freundlich, mir den Inhalt mitzuteilen: »Madame James wurde von einem strammen Jungen entbunden, von einem Kaliber, das James nicht viel gekostet hat, wie mir scheint; diese Juden müssen doch immer etwas gewinnen bei allem, was sie tun, sogar bei dem, was sie nicht tun …« Der Brief war vom 2. September 1845 datiert, das heißt dreiundzwanzig Tage nach der Geburt meines jüngsten Sohnes Edmond. Frauen fürchten solche Briefe und halten sie für ein drohendes Damoklesschwert, das über ihrem Kopf hängt; bis sie sich, fatalistisch oder pragmatisch, mit der Zeit von diesem Schrecken befreien und es nur noch als simples, noch dazu stumpfes Florett ansehen.

Derlei Gerüchte vergisst man schnell. Mit der Zeit wird das Gerede zum Gemurmel, bevor es vollends verhallt. Die Andeutung entbehrte nicht einer gewissen Grundlage; um mich davon zu entlasten, genügte es mir, Zuflucht bei bestimmten Texten aus dem Zeitalter Ludwigs XIV. zu suchen, in denen die Liebe vor allem ein leichtes, feines und fortlaufendes Lügengespinst ist. Zumal schon bald ein seltsam spiegelbildiches Gegengerücht entstand, demzufolge das Blut der Rothschilds in den Adern Émiles floss, dem Sohn der Strauss', der einmal einer unserer Anwälte werden sollte.

Was sie James nicht verzeihen, ist die Tatsache, dass er seine Feinde besiegt hat, darunter in erster Linie die Brüder Pereire, indem er sie öffentlich mit Spott überzog und die Börse auf ihre Kosten zum Lachen brachte; er gab sich nicht damit zufrieden, sie zu ruinieren, er musste sie auch noch demütigen. Als sie Sorgen hatten, kaufte ein Mitglied unserer Familie ihr Stadtpalais im Viertel La plaine de Monceaux auf.

Émile und sein jüngerer Bruder Isaac Pereire waren sephardische Juden, deren Großvater aus Spanien in die französische Hauptstadt gekommen war. In den dreißiger Jahren träumten sie davon, eine Eisenbahn von Paris bis in den eleganten Vorort Saint-Germain zu bauen, wofür sie auf finanzielle Mittel von James angewiesen waren. Er investierte in dieses Projekt, und die Aktien der Saint-Germain-Bahn liefen auch gut, bis Achille Fould und sein Bruder eine rivalisierende Parallellinie am linken Seineufer, ins Auge fassten. Aber diese elf Meilen von Paris nach St. Germain, die erste ausschließlich dampfbetriebene Eisenbahn in Frankreich, waren erst der Anfang. Zahlreiche weitere Eisenbahnprojekte – Paris-Avignon, Paris-Straßburg – folgten, wobei es zu zum Teil erbitterten Duellen mit Rivalen um Eisenbahntrassen kam. 1845 beteiligte sich James gemeinsam mit seinem Neffen Anthony in London zu 25 Prozent an einem Konsortium für die Compagnie du Chemin de Fer du Nord, die Nordbahn. Die erste Linie verlief vom Belgischen Bahnhof in Paris über Douai und Lille bis zum Ärmelkanal. Es muss ein äußerst einträgliches Geschäft gewesen sein, manche nannten es das Kronjuwel der Rothschilds. Eine erste Verstimmung zwischen meinem Mann und den Brüdern Pereire wurde mir 1849 bewusst, als sie James gar davon unterrichteten, dass sie für die geplante Linie Paris-Lyon-Avignon Geldgeber suchten. Dann begingen die beiden einen schwerwiegenden Fehler, als sie sich in den Kopf setzten, meinen Mann in seinem Stammrevier anzugreifen, dem der österreichischen Eisenbahn. Der Gegenangriff erfolgte blitzschnell, denn James verfügte über die Handlungsfreiheit, die man durch absolute Unabhängigkeit erhält. Wenn andere nicht daran dachten, James vergaß es nie: Der fundamentale Unterschied zwischen einem Rothschild und einem Pereire besteht darin, dass Ersterer für immer ein Bankier ist, der mit seinem Geld arbeitet, während der andere im Wesentlichen ein Bankier ist, der mit dem Geld anderer arbeitet. Ein Rothschild ist keinem anderen je Rechenschaft schuldig als einem Rothschild: Die Lektion des ersten Mayer Amschel hatte sich seinen Kindern und Kindeskindern für immer fest eingeprägt.

Die Brüder Pereire waren dem nicht gewachsen. Nicht dass sie dumm gewesen wären, weit gefehlt, doch eines Tages reichte ihr Geschäftsinn nicht mehr aus; mit einem Mal wurde deutlich, dass sie sich ihren Stolz nicht wirklich leisten konnten, und das war keine Frage des Geldes. In ihrer absurden Rivalität mit James verausgabten sie sich an der Börse und überall dort, wo die Macht zu Hause war. Direkt neben

Ferrières, wo sie Größeres und Besseres brauchten, und bis ins Bordelais, wo sie Château Palmer erwarben, nachdem Nathaniel Mouton gekauft hatte. Mit Ausnahme von Arcachon, das ihre alleinige Angelegenheit blieb. Man brauchte schon etwas Phantasie, um darin nicht nur einen Streit des Alten und der Modernen zu sehen. James hatte sie ausgebildet, und seine früheren Kassierer wandten sich gegen ihn: Die moralische Schuld war unverzeihlich. Sie waren so langjährige Gegner, dass sie und er schließlich ein konfliktreiches heimliches Einverständnis unterhielten; man hätte sagen können, sie verband eine solide Feindschaft.

Am Abend der Einweihungsfeier des Palais Pereire in der Faubourg Saint-Honoré 35 fühlten die Brüder sich geschmeichelt, weil die Reihe der Equipagen, mit denen die Gäste vorfuhren, bis zur Säulenhalle der Madeleine-Kirche reichte; dennoch wären Isaac und Émile besser beraten gewesen, wenn sie von ihren Architekten und Dekorateuren verlangt hätten, das gewichtige Gold auf den Zierleisten und Türen zurückzunehmen, und sei es nur, um ihre Gemäldesammlung nicht zu überdecken, die David Teniers und Gerrit Dou, Carpaccio und Botticelli, Boucher und Fragonard, die wie zu einem Dialog bereit an ihren Plätzen hingen. Man fragte sich jedoch, ob irgendwer in diesem Haus sich je die Zeit genommen hatte, sie zu betrachten.

Nie hätten sich die Gebrüder vorgestellt, dass das alles in den Augen des Faubourg Saint-Germain nichts galt, denn für jene Familien zählen nur Gemälde, die man geerbt hat. Hier sah man eine typische Bankierssammlung, einen an den Wänden ausgestellten Beweis ihrer Solvenz, der für die Augen der Besucher gedacht war – der Begriff »Gäste« passte nicht recht zur Bezeichnung derer, die meistens nur Kunden im Gesellschaftsanzug waren.

Als ich vom Beginn ihres finanziellen Ruins erfuhr, am Tag von Isaacs Rücktritt von der Nordbahn, sorgte ich in einer Teegesellschaft für eine Überraschung, als mir entfuhr: »Einer weniger!« Was erwartete man denn von einer Rothschild? Wir sind solidarisch in Freundschaften wie in Feindschaften. Der Stern der Pereires hatte nicht lange geleuchtet. Zehn, zwanzig, dreißig Jahre? Was bedeutet das schon: eine kleine Spanne auf der Zeitskala. Kaum auf der Welt existiert diese Familie bereits nicht mehr, selbst wenn die Pereire eines Tages einen Boulevard in Paris zwischen der Porte Maillot und der Porte de Champerret bekommen sollten, der so lang ist, dass das Katasteramt zwischen Pereire-Nord und Pereire-Süd unterscheiden muss, wohingegen nach den Rothschilds nur eine winzige Sackgasse im 18. Arrondissement benannt ist. Eine Sackgasse …

Zur Erfindung einer Dynastie braucht man viel Geduld.

James war vielleicht kein guter Hausherr, aber ein ebenso bemerkenswertes Familienoberhaupt wie Chef *seines* Hauses. In dem Sinne, wie es Bankiers und Adlige verstehen. Er empfing seine Leute in einem großen Raum im Zwischengeschoss der Rue Laffitte 21; diesen teilte er mit seinen Söhnen, jeder an einem Schreibtisch, und seinem Freund, Doktor Cabarrus, der jeden Nachmittag anwesend war, um ihn von Exzessen abzuhalten. Wie viele große Geheimnisse mag dieses Büro gehortet haben? Die anderen Familienmitglieder wurden dort nur vorgelassen, wenn große Ereignisse dies erforderlich machten. So wich ich Anfang Dezember 1851, wie auch früher in den stürmischen Tagen von 1848, nicht mehr vom Fenster zu einer kleinen Straße, die zur großen Oper führte. Man spürte, dass in der Rue Le Peletier die Barrikaden wachsen würden, die den Bajonetten zum Opfer fallen sollten, während in der Ferne Gewehrsalven ertönten.

König Karl hatte 1830 von Paris nach England fliehen müssen, weil die Bürger voller Ungeduld das uneingeschränkte Wahlrecht verlangten. Und Louis-Philippe, der Bürgerkönig, musste nun ebenfalls dem Volk weichen. Ein paar aufgeblähte Skandale, Korruptionsaffären hatten sein Ansehen gemindert. James begrüßte es seinerzeit, dass Louis-Philippe sich Metternich und der von Österreich geführten Heiligen Allianz anschloss, aber viele Bürger sahen voller Argwohn auf das Ansinnen, alte Adelsrechte wiederherzustellen. Als 1847 dann noch eine Agrar- und Handelskrise das Land erfasste und der König am 21. Februar 1848 ein Bankett zur Reform des Wahlrechts verbot, brachen die Aufstände aus. Wieder wurde Paris Schauplatz heftiger Straßen- und Barrikadenkämpfe. Wieder beneideten wir England um seine ruhigen, geordneten Verhältnisse. Und wieder musste der König, dieses Mal Louis-Philippe, abtreten und nach England fliehen. Es formierte sich ein seltsamer Ministerrat, in welchem ein Sozialist neben einem Konservativen saß, bis im Juni erneut der Sturm losbrach. Diesmal mit einer nie vorher da gewesenen Gewalt. Aufrührer starben auf den Barrikaden der Rue Soufflot und anderswo, über Zehntausende wurden in überseeische Kolonien verbannt, hörte ich einmal. Paris drohte in Blut und Chaos zu versinken. Die Zeit war reif für die Rückkehr eines Bonaparte, für den Neffen Napoleons, Louis-Napoleon, der schon früher vergebliche Putschversuche unternommen hatte und ins Exil geschickt worden war, aus dem er nun zurückkehrte, um sich im Dezember zum Staatspräsidenten wählen zu lassen. Er hatte nichts Besseres zu tun, als den alten Widersacher meines Mannes, Achille Fould, zum Finanzminister zu machen. Mein Mann traf Louis-Napoleon in jenem Jahr mehrere Male. Seine Angst war, dass der Neffe Bonapartes sich militärisch in den Konflikt zwischen Österreich und Preußen könnte hineinziehen lassen. So misstrauisch war James gegenüber der Außenpolitik des neuen Regenten, dass er im Oktober 1850, wie ich durch einen Zufall erfuhr, Gold an das Londoner Haus zu remittieren begann. Kurz vor dem Ende seiner Amtszeit führte Louis-Napoleon am 2. Dezember 1851 einen Staatsstreich durch. James hatte sich eine Woche zuvor den Knöchel schmerzhaft verstaucht, als er auf der Treppe gestürzt war. Er schrieb Briefe, mied darin aber jede politische Anspielung, denn er fürchtete, dass diese Schreiben abgefangen werden könnten. Der Grund war seine Freundschaft mit Nicolas Changarnier. Dieser war in Paris Oberbefehlshaber der Nationalgarde und der 1. Militärdivision. Im Januar sowie im Juni 1849 hatte er die Schilderhebung der Republikaner und Sozialisten verhindert, wofür ihm unendliche Dankbarkeit gebührt hätte. Er erhielt sie nicht, weil er als das Schwert der monarchistischen Partei galt, und zwar der Orléans. Wegen seiner unverhohlenen Skepsis gegen Louis-Napoleon wurde er im Januar 1851 des Oberbefehls über die Pariser Truppen enthoben und in der Nacht vor dem Staatsstreich des 2. Dezember mit anderen republikanisch gesinnten Generälen verhaftet.

James bewahrte nichtsdestoweniger einen kühlen Kopf, unempfindlich für meine Schimpftiraden gegen die Demagogie des Präsidenten. Ab fünf Uhr morgens thronte er hier, machte alles, hörte allen zu, las Briefe und Depeschen, antwortete umgehend, die konkrete Umsetzung war gesichert, die Organisation lief unter seiner Regie wie am Schnürchen. Er hatte seine Leute fest im Griff, angefangen bei seinen Söhnen, deren Kompetenz sie nicht von einer absoluten Unterordnung unter seine Entscheidungen abhielt. Väter, Vettern, Brüder und Söhne waren allein ermächtigt, Post und Bankwechsel zu unterzeichnen; in Urlaubszeiten wechselten sie sich ab, damit immer einer von ihnen die Stellung hielt. Innerhalb der Familie schrieben sich Eltern und Kinder fließend auf Französisch, Englisch und Deutsch; doch jedes Mal, wenn die Brüder einander etwas Vertrauliches mitzuteilen hatten, sei es privater, sei es geschäftlicher Natur, schrieben sie auf Jiddisch.

Nur ein Rothschild darf die Unterschrift eines Rothschild einlösen. In einem solchen System hätte ein Prokurist niemals unbeschränkte Handlungsvollmacht genossen.

Von früh bis spät, bis ans Ende seiner Tage, empfing James in einem ohrenbetäubenden Lärm Börsenmakler, zwielichtige Aktienhändler, die sich alle in vertraulichem Ton über das, was sie den »Lyoner Misskredit« nannten, unterhielten, ganz zu schweigen von Freunden auf der Jagd nach Gerüchten aus dem Palais Brongniart, von Diamanten- und Kunsthändlern, die ihm in mehreren Sprachen antworteten. Er empfing jedermann, aber nicht allzu lange, schenkte einem Großen wie einem Kleinen mit derselben zwanglosen Art ein wenig von seiner Zeit und verwandte ebenso viel Energie darauf, fünf Millionen zu gewinnen wie 50 Francs nicht zu verlieren. Nur offenkundige Fälle von Missbrauch bremsten seine Großzügigkeit; dann zog er sich zurück, auch auf die Gefahr hin, dass er für den Geizhals gehalten wurde, der er nicht war. In solchen Momenten schickte er den Bettler aufgebracht in die »Avenue de Friedland!«, anders gesagt zum Palais des Grafen Nicolas Potocki, Attaché an der Botschaft von Österreich-Ungarn, einer Persönlichkeit mit so legendärer Verschwendungssucht, dass diese Schwäche ihm den Spitznamen »Crédit polonais« eingetragen hatte.

Zur Mittagszeit gestattete er der Prozession der Bittsteller, ihm ins Speisezimmer zu folgen, dort standen sie alle, während er mit der Familie zu Tisch saß und sein Mittagessen zu sich nahm und ab und zu einen zerstreuten Blick auf die Kurszettel warf, die sie ihm hinhielten, sofern er sie nicht zum Teufel schickte. Seine Redseligkeit schützte ihn vor ungebetenen Gästen, sein Zynismus ermöglichte es ihm, sie sich vom Hals zu schaffen. Solche Demütigungen konnten nur zu dem Mythos seiner Grobheit und Brutalität beitragen. Viele hassten ihn, weil sie sich von ihm verachtet fühlten. Doch warum sollte man es dem Scharfrichter anlasten, wenn das Opfer schwach war?

Er konnte sich alles erlauben, so sehr war er sich seiner Herrschaft über sie alle sicher. Seine Gewissheit rührte nicht nur von seinem Reichtum her, sondern ebenfalls von seiner Stärke und seiner Macht. Auf diese Weise überstand er auch – besser als manche Zeitgenossen aus durchsichtigen Gründen behaupteten – das Entstehen einer neuen Art von Bank, die mit einer Privatbank wie der Rothschild'schen kaum noch etwas gemein hatte: der im Kaiserreich eingeführten Credit Mobilier, einer Bank auf der Basis von öffentlich beschafftem Aktienkapital. In England und Wales hatte es schon mehrere solcher Banken gegeben, bevor die Pereires damit in Paris begannen. James war also vorgewarnt gewesen. Er blieb dennoch ruhig, und seine Stellung als einflussreicher Ausländer gab ihm Sicherheit. Jene, die es lediglich für ein Zeichen seines Stolzes hielten, dass er Metternich beharrlich ersuchte, ihn zum Generalkonsul von Österreich zu ernennen, steckten schnell zurück, als sie feststellten, welche gesellschaftlichen Vorteile er aus dieser Situation zu ziehen wusste: nicht so sehr das Tragen des Fracks bei wichtigen Anlässen mitsamt Epauletten und Degen als vielmehr der Zugang zu den exklusivsten Kreisen, den er als Diplomat genoss. Er war Ausländer, und so wurde er, im Gegensatz zum Rest des französischen Zweigs, auch wahrgenommen; man beschrieb ihn zumeist als Weltbürger, dem es in einer einzigen Nationalität zu eng war, was die öffentliche Meinung ebenso sehr von seiner europaweiten Macht ableitete wie von der natürlichen Neigung zum Kosmopolitischen, wie sie den Juden zugeschrieben wird. Aber ihn deshalb gleich zum Verräter zu stempeln …

Dennoch hätte niemand aus den Kreisen der Rue Royale je riskiert, ihn zum Diner in das den Ausländern vorbehaltene Speisezimmer einzuladen. Unter dem Zweiten Kaiserreich erlaubte er sich, den Salat mit den Fingern zu essen, als würden wir noch unter der Julimonarchie leben. Die Gesellschaft hatte Leute schon für weniger ausgeschlossen, ihn jedoch nicht. Jedenfalls gehörte er nicht zu der Sorte Mann, die Creme mit der Gabel zu essen versteht. Um ihn zu verdrängen, hätte man ihn zuvor enteignen müssen, wozu in Frankreich niemand in der Lage war. Er, der der Krönung Karls X. beigewohnt hatte, schien selbst fest auf seinem Thron zu sitzen.

Auf seine Weise war James ein König.

Nicht alle sind Säulenheilige. Sie kennen das Leben. Ich höre ihnen zu und sage mir, dass sie einen wesentlichen Aspekt des Lebens der Reichen noch übersehen: die damit verbundenen Pflichten. Wir müssen sie ständig betonen, das heißt, unsere Großzügigkeit unserer Umgebung zuteilwerden lassen und für den Unterhalt von Menschen aufkommen, die uns dann zu Dank verpflichtet sind. Freilich muss man dabei eine Vorkehrung treffen, wenn man nicht schwere Enttäuschungen erleben will: Man darf nicht vergessen, dass die Leute es einem nie verzeihen, wenn man ihnen Gutes getan hat. Das ist eine Konstante im Gesetz der Undankbarkeit. Wie taktvoll wir auch sein mögen, sie werden stets glauben, in unseren Augen ihr altes Elend gespiegelt zu sehen. Sie werden automatisch bei uns die Erinnerung an ihre Namen, an Daten, Zahlen, Bilder, Orte und Ereignisse vermuten, lange nachdem diese bei uns verblasst ist. Vielleicht erinnern sie sich unbewusst daran, dass das Wort *gift* im Althochdeutschen zugleich »Gabe« und »Gift« im heutigen Sinne bezeichnete? Eine Wohltat bleibt niemals ungestraft.

Niemand würde vermuten, wie viele Leute etwas von James wollten und welche Stellung sie innehatten. Die Größten waren nicht die Letzten, die vom Bankier das Privileg erbettelten, bei ihm gut angeschrieben zu sein. Ich brauchte nicht einmal die Nase in die Rechnungsbücher unseres Bankhauses zu stecken, es genügte mir, zuzuhören und bisweilen einen Namen aufzufangen, den James im Zusammenhang mit einem Vorgang erwähnte, um mich daran zu erinnern.

Im Grunde vergaßen die kleinen Leute am wenigsten, was er für sie getan hatte. James war gerührt, als die Einwohner von Boulogne vorsprachen, um ihm eine Petition mit mehreren Dutzend Unterschriften zu übergeben, eine bescheidene Urkunde, die ihn dazu bewegen sollte, auf das Vorhaben zu verzichten, das Gerüchte ihm unterstellten: den Verkauf des Schlosses. Sie erinnerten sich an die Wohltaten und Vorteile, die unsere Anwesenheit ihrer Stadt beschert hatte. Mit einer gewissen Unbeholfenheit wiesen sie darauf hin, dass fünfhundert Mann der Nationalgarde zu den Waffen gegriffen hatten, um das Schloss gegen die Angriffe der Vandalen zu verteidigen. Diese Boulogner hatten schlicht und einfach ein gutes Gedächtnis.

Die kleinen Leute und die größten. Wie sehr war James doch überrascht, als er vom Kaiser einen Gobelin erhielt – der seiner Mutter gehört hatte, ein Geschenk Napoleons I. –, und dazu ein Schreiben, in dem der Kaiser erklärte, er habe nun keine Schlösser mehr, um die Tapisserie dort aufzuhängen, er wolle sie in guten Händen wissen und das sei seine Art, ihm seine Dankbarkeit zu zeigen. Bevor er an die Macht gelangte, bat Louis-Napoleon, gleich den anderen, James, ihn zu den Anleihezeichnern der Nordbahngesellschaft zu zählen, indem er ihn freundlicherweise in seine Liste aufnahm.

Den anderen wird man es nachsehen, dass sie sich nicht mehr erinnern können. Schließlich ist das eine menschliche Eigenschaft, und als ich James in seinen letzten Tagen fragte, worin für ihn die 1850er Jahre bestanden hätten und wer eine gewisse Bedeutung für Frankreich und seine Geschichte haben werde, war ich mir durchaus im Klaren, dass wir nur selten dieselben Eindrücke von den gemeinsam erlebten Momenten bewahren. Für ihn war es die Verlegung eines Seekabels unter dem Ärmelkanal zwischen Frankreich und England, für die er sich mit einer großen Unternehmung, der Gründung des Crédit foncier, gefolgt vom Crédit immobilier und vom Crédit industriel et commercial eingesetzt hatte. Für mich war es die Gründung des Warenhauses Le Bon Marché, dann der Grands Magasins du Louvre und die Verstaatlichung des Vermögens der Familie Orléans. Für uns beide war es die Gasbeleuchtung der großen Boulevards und die Einrichtung des elektrischen Telegrafen in den Tuilerien.

All das kommt mir wieder in den Sinn, als meine beiden Söhne zur Kaffeezeit vor meinem Portrait über die laufenden Geschäfte reden und dabei den Namen dieses Schriftstellers fallen lassen, der seit Kurzem in Paris sehr en vogue ist, sowie über die fünfzig Obligationen der Eisenbahngeschaft von Santa Fé reden, um die er sie gebeten hat, als sei es eine Gefälligkeit.

»Apropos, hast du seinen Roman gelesen?«

»Ich selbst nicht, aber eine Freundin hat mir ein paar überaus amüsante Seiten daraus vorgetragen, eine Geschichte von einer Drehtür in einem Pariser Restaurant, durch die der Held aus dem Saal für die Hebräer in den für die Aristokraten geht, das schien mir sehr gut beobachtet …«

Durch eine seltsame Alchimie, einen unterirdischen Prozess des Vergessens und Erinnerns im Labyrinth der unwillkürlichen Erinnerung, hat der Name dieses Marcel Proust für mich augenblicklich viele andere Namen heraufbeschworen, die nicht mit ihm in Verbindung standen, und das aus gutem Grunde; unter mir wohlbekannten etwa der von Émile Straus, dem reichen Rechtsanwalt, aber das ist eine andere Geschichte. Wenn ich glauben kann, was man über ihn berichtet, muss dieser Schriftsteller einer von jenen sein, die unsichtbare Tränen sichtbar machen können.

Die Dreyfus-Affäre traf meine Söhne überraschend. Sie hatten sie nicht kommen sehen, nichts hatte sie angekündigt. Mein Sohn Alphonse hat offenbar Angst, dass dieser Fall dem unterschwelligen Antisemitismus Auftrieb geben könnte. Er scheint lange angenommen zu haben, dass der jüdische Offizier des französischen Generalstabs, Alfred Dreyfus, schuldig und tatsächlich ein deutscher Spion wäre, der nicht gänzlich ohne Grund vor ein Kriegsgericht gezerrt und zu lebenslanger Haft auf der berüchtigten Teufelsinsel verurteilt wurde. Erst 1898/99, als Alphonse merkte, dass die Anklage auf gefälschten Dokumenten basierte, empörte er sich, und dies auch öffentlich. Nicht alle Rothschilds beweisen solche Courage, manche scheinen den Fall herunterzuspielen. Aber ich verstehe ihr Verhalten. Wir haben uns wohl alle in die Vorstellung hineingeträumt, die Toleranz werde auf Dauer siegen.

Ich erinnere mich: Die Wahl unseres Vetters Lionel de Rothschild in das House of Commons in London war mir wie eine Bresche in der Mauer aus Intoleranz erschienen. Eine kleine Bresche. Das war im Jahr 1847 geschehen, und Lionel de Rothschild war regulär wiedergewählt worden, konnte seinen Sitz jedoch erst etwa zehn Jahre später einnehmen. Bis man ihn nicht mehr verpflichtete, einen Eid »auf den wahren Glauben eines Christen« abzulegen. Lionel war der erste Jude, der ins Parlament einzog. Aber seine Nachbarn hätten eher ihr Schloss abbrennen lassen, als ihn darum zu bitten, ihnen seine Feuerlöschpumpen zu leihen.

Benjamin Disraeli mochte sich seit seiner Jugend zwar vom jüdischen Glauben gelöst haben, hatte aber dennoch seinen sprechenden Namen behalten. Das ging nicht ohne Mühe, ungeachtet Königin Victorias Unterstützung. Lady Palmerston, Witwe eines Premierministers, schwang sich zur Wortführerin ihrer Klasse auf, indem sie angesichts der Perspektive, einen Juden als Premierminister zu sehen, ihren Abscheu kundtat. Als Asquith dann für Edward Montagu den Spitznamen »Assyrer« fand, erinnerte er mich an diejenigen, die uns als »Levantiner« bezeichneten. Als wären wir seit der Zerstörung des zweiten Tempels und der babylonischen Gefangenschaft nie dieser orientalischen Dimension entronnen.

Da Alphonse 1894 fürchtete, die Dreyfus-Affäre könne ausarten, beauftragte er Neuburger, seine rechte Hand, mit der Vernichtung eines beträchtlichen Archivbestands aus dem Frankfurter Haus, den wir in Paris aufbewahrten, insbesondere die Unterlagen über die Kriegsentschädigung, die 1815 von Frankreich gezahlt wurde. Doch von der Affäre war bei uns kaum die Rede, weniger als draußen. Je mehr die Dreyfus-Gegner sich bemühten, unseren Namen mit dem des unglückseligen Hauptmanns in Verbindung zu bringen, um die Leute glauben zu machen, dass er mit uns verwandt sei, desto mehr verschlossen wir uns.

Unser Bedürfnis nach Diskretion war schon immer stark ausgeprägt. So war es meinen Söhnen in Fleisch und Blut übergegangen, nicht mehr über diesen Skandal zu sprechen. Keine Frage, der Mann war unschuldig, unsere Religion war von Beginn an bedroht, unnötig, Öl ins Feuer zu gießen. Bis zu dem Tag, an dem es ihnen unmöglich wurde, noch länger im Jockeyclub zu bleiben, so sehr vergifteten die Dreyfus-Gegner die Atmosphäre. Diese hatten sogar ihre Abonnements des *Figaro* gekündigt, der dem »Verräter« gegenüber als zu wohlwollend galt, das sagt schon alles. Schade um die Annehmlichkeiten des Clublebens. Man gehört zum Jockey, wenn man im Jockey geboren wird, pflegt man zu sagen. Das war nun für lange Zeit vorbei. Man denkt nicht ohne Bitterkeit an die frühen Tage dieses vollkommen geschlossenen aristokratischen Zirkels, der 1835 vor Ort zwei Juden, Rothschild und Fould, zu finden wusste, die seine Gründung finanzierten. Zehn Jahre vor der Dreyfuss-Affäre hatte die Hälfte der Aktivposten des Jockeyclubs aus Nordbahnaktien bestanden.

Darüber sprechen jetzt zwei direkt vor mir, als die Rede auf ihren Freund Clermont-Tonnerre kommt:

»War das nicht sein Großvater Stanislas, der eines Tages in der verfassunggebenden Nationalversammlung gesagt hatte, man solle den Juden als Nation nichts geben, als Bürgern hingegen alles?«

»Pardon! Als Individuen …«

»Das ist dasselbe! Das Wichtige an diesem Gedanken ist doch, dass ihnen das entzogen wird, was sie zu einer spezifischen Gruppe macht, damit man ihnen dafür ihre individuellen Freiheiten besser gewährleisten kann!«

»Die Juden bleiben ein Geheimnis für Sie, nicht wahr? Sie verstehen nicht, dass sie wie alle anderen sind, nur ein wenig mehr.«

Manche meinen uns eine Freude zu machen, wenn sie uns sagen, wir hätten zusammen mit einigen weiteren Namen der jüdischen Elite von Paris, den Familien Camondo, Bischoffsheim, Stern, Goudchaux, Worms de Romilly, Cahen d'Anvers, Koenigswarter und Ephrussi, ein Dreivierteljahrhundert gesellschaftlichen Vorsprungs vor unseren Glaubensbrüdern, als ginge es darum; in der Regel sind das dieselben, die uns unseren Anteil nicht geben wollen, als ob unser Erfolg uns vor einem erblich bedingten Schicksal bewahrte. Das ist wahrscheinlich der Fall bei dem, der jetzt vor mir auftaucht, der Generalsekretär des Louvre, dieser verbitterte Horace de Viel-Castel, in Anspielung auf seinen Namen »Fiel-Castel«, der Boshafte, genannt – man versteht, weshalb; sein Ruhm erschöpft sich darin, dass er jeden zweiten Abend bei Prinzessin Mathilde speist.

»Seit es mir vergönnt ist, die Juden aus der Nähe zu sehen, verstehe ich die Edikte unserer Könige, die sie verbannten. Mehr als je zuvor sind wir ihnen heute ausgeliefert, das Geld Frankreichs geht durch ihre Hände! Wahrlich, die Juden sind den Franzosen verhasst und werden es immer sein, weil sie unabänderlich Wucherer und Diebe sind, so hoch ihre Stellung inzwischen auch sein mag …«

Hinzu kommt, dass er am Ende doch wirklich die Stimme senkt und um sich blickt, dieser Mann, den ich so oft eingeladen habe und der meine Einladungen so oft angenommen hat. Er gehört zu jener Kategorie von Menschen, die es als Tugend hinstellen, wenn sie kein Geld verdienen. Ich habe immer gewusst, dass er den Spitznamen *Servum pecus*, sklavisches Rindvieh, den James in gewissen Kreisen trug, erfunden hat, doch ich habe mich gehütet, dieses meinem Mann mitzuteilen Nun, wenn wir alle Antisemiten aus unseren Häusern verbannt hätten, wären die Diners und Bälle wenig besucht gewesen.

Unsere Argumente vermochten sie nicht zu überzeugen, zum Teufel mit den Argumenten! Es ist müßig, ihnen zu erklären, dass man Partei ergreifen kann, ohne anzugreifen. Am besten ist es noch, sich ihnen gegenüber, wie Victor Hugo gegenüber Napoleon, den er den »Kleinen« nannte, von einer gnadenlosen Milde zu zeigen. Selbst wenn sie vor nichts Respekt haben, nicht einmal vor dem Tod eines Kindes, denn sie hatten ohne Bedenken in Paris das Gerücht in Umlauf gebracht, mein Sohn Salomon sei an der Börse vor Aufregung gestorben, als er vom Fall eines Aktienkurses erfuhr, während er doch einem Herzanfall erlag. Man hat sogar über mich erzählt, ich hätte im Bois einen alten Mann umgefahren und diesem eine Börse voller Gold zugeworfen, aber nicht anzuhalten geruht, aus Angst sein Blut könne meine Polster beflecken! Sagen wir schlicht, dass diese Leute die Juden über Gebühr hassen, und sprechen wir nicht mehr darüber.

1871, als die Familie Frankreich eine Milliarde Francs lieh, fragten sie sich mit spöttischer Miene, zu welchem Zinssatz dies wohl geschehe: »Ein gutes Geschäft und keine Bravourleistung.« Die Brüder Goncourt können unseren Namen nicht aussprechen, ohne ihn sogleich mit dem Bild des goldenen Kalbs zu verbinden! Das ist übrigens der Spitzname, den man James verpasste, obgleich seine hartnäckigsten Verleumder das Tier noch für zu leicht und zu hübsch erachteten. Ich erinnere mich lieber daran, dass seine Neffen ihn mit liebevollem Spott »den großen Baron« nannten,

»den allmächtigen« oder »den hochverehrten Baron«. James war bereits das Fell gegerbt worden; da hätte es viel mehr gebraucht, um zu behaupten, sein Vermögen bereite ihm Kummer.

Ein paar leise auf dem Klavier angeschlagene Akkorde wehen aus dem Nebenraum herüber. Nichts rührt mich so sehr an wie musikalische Klänge, die sich ringsumher ausbreiten, durch die Gänge ziehen und durch die Fenster dringen. Eine meiner Enkelinnen – Aline oder Bettina? – wird endlich mit einem Stück fertig, das allerdings nicht die geringste technische Schwierigkeit aufweist, ein Stück, das ich mühelos wiedererkenne. Wie könnte ich es nicht: Seinen *Walzer in h-Moll* hat unser lieber Chopin mir gewidmet, einen seiner beiden sogenannten melancholischen, in Mädchenpensionaten früher hochgeschätzten Walzer.

Recht bald nach seiner Ankunft in Paris Ende 1831, als die Stadt das pulsierende Zentrum der polnischen Emigration war, hatte ich ihn unter meine Fittiche genommen. Die Melancholie des Emigranten war mir vertraut. Nicht dass ich mich in Paris im Exil gefühlt hätte, ganz im Gegenteil, ich war in Frankreich schnell zu Hause; in Wirklichkeit bewahrte ich eine schlechte Erinnerung an Wien, wo ich bis zu meiner Heirat bei meinen Eltern im Hotel »Zum römischen Kaiser« in der Renngasse 1 wohnte, da das Gesetz es Juden untersagte, Grundbesitz zu erwerben, und dachte ungern an diese fremdenfeindliche Gesellschaft zurück. Die Juden lebten in einem System vollständiger Ausgrenzung – hohe Toleranzsteuer, Wohnung mieten nur mit einer besonderen Erlaubnis – mit individuellen Ausnahmen – und obwohl mein Vater

1816 geadelt worden war, hatte er noch immer keinen Zugang zum Hof erhalten, obgleich er doch dessen Bankier war.

Bei Chopins erstem Konzert hatten ihn die Kritiker, diese Shakespeare-Jünger, »den Ariel des Klaviers« getauft. Wenn er nicht meinen musikalischen Soireen Glanz verlieh, erteilte er uns Privatunterricht, meiner Tochter Charlotte, der er seine Ballade Nr. 4, f-moll, zueignete, meiner Nichte Mathilde und mir. Es kam vor, dass ich mich auf seinen Wunsch zu ihm begab, zur Place Vendôme, um ihm zu lauschen, wenn er sich ausgiebig seiner Kunst widmete, und um anschließend mit den Potockis zu Abend zu essen – dies zu einer Zeit, als ganz Paris sich fragte, wie seine Beziehung zur Gräfin, meiner Freundin Delphine, wohl geartet war. Er wusste mir Dank dafür, dass ich ihm zu nützlichen Gönnern verholfen hatte wie etwa dem Fürsten Czartoryski, der Gräfin Apponyi, der Prinzessin Vaudémont oder der Marschallin Lannes. Andere hatten es übernommen, ihn bei Fürst von Radziwill und den Komar einzuführen. Dies war umso nützlicher, als Chopin mehr ausgab, als er einnahm und besser von seinem Unterricht als von seiner Musik lebte.

Ich war bei seinem ersten Pariser Konzert und beim letzten, sechzehn Jahre später in der Salle Pleyel, zugegen. In Anbetracht der Tatsache, dass unsere Freundschaft allgemein bekannt war, hielt ich es für geboten, an der Trauerfeier in der Madeleine teilzunehmen, als er 1848 früh verstarb – ich gab mich vorbehaltlos dem *Lacrimosa* des *Requiems* hin, wobei ich zu vergessen suchte, dass es nach dem achten Takt nicht mehr von der Hand Mozarts stammte. Anschließend gedachte ich seiner ein letztes Mal an seinem Sarg, als sich die Prozession zum Père Lachaise in Gang setzte; ich wusste, dass sein Herz nach Warschau überführt worden war. Charlotte hat einst ein Kissen für Chopin gestickt, sie bewahrt es als treue Erinnerung an ihn. In den vier kurzen Musikstücken, die meine Tochter komponierte und veröffentlichte, hat sie ihm ohne Zweifel nachgeeifert.

Manchmal bedarf es nur einiger Töne, damit eine dahingegangene Welt wieder auflebt. Mehr braucht eine nostalgische Seele nicht, um sich davon zu überzeugen, dass die Musik auch hilft, weniger unglücklich zu sein.

Ausgerechnet Graf Rudolf von Apponyi, der österreichische Gesandte in Paris, musste über die Massen spotten, die sich bei unseren Empfängen drängten. Hatte nicht er die Mode der Tanztees am Sonntagmittag mit dreihundert Personen aufgebracht? Die Menschenmenge war so groß, dass die drei Salons in der ersten Etage sie nicht fassen konnten; das ehemalige Hôtel de Monaco gehört durchaus nicht zu den bescheidensten. Die Empfänge von Gräfin Thérèse Apponyi in der österreichischen Botschaft waren deshalb nicht weniger gut besucht, was an ihrer Eleganz sowie an ihren Söhnen lag, die Sekretäre in der dortigen Kanzlei und gefragte Tänzer waren.

Wiener Walzer natürlich, aber auch Polka und Menuett, nichts passte besser zu der diskreten Diplomatie dieser sonntäglichen Plaudereien. Bis auf die Tatsache, dass die raue Wirklichkeit der zwischenstaatlichen Beziehungen sich schließlich in die Politik des Parketts einmischte. Der Ausrufer, der die Ankunft der Marschälle und ihrer Gemahlinnen ankündigen sollte, geriet zusehends in Bedrängnis: Den Anordnungen entsprechend verschluckte er ihre Titel. Wenn die Vorrechte des Adels im Ersten Kaiserreich in

Frankreich offiziell anerkannt waren, dann war dies aus der Sicht Wiens noch lange nicht der Fall: Die Titel von Herzögen und Fürsten, die mit Siegen verbunden waren, wurden nur unter der Voraussetzung zugelassen, dass sie nicht unangenehm an die napoleonische Herrschaft über österreichische oder italienische Gebiete erinnerten; in diesem Abschnitt des Faubourg Saint-Germain zwischen der Rue Saint-Dominique und der Rue de Grenelle befanden wir uns gewissermaßen in Österreich, und die Erwähnung von Reggio und Dalmatien war dort untersagt. Soult und Oudinot mochten wohl den Rücken kehren, sich beim Außenministerium beschweren und einen Skandal auslösen, der Botschafter blieb auf Anweisung seiner Regierung auf seinem Territorium unbeugsam. Obgleich die Angelegenheit über eine reine Protokollfrage hinausging, erhitzten sich die Gemüter weniger darüber als über ein anderes Ärgernis, das durch diese Tanzveranstaltungen bei Apponyi entstanden war: Wie sollte sich die Schönheit der Frauen, die darauf abgestimmt war, mit dem flackernden Halbdunkel des Kerzenlichts zu verschmelzen, auf das unbarmherzige Tageslicht einstellen?

Als ich mich 1824, nach unserer Hochzeitsreise in die Schweiz, in Paris niederließ, hatte ich das Glück, dass wir uns in der warmen Jahreszeit befanden, in der die Gesellschaft in der Sommerfrische zu sein pflegte. Dies ließ mir die erforderliche Zeit, um mich einzugewöhnen und Erkundigungen einzuziehen über diese kleine Welt, die vollauf mit sich selbst beschäftigt war, ehrlich überzeugt, das Salz der Erde in einem Land zu sein, das der Mittelpunkt der besten aller Welten sein wollte. Wer jedoch durch Europa gereist war, wusste, dass der berühmte französische Geschmack mit dem Ancien Régime verschwunden war.

Die neue Pariser Welt war im Grunde nur eine Geldelite, die sich für eine Geisteselite hielt. Als ich dort Zutritt erhielt, musste ich mich nicht völlig selbst verleugnen, wozu sich Jüngere vielleicht unter ähnlichen Umständen verpflichtet gefühlt hätten. Ich erfuhr frühzeitig, wie schnell sich Klatsch verbreitet, als man mir berichtete, was Lady Harriet, Gräfin von Granville, die Gattin des englischen Botschafters, nach einem unserer ersten Diners über mich gesagt hatte: »Das war prächtig. Rothschild hat seine Nichte geheiratet, eine hübsche kleine Jüdin, ein Sonntagskind, was für Paris ein Glücksfall ist, und obwohl sie kaum ihrer *nursery* entwachsen ist, macht sie die Honneurs in ihrem Haus, als ob sie nie etwas anderes getan hätte.«

Lady Harriet hatte mehr Ausstrahlung als Tiefsinn. Sie trug mit viel Anmut ihre mit Stolz gepaarte Schlichtheit zur Schau. Solche Persönlichkeiten waren in der mondänen Welt recht verbreitet. Sie hatte die Lektion der Moralisten des 17. Jahrhunderts oder zumindest deren Methode vollkommen verstanden, denn sie verfügte über das seltene Talent, ihre persönlichen Gedanken in Maximen zu verwandeln, indem sie einfach ein allgemeingültiges »Man« an die Stelle des deutlich eingeschränkteren »Ich« setzte. Man musste glänzen, vorausgesetzt, dass der Glanz kurzlebig war: Wer etwas veröffentlichte, stand unter dem Verdacht, das bisschen Geist, das ihm oder ihr zu Gebote stand, zu verkaufen. Ich brauchte nicht lange, um zu begreifen, dass in dieser Pariser Gesellschaft die geistreichen Bemerkungen, Geistesblitze und schlagfertigen Antworten bei Tisch mit all ihrer Schärfe schon am nächsten Tag im unsichtbaren Buch der gesammelten Repliken standen.

Das offenbarte sich mir bei einem meiner ersten Diners, eben in der englischen Botschaft; eine Marquise, die verärgert war, dass ihr Tischnachbar dem Alkohol mehr zugesprochen hatte als ihm guttat, warf ihm ein bissiges »Monsieur, Sie sind ja betrunken!« an den Kopf, worauf er sogleich in gelassenem Ton klar und deutlich entgegnete: »Und Sie, Madame, sind hässlich, aber ich für mein Teil werde morgen wieder nüchtern sein.« Dem Ehemann der Dame war das tiefste Mitgefühl sicher, denn er trat damals als Inbegriff eines jener Ästheten auf, denen sehr viel daran liegt, sich mit Dingen zu umgeben, die ihren Ansprüchen genügen, selbst wenn ihre Frau eine Ausnahme bilden sollte.

Kurz darauf lieferte eine andere Dame den Beweis, dass wir die Klassiker in uns tragen, ohne es zu wissen, als sie bei der Kritik des Shakespeare-Stücks, das sie am Abend zuvor gesehen hatte, seufzte: »Es war gut, aber es waren zu viele Zitate drin«. Ich wusste nicht, wie ich mich verhalten sollte, da die Engländer Meister darin sind, ihren Humor hinter einer reglosen Maske zu verbergen. Doch für einen einzigen dieser schönen Aussprüche, bei denen man an sich halten muss, um nicht zu applaudieren, muss man leider manch Geschwollenes über sich ergehen lassen, das die weniger Gewitzten von sich geben! Nur Balzac glaubte, dass die Leute von Welt geistreicher seien als die Leute mit Geist, mit der einzigen Begründung, dass sie zumindest nicht schreiben.

Der Verlauf einer Soiree stand nicht von vornherein fest. Langeweile konnte mit vergnüglicher Unterhaltung abwechseln, ohne dass man gewusst hätte weshalb, ganz gleich, wer oder wie die Gäste waren, die Spätankömmlinge inbegriffen, denn da James das Zwischengeschoss der Rue Saint-Florentin an die Fürstin von Lieven vermietet hatte, kam es vor, dass manche von einem zum anderen gingen. Man konnte einen außergewöhnlich schönen Abend in der Oper verbringen, ohne dass man sicher war, jemanden zu finden, mit dem man beim Souper seine Begeisterung für den *Propheten* von Meyerbeer oder seine Ergriffenheit bei der großen Prozessionsszene zur Kathedrale teilen konnte.

Ein übertriebener Snobismus machte mich schon bald stutzig. Er äußerte sich in einer bestimmten affektierten Grobheit, die in einem Meer von Bildung unterging. Von Zeit zu Zeit wurde ein anstößiges Wort oder ein Ausdruck in die mit künstlicher Nachlässigkeit geführte Konversation eingeworfen, und alles im Namen der aristokratischen Unverschämtheit, einer Mischung aus Unverfrorenheit und Zwanglosigkeit, mit der daran erinnert werden sollte, dass diese Standespersonen sich über das Gewöhnliche stellten, sich Unhöflichkeiten erlauben konnten und erlaubten, ganz wie es ihnen beliebte, meilenweit entfernt von bürgerlichen Konventionen, und dass man letztlich der öffentlichen Meinung viel Ehre erwies, indem man sich über sie hinwegsetzte.

Es gibt Leute, die imstande sind, einem zu sagen, der Brief, den man ihnen geschickt hat, habe ihnen missfallen, daher wären sie zu Dank verpflichtet, wenn man ihnen einen anderen schriebe. Sie können den Eindringling in ihren Kreis einlassen, aber bei der kleinsten Vertraulichkeit geben sie ihm barsch zu verstehen, dass durchaus nicht jeder Mensch ihr Landsmann ist. Die Wahrung des Scheins darf nicht mit dem aristokratischen Vergnügen, Missfallen zu erregen, verwechselt werden. Wohlgeboren zu sein, bedeutet nicht, dass man gut erzogen worden ist. Was rettet sie also? Wahrscheinlich ihr Intellekt, eine Verbindung aus Schlagfertigkeit, im Treibhaus gezogenen Bonmots, Gleichgültigkeit gegenüber dem Klatsch und ein unerschütterliches Vertrauen in den eigenen Rang.

Davon bin ich seit diesem großen Diner bei einer unserer Freundinnen überzeugt. Auf die Namen kommt es nicht an, alle stammten sie aus einer alten Familie, es bleibt nur die Erinnerung an die Blicke, die gewechselt wurden, und diese waren vielsagend, als einem der Tischnachbarn ein Wind entfleuchte, während man das Dessert servierte. Ein kräftiger, langer, hörbarer und aufdringlicher Furz, über dessen Ursprung kein Zweifel bestand, wenn man sich auf die Windrichtung verließ. Manche schossen böse Blicke in seine Richtung ab, andere schauten verblüfft drein, während die meisten die Nase fast bis auf ihren Teller senkten, um ihren amüsierten Blick zu verbergen. Da wandte sich der Schuldige, einer, der kaum von Selbstzweifeln geplagt wurde und es selten anderen überließ, sein Genie zu würdigen, mit dreister Selbstsicherheit der Dame zu, die links von ihm saß, und sagte ziemlich vernehmlich zu ihr: »Seien Sie unbesorgt, Madame, ich sage, dass ich es war …« Die Hausherrin konnte nur ablenken, indem sie schallend lachte und zu etwas anderem überging. Was soll man einem solchen Menschen antworten, der diejenigen beneidet, die er mit seiner Freundschaft beehrt?

In den 1840er Jahren fanden sich bei einem Ball in der Rue Laffitte ohne Weiteres um die tausend Gäste ein. Bei zweihundert war man sozusagen im engsten Kreis. Weniger wirkte nahezu karg. Häufig waren es Kostümbälle; man wollte sich das seltene Vergnügen nicht entgehen lassen, den Prinzen von Joinville als Großtürken zu sehen. Sie hielten sich viel auf ihre untadeligen Umgangsformen zugute, doch es war reizvoll festzustellen, dass zahlreiche der großen Damen sich anscheinend verpflichtet fühlten, sich als Personen des Alten Testaments zu verkleiden, mit moabitischen Mützen und Turbanen à la Rebekka, weil sie sich bei uns »Hebräern« befanden, während wir an solchen Abenden nicht im Mindesten an derartige Bezüge dachten. Ob sie nun von hoher oder niedriger Geburt sind, die Leute stellen sich häufig vor, dass die Juden seltsame Rituale pflegen. Das Bild, das andere sich von uns machen, hält immer wieder Überraschungen bereit, zum Beispiel das Hirngespinst der männermordenden levantinischen Prinzessin und Femme fatale. Wann werden sie endlich aufhören, sich uns als lauter dämonische Liliths mit Vagina dentata auszumalen? Wir sind wie die anderen, nur ein bisschen mehr. Alle Frauen überboten sich gegenseitig mit ihren Smaragden und Diamanten, doch am Tag nach den Bällen wurde in den Gazetten, sofern die Kommentare schmeichelhaft waren, dieser zur Schau gestellte Reichtum nur bei den Rothschilds, nie bei der Familie Orléans erwähnt.

Eine Ehre, auf die wir gern verzichtet hätten. Allerdings müsste man sich über dieses Wort verständigen. Es heißt, um die Rothschild-Brüder voneinander zu unterscheiden, brauchte man sie nur auf einer Skala der Eitelkeit und des Stolzes zu platzieren: Da gibt es diejenigen, die sehr empfänglich für Ehren sind (Salomon, mein Vater), empfänglich (Carl, vom

Haus Neapel), nicht sehr empfänglich (Amschel, aus Frankfurt), unempfänglich (Nathan, der Engländer); James lief dabei außer Konkurrenz, so sehr war er auf Ehren erpicht.

Ein Ball nach meinem Geschmack muss eine völlig neue Mischung aus Luxus, Frische und Eleganz bieten. Die Frauen strengen sich an, damit ihr Putz zum Genius Loci passt, doch nicht selten ist fehlende äußere Anmut ein Vorgeschmack auf innere Anmut. Man erkennt die Arbeit nicht, und die Konstruktion bleibt unsichtbar. Wenn man den Schmuck erblickt, vergisst man die Schmuckschatulle und umgekehrt. Ein Galaabend berechtigt zu einer gewissen Zurschaustellung, da man nicht erwarten kann, dass die Ballroben inmitten des Luxus asketisch ausfallen.

Als Fest für die Jugend und als gesellschaftliche Pflicht für die Erwachsenen kann ein Ball zu einer bis zum frühen Morgen durchgehaltenen Askese werden, denn man würde die Gastgeber kränken, wenn man zu früh aufbräche. Sogar eine doppelte Askese, da man ständig zugleich gefallen und repräsentieren muss.

Die stark dekolletierten Kleider waren mit Schleifen und Blumen garniert, die Taillen lang und vorne wie hinten mit Fischbeinstäben versteift, die Röcke bauschig und gestuft. Einige Frauen erstrahlten wirklich in aller erdenklichen Grazie, viele andere dagegen waren nur im Hinblick auf ihre berückende Mitgift schön. Die Gäste besuchten das Haus wie Karawanen; diejenigen, die zurückkamen, priesen die Annehmlichkeiten der Reise gegenüber denen, die sich auf den Weg machten. Die Wände hallten noch wider von den Walzern des Orchesters unter der Leitung von Johann Strauss und von den Seufzern unserer lieben Nachbarin Delphine de

Girardin: »Diese armen Reichen sind ja so schlecht angeschrieben im Reich der Neider.«

In einer Ecke machten die passionierten Genealogen eine Bestandsaufnahme der Anwesenden nach Berühmtheit und Alter ihrer Familien und taten dies mit größerer Zuverlässigkeit als der Archivar Borel d'Hauterive bei der Redaktion der neuesten Auflage seines Adelsjahrbuchs, des *Annuaire de la Noblesse.* Auf der anderen Seite bewiesen brillante Plauderer, die einen eigenen kleinen Salon bildeten, wie viel Esprit man versprühen kann, selbst wenn man keinen Charakter hat. Sie diskutierten über die Herkunft des Wortes »Snob«, genauer: Nachdem sie sich einig waren, dass es in Cambridge anzusiedeln sei, versicherten die einen, das Wort habe früher im Universitätsjargon den »Schuhmacher« bezeichnet, anders gesagt eine Person, der nicht ihresgleichen war, während die anderen davon überzeugt waren, dass die Professoren »s.nob.« als Bezeichnung für *sine nobilitate* neben die Namen der nicht adeligen Studenten schrieben.

Es war immer einer darunter, der sich absonderte und mit erhabener Langeweile von einem Salon zum anderen schlenderte, kenntlich an seiner *splendid isolation*, als wollte er sagen: Zum Glück war ich da, sonst hätte ich mich tödlich gelangweilt. Und stets gab es einen, der noch törichter war als der andere, mit dem man mindestens eine Stunde lang umhergehen und dabei über den Widerruf der Edith von Nantes – er meinte natürlich: das Edikt von Nantes – parlieren musste. Bei den Spieltischen reflektierten die Carcel-Lampen das Portrait oder Monogramm auf den goldenen oder emaillierten Tabakdosen der Spieler mit ihren rot glühenden Gesichtern.

Weiter hinten warteten ganze Familien, noch am Rande des Geschehens, auf die Eröffnung der Tänze und Kontratänze. Vornehme Witwen stellten ihre heiratsfähige Enkelin alten Freunden vor, die am Tag zuvor eigens von ihrem Schloss gekommen waren, eine rührende Note von Ursprünglichkeit, diese Gesellschaft der »Neuerscheinungen«. Bei einigen Damen zeichnete sich in allem die verschlissene Pracht des untergehenden Adels ab; ihre materielle Lage stand nicht mehr im Einklang mit ihrem großen Namen. Man brauchte nicht erst bei ihnen zu dinieren, um zu erraten, dass die Tischdecke zwar äußerst edel, aber dennoch geflickt war. Immerhin ließen sie sich, im Gegensatz zu dem, was später ein Boni de Castellane mit den Gould aushandeln sollte, nicht dazu herab, ihren Titel und Namen zu verkaufen, um ihren Grundbesitz zu erhalten. Dass sich die Gruppen nach Wesensverwandtschaft bildeten, überraschte die naiveren Besucher: Auch wenn Prinzessin Mathilde, die Cousine von Louis-Napoleon, die Geliebte eines Anhängers des Grafen von Chambord war, hieß sie doch das Kaiserreich gut – Blut ist dicker als Wasser. Doch beim geringsten Anlass ließ sie ihrem Zorn auf Georges Haussmann freien Lauf – sie beschimpfte ihn als Halunken, weil er ihr für einen neuen Boulevard tausendzweihundert Meter von ihrer Straße gestohlen hatte; jedes Mal, wenn ich zu einer Eröffnungssitzung der Académie ging, wo Viel-Castel es stets so einrichtete, dass ich neben seiner teuren Freundin Platz nehmen konnte, schalt sie den großen Umkrempler von Paris. Schleppenkleider aus silberbesticktem Samt wetteiferten mit Roben aus weißem Tüll, bedeckt mit großen, langstieligen Rosen. Eine ganze Gesellschaft war dem Ritual des Handkusses und der schmeichlerischen Verbeugungen verfallen.

Ein Maler wäre ganz in seinem Element gewesen. Alles war aufs Beste arrangiert, sodass man Vergleiche zwischen den Gesichtern der Gäste und berühmten Portraits in den Museen anstellen konnte. Solch verblichene Pracht wartete nur noch auf eine Signatur. Ein gelungener Ball glich einem »lebenden Bild«. Ich denke nie ohne Rührung daran zurück, denn ich weiß, dass solche Augenblicke nicht wiederkehren werden, weil diese Welt nicht mehr existiert. Unsere Erinnerung ist voll von versunkenen kleinen Atlantis-Inseln; es steht uns frei, sie wiederauferstehen zu lassen, entweder unter Tränen oder im sanften Heraufbeschwören glücklicher Stunden, die für immer vorüber sind.

Zu jener Zeit hatte die junge Marquise de Contades beim Tanz einer Quadrille als Gegenüber vielleicht einen ganz auf seine *entrechats* konzentrierten, kleinen älteren Herrn, der in seiner Jugend Page von Marie-Antoinette gewesen war. Man konnte meinen, dass alle diese Personen nur gekommen waren, um das seltene Glück zu empfinden, sich in einer Menschenmenge bewegen zu können, ohne befürchten zu müssen, mit allen auf Tuchfühlung zu sein. Mit einer solchen Ausstattung in einer solchen Atmosphäre wurden, so manches Glaubensbekenntnis hinfällig.

Nur ein Mann wie Chateaubriand konnte in einem Moment genialer Hellsichtigkeit notieren, dass diese Aristokratie nach der Ära der Überlegenheit und der Privilegien nun im Zeitalter der Eitelkeiten angelangt war und darin verharren würde bis zu ihrem Aussterben.

Mitunter sind die gelungensten Abende auch voller Überraschungen. In den 1830er Jahren, als unsere Welt auf die Freilassung der Herzogin von Berry wartete, sagten wir alle

Bälle ab, nicht jedoch die Konzerte und die großen Gesellschaften. Als nun James sich hatte hinreißen lassen, im Vertrauen zu erwähnen, dass man am 16. Dezember trotz alledem tanzen würde, da er die Musiker des Orchesters in die Rue Laffitte bestellt hatte, schlug der Botschafter Apponyi seinen tanzbegeisterten Freunden vor, sich nach den Italienern bei uns zu treffen. Wie groß war ihre Überraschung, als sie beim Betreten des Hauses feststellen mussten, dass die Teppiche nicht entfernt worden waren! Ich hatte mich gegen die Initiative meines Mannes gestellt, und er hatte nicht die Stirn gehabt, mich zu desavouieren. Nun hatte sich jedoch das Gerücht in Paris wie ein Lauffeuer verbreitet, sodass die meisten eingeladenen Damen im Ballkleid erschienen. Man debattierte erregt. Da zu jener Zeit niemand zu einem Ball zu laden wagte, war ich überzeugt, dass wir, falls wir die Ersten wären, schon am nächsten Tag die öffentliche Meinung gegen uns haben würden. Die Kavaliere stellten sich schließlich auf meine Seite, waren deshalb aber nicht weniger enttäuscht. Dennoch gab es nach allgemeinem Bekunden selten einen so fröhlichen Abend bei uns wie diesen.

Man kam auch zu uns, um zu sehen und gesehen zu werden. Es konnte sein, dass der letzte Spieler den Tisch um vier Uhr morgens verließ und der letzte Tänzer um acht ging.

Bisweilen rechtfertigte die Anwesenheit einer einzigen Person die Soiree, denn sie ließ die vorhergehenden Empfänge verblassen und überstrahlte alle weiteren. So etwa die Gräfin di Castiglione, ein Bild von einer Frau, ein Wunder an Schönheit, die sich nichts versagte, nicht einmal einen mitternächtlichen Auftritt als Venus, vom Olymp herabsteigend, mit ihren Haarflechten als einzigem Schmuck. Das geschah bei einem großen Ball in den Tuilerien – immerhin wartete das diplomatische Korps seit neun Uhr, um zum Empfang des Kaisers um neun Uhr dreißig vollzählig zu sein. Ihre Eigenschaft als Mätresse Napoleons III. gestattete ihr diesen heimlichen Skandal, doch mehr noch ihre außergewöhnliche Ausstrahlung, die allen wohlmeinenden Gästen den Atem verschlug, sofern sie nicht sogar einen leisen, versteckten Beifall hervorrief. Ihr Auftritt ließ in einem einzigen Augenblick das Gebäude so mancher Frauen einstürzen, die angeblich betroffen sind, wenn sie sich betrachten, und sogleich beruhigt, wenn sie sich vergleichen. Man beneidete sie darum, dass sie sich in ihrer Haut wohlfühlte. Sie genoss das seltene Privileg, ihre Respektlosigkeit vor einem großen und erlesenen Publikum zu zelebrieren. Doch alles an ihr wirkte derart einstudiert, kalkuliert und selbstsicher, dass ihr immer das Wesentliche fehlen sollte: der Charme, der aus einem geheimen Zusammenspiel mit der Natürlichkeit entsteht. Die Gräfin di Castiglione trug zweifellos ein Halbkorsett unter ihrem Morgenrock. Die Wahrheit einer Frau kommt beim Aufstehen ans Licht.

Ende der 1830er Jahre gaben wir einen Ball, um mit unseren Freunden das neue Aussehen des Hôtel d'Otrante, unseres Hauses in der Rue Laffitte, zu feiern. Nach James' Wunsch waren die Innenräume umgestaltet worden, obgleich die Dekorateure ihm vorsorglich mitgeteilt hatten, seine Wahl entspräche eher einem Landschloss als einem Pariser Stadtpalais, aber nun gut. Das Anwesen, in dem bereits im Mittelteil das Wohnhaus, rechts und links davon sowie vorne die Geschäftsräume untergebracht waren, wurde zum Palast. Es wurde nach seinem Wunsch gestaltet, der Ballsaal für bis zu dreitausend Personen in einer Mischung aus Gotik und Renaissance, der Billardsaal nach pompejanischem Vorbild, die übrigen Räume Phantasiemittelalter mit einer Spur Etruskisch in den Details, doch das Ganze war ein Bluff. Es war schön, aber neu, der englischen Vorliebe für Patina zum Trotz, aber wie hätte es anders sein können?

1.500 Einladungen waren in Paris verschickt worden, direkt zugestellt von Jockeys und fast alle angenommen. Ungefähr tausend Equipagen fuhren vor und legten das Viertel mit einem Stau von Galakutschen lahm, während unsere Leute Teppiche auf der Straße ausrollten. Berthault übernahm die Inszenierung und überwachte sogar die Choreografie der Oberkellner im schwarzen Frack mit Tressen. Wir standen am Eingang, um die Heerschar der Botschafter, den Schwarm der Barone und die Prozession der Finanziers zu empfangen. Man hatte mich mit Gold und Edelsteinen behängt; ich trug eine lange, sehr eng anliegende Korsage und Kothurne aus weißem Satin; dafür waren die Dienste von Runtel and Bridge, unserem Londoner Juwelier, in Anspruch genommen worden. James war im Frack, aber ich hatte ihn nicht dazu bewegen können, auf seine ostentative Uhrkette zu verzichten oder auf den allzu großen Diamanten an seiner Krawatte. Hatte ich nicht wenigstens erreicht, dass er seinen Spazierstock nicht mehr wie ein Zepter hielt? Je mehr ich ihn dabei beobachtete, wie er unsere Gäste begrüßte, umso mehr machte mir seine immer noch steife bürgerliche Höflichkeit zu schaffen, wohingegen die der Aristokraten so ungezwungen war. Wie vieler Jahrhunderte gesellschaftlichen Lebens hätte es bedurft, um diese Regel zu begreifen?

Die Gäste waren geblendet von dem mit Skulpturen geschmückten Interieur, von den raffinierten Rankenornamenten und den Sphingen, von dem vielfarbigen Marmor und der *Trompe-l'œil*-Malerei und vor allem von dem Luxus, der noch in den Winkeln steckte, Massivgold bei den mit Edelsteinen eingelegten Vasen, Gold in den Troddeln, von denen die Draperien gehalten wurden, Gold auf dem Hintergrund der Gemälde und Gold auf den Stühlen. Ein Chronist schlug den nächsten Gästen sogar vor, sich mit grünen Brillen zu bewaffnen, um von all dem Funkeln nicht blind zu werden. »Ein Luxus, der jede Vorstellung übersteigt«, schrieben sie, doch man spürte genau, dass das Ganze zwiespältig aufgenommen wurde, denn der Mangel an Leichtigkeit wirkte bedrückend. Zu viele Leute aus zu vielen unterschiedlichen Milieus, als dass der Empfang ein reines Vergnügen gewesen wäre. Nichtsdestoweniger ging ich erst um sechs Uhr morgens schlafen.

Tags darauf priesen die Blätter den Geschmack, die Eleganz und die Vornehmheit des Festes, selbst wenn einige hinterhältig anmerkten, es sei wie ein Karnevalsabend gewesen. Nur die Feinsinnigsten hoben den Bilderzyklus des François-premier-Saals hervor, der von James' Willen zeugte, die Familie weniger in eine nationale Tradition als vielmehr in die Ahnenreihe der Treuhänder, wenn nicht gar der Erben des europäischen Humanismus einzugliedern; er hatte unser Wappen unter jedem der Gemälde anbringen lassen, über denen sich die der fürstlichen Familien befanden, die Gönner der Künstler gewesen waren; und er hatte die Zahl der auf den Bildern dargestellten Persönlichkeiten (Karl V., Luther, Heinrich VIII., Guillaume Budé und Leo X.) auf fünf beschränkt, nämlich die fünf, die – jeder auf seinem Gebiet – in fünf verschiedenen Ländern Hervorragendes geleistet hatten, ebenso wie die fünf Rothschild-Brüder. Eine Lithografie von 1852, inspiriert von einem Gemälde von Moritz Daniel Oppenheim aus dem Jahr 1836, nahm diesen Gedanken des unauflöslichen Geschwisterbunds auf und schuf daraus das Symbol der Bank, eine starke Idee, wirkungsvoll und mit nachhaltigem Einfluss.

Nur die Hellsichtigsten unter den Gästen hatten bemerkt, dass sich hinter diesem Aufgebot von Zeichen und diesem zur Schau gestellten Prunk die Hochzeit des Geburtsadels mit dem Geldadel vollzog.

Wir lebten in einem festen Rhythmus, empfingen im Durchschnitt an drei Abenden pro Woche Gäste, sofern wir nicht selbst eingeladen waren. Das war unser gewöhnliches Leben, auch wenn es genügend außergewöhnliche Ereignisse wie die vom Dezember 1848 gab, die uns das alles ohne Bedauern entbehren und den Winter über in den kleinen Kreis von Vertrauten flüchten ließen.

Eines Abends, bei einem Konzert am Hof, sorgte ich für einen kleinen Zwischenfall. Ich hatte das Gebrabbel eines dieser Gecken ertragen, die auf alles eine Antwort haben: Ihr Gerede bildet eine Sperre, durch die selbst ein Engel nie durchgehen könnte. Nachdem ich der Herzogin von Dino zu meiner Rechten mitgeteilt hatte, dass ich nach wiederholten langen Nächten sehr müde sei und gleich aufbrechen würde, sobald ich der Königin meine Aufwartung gemacht hätte, weigerte ich mich trotzdem, ihr meinen Stuhl sofort zu überlassen. Sie wollte sich gern mit meiner Nachbarin zur Linken, der allseits hofierten Fürstin von Schönburg, unterhalten. Solche Damen fühlen sich wegen einer Nichtigkeit gleich in ihrem Stolz gekränkt. Sie vergessen nichts, ich auch nicht. Zu einer Zeit, als sie noch nicht wusste, wer ich war, fand ich mich einmal anlässlich eines Balls bei einer meiner Schwägerinnen hinter ihr in einem Boudoir wieder, in Gesellschaft anderer ermüdeter Frauen. Da wir zu den ersten Gästen im neu eröffneten Salon gehörten, tauschten die anderen ihre Eindrücke aus:

»Nun?«

»Besser proportioniert als bei ihrer Schwiegertochter. Mehr Höflichkeit, weniger Gedränge.«

»Die Galerie?«

»Fast wie in Chenonceaux.«

»Der Speiseraum?«

»Ein Kirchenschiff. Man könnte meinen, man wäre bei einem Fest der Valois. Und diese Sessel aus vergoldeter Bronze im Salon, haben Sie die bemerkt, die kosten tausend Francs pro Stück!«

Sie hatte es spontan und etwas erleichtert gesagt, wie man einem alten, lange kontrollierten Reflex nachgibt, auf eine vulgäre Art, die allen Charme zunichtemachte. Sie hatte es getan ohne Rücksicht auf die Gepflogenheiten der feinen Gesellschaft, die Geld und Krankheiten aus der Konversation verbannt hat.

Es wäre falsch, die Bälle auf das Mondäne reduzieren zu wollen. Man sprach dort nicht über Geschäfte, aber Vieles wurde dort verhandelt: Liebesaffären, politische, diplomatische und selbst kommerzielle Angelegenheiten. Ein winziges Detail genügte, um den Zeitgeist zu erfassen. So kurz nach der Restauration, bei dieser unwirklichen Soiree in der Rue Laffitte, als wir alle so besessen tanzten, als ob wir das letzte Fest erlebten, bevor uns die Republik das Glück verbot, unter unseresgleichen zu sein, erfuhr man zwischen einem *galop* und einem *chassé en avant* davon, dass das Haus des Erzbischofs von Conflans geplündert und in Brand gesteckt worden war. In Paris war Fastnachtsdienstag, und es herrschte Bürgerkrieg. Zahlreiche unserer Gäste, die von einem Ball beim Fürsten Aldobrandini kamen, fanden unseren Ball sehr viel gelungener. Der Herzog von Orléans, ein Sohn Louis-Philippes, der an der Spitze seines Regiments stand, hatte sich durch General Baudran entschuldigen lassen, welcher schnell begriff, dass dieser gut beraten gewesen war, hatten doch junge Leute ein Komplott geschmiedet, um ihn beim Tanzen lächerlich zu machen. Heimlich hatten sie die Kokarde in den Farben der Trikolore an seinem Hut durch eine weiße Kokarde ersetzt. Mit diesem Zeichen wurde klar, dass der Faubourg Saint-Germain sich auf die Seite der Legitimisten geschlagen hatte. Den Herzog von Orleans mied man.

Ein paar Monate später, gleiche Umgebung, gleicher Ort, eröffnete diesmal der Herzog von Rohan, Fürst von Leon, die Feindseligkeiten, indem er den Sohn Louis-Philippes, des Königs der Franzosen, als *le poulet* (das Hühnchen) titulierte, wie ihn auch die Gazetten verhöhnten, im Ton von »Ach, da kommt das große Huhn *poulot*« – so pflegte man in der Normandie die Erstgeborenen zu nennen. Der Herzog von Orleáns konnte es nicht überhören. Das Benehmen war umso taktloser, als Fürsten, ebenso wie Frauen und Priester, keine Genugtuung fordern konnten. Zeugen meldeten sich, Adjutanten boten sich an, um an seiner Stelle den Degen zu führen; eine Duellatmosphäre lag in der Luft, ein Schreckgespenst, das der König durch sein Einschreiten schleunigst zu verscheuchen versuchte, zumal der Beleidiger versicherte, er habe sich nicht wider den Kronprinzen vergehen wollen, und diesem nach seiner Aufforderung sogar schriftlich, auf Ehre und Gewissen, bestätigte, er habe ihn niemals beleidigen wollen. Gegen halb vier Uhr morgens hörte man, wie in der Ferne ein Bataillon zusammengetrommelt wurde, was den Aufbruch der letzten Nachtschwärmer beschleunigte.

Teestunde. Je länger ich diesen Frauen zuhöre, die vor mir durch die Blume über ihre Liebhaber sprechen, desto deutlicher wird mir, dass meine Ehe nie etwas Absolutes war, das zu einem Arrangement verkam. Das war etwas anderes. Ich hätte nicht voller Verbitterung und Reue enden wollen wie diese rechtschaffenen Frauen, die untröstlich sind über die Verfehlungen, die sie nicht begangen haben; es gibt so viele davon. Allerdings muss man sich erst einmal die Mühe machen, ein Leben hinter dem Leben zu beobachten, um darin Zeichen von Beunruhigung und Spuren von Enttäuschung zu finden. Entweder unterliegt man seinen Dämonen, oder man beherrscht sie. An Gelegenheiten mangelte es nicht.

Es gab durchaus einige außergewöhnliche Männer in einer Gesellschaft, in der so viele Männer beliebig austauschbar waren. Ich kann eigentlich nicht genau sagen, was ihre Existenz mir gebracht hat, doch ich weiß, dass ihr Fehlen den

Rest meines Lebens bestimmen sollte. Man braucht darin weder unangebrachten Stolz noch Überheblichkeit zu sehen, aber irgendwann wird man müde, seine ganze Kraft auf das Eingeständnis seiner Schwächen zu verwenden.

Heinrich Heine konnte sich alles erlauben. Sein Geist berechtigte ihn dazu. Unter allen Umständen konnte er eine Voltaire'sche Unverfrorenheit an den Tag legen, die sogleich durch sein unmittelbares Verständnis für Situationen gemildert wurde. Er fühlte sich geschützt durch die Bekanntheit seines Werks, durch das Wohlwollen von James, mit dem er gern Jiddisch sprach, und durch, sagen wir mal, die Zuneigung, die ich seit unserer ersten Begegnung in Boulogne für ihn empfand. Er missbrauchte sie, aber er wusste sehr genau, bis wohin er gehen konnte. Ich mochte die Ungezwungenheit, mit der er James öffentlich den »Großrabbi des rechten Seineufers« und Achille Fould den »Großrabbi des linke Seineufers« nannte. Wir verdanken ihm einige maßgeschneiderte Wörter für uns. Er sagte, er sei in der Rue Laffitte »ganz famillionär« behandelt worden. Er erzählte auch, James habe die elementare französische Grammatik so schlecht beherrscht, dass bei großen Diners zwei Bedienstete hinter ihm standen, einer für den Dativ, der andere für den Akkusativ.

Heinrich gehörte zum engsten Kreis unserer Freunde, saß sogar mit unseren Kindern bei uns am Familientisch. Er war ein Poet: Wo ein Schriftsteller von einem »grünen Kleid« sprach, nannte er es ein »Graskleid«. In meinen Augen war er der größte lebende deutsche Dichter, aber leider nicht in der günstigen Lage, dass dies öffentlich erklärt wurde, und der erste jüdischer Herkunft. Auch er änderte seinen Vornamen von Harry in Heinrich und ging sogar so weit zu konvertieren, ohne gläubig zu sein. Zu der Zeit, als er daran dachte, eine Anwaltskanzlei zu eröffnen, wurde ihm klar, dass ihm dies von Rechts wegen verwehrt war, und daher hatte er sich in der Nähe von Göttingen, wo ihn niemand kannte, protestantisch taufen lassen. Dazu ist ein Ausspruch von ihm überliefert, dem zufolge er den Taufschein ohnehin nur »als Entrebillet zur europäischen Kultur« betrachtete. Aber woran glaubte er wirklich, außer an sich selbst? Man sagte über ihn, er sei im Judentum geboren und zum Narzissmus konvertiert. Was spielte es infolgedessen schon für eine Rolle, dass seine schneidende Ironie, sein bissiger Humor, seine Sarkasmen und sein Spott gegenüber seinen Zeitgenossen uns großen Spaß machten, insbesondere über Madame de Staël, die er nicht ausstehen konnte, oder Victor Hugo, den er als »Hugoisten« bezeichnete. Die Launen eines großen Dichters sind nicht unbedingt leicht zu ertragen.

Ebenso genial wie Balzac in seiner Art, unterschied er sich doch sehr von ihm. Während der Dichter sich jedes Mal wand, wenn er James bat, ihm Aktien zu schenken, brach der Romancier in Gelächter aus, wenn er ihm den Zahlungsaufschub für sein Darlehen ankündigte. In den Augen Balzacs waren James und Heine übrigens ein Herz und eine Seele. Als er sie eines Tages auf der Straße traf, konnte er nicht umhin, seiner Begleiterin etwas zuzuflüstern, was er mir eilends wiederholte: »Da gehen der ganze Geist und das ganze Geld der Juden Arm in Arm!« Balzac schrieb unseren Familiennamen ausdauernd falsch: Rostschild. Trotzdem hatten Balzac und Heine zumindest dies gemeinsam, dass sie beide von ihrem Gönner jede Menge Aktien der Nordbahn bekommen hatten.

Es gab zwei Heines: den Respektlosen, der sich in seinen Büchern und Artikeln gegenüber James ziemliche Freiheiten herausnahm, und den zuckersüßen Respektvollen in der Korrespondenz mit seinem Gönner. »Das Geld ist der Gott unserer Zeit, und Rothschild ist sein Prophet.« Solche Dinge konnte man unter seinem Namen in der *Augsburger Allgemeinen Zeitung* lesen und das exakte Gegenteil davon in seinen Briefen. Denn der Poet, der damals meine Gunst besaß, trieb das Laster so weit, dass er sich von meinem Mann aushalten ließ. Das schien ihm ganz selbstverständlich im Hinblick auf die alten Beziehungen zwischen unseren Familien in Frankfurt, erst recht nach dem Tod seines Vaters, eines Bankiers, sodass es für ihn letztendlich in der Natur der Dinge lag, dass ein anderer Bankier dessen Nachfolge antrat, zumal sein Hamburger Onkel Salomon, ebenfalls Bankier, Mitte der vierziger Jahre beschlossen hatte, ihm den Unterhalt zu kürzen – der Anfang seiner fortwährenden finanziellen Schwierigkeiten. Zusammen mit einigen anderen prominenten Schriftstellern bezog er sein Gehalt diskret von einer schwarzen Kasse der Regierung, aber er war darauf nicht stolz, und sei es nur, um denen keine Argumente zu liefern, die behaupteten, er werde bezahlt, um gegen Deutschland mit dem Säbel zu rasseln. Außer James pumpte er regelmäßig Meyerbeer an, was ihn nicht daran hinderte, in Paris das Gerücht zu verbreiten, der Komponist sei so reich, dass er bei jedem seiner Konzerte die Kritiker und Claqueure bezahle. Dennoch und obgleich Heine die Rechte seiner gesammelten Werke abgetreten hatte, reichte ihm das Geld nicht. Seine Liebschaften nach Tarif kamen ihn teuer zu stehen; ansonsten bevorzugte er verheiratete Damen. Wenn eine Frau ihm gefiel, sagte er, sie sei schön wie die Frau eines anderen; er behauptete, in England und Deutschland werde die Ehefrau bewacht und die Tochter angeboten, während es in Frankreich umgekehrt sei. Heine verstand sich darauf, bestimmte Frauen zu entlarven, die erklärten, sie seien ihrem Ehemann treu, jedoch mehr vom Gedanken an ihre Treue als dem an ihren Mann besessen waren.

Wir waren uns 1833 oder 1834 in unserem Schloss Boulogne zum ersten Mal begegnet. Kurz darauf bekannte er mir, »Ihr schön lächelndes Gesicht schwebt beständig in meinem Gedächtnis«. Im Mai 1849 erinnerte er mich in einem Brief »an den sonnigen Tag zu Boulogne, wo Sie mir in ihrer ganzen Feenhaftigkeit zuerst erschienen sind«.

Wie oft hat Heine mir die Druckfahnen seiner Texte gezeigt, in denen ein Geistesblitz stand, der James lächerlich machte und für den er meine Imprimatur haben wollte? Heyne war meinem Mann zu Dank verpflichtet, und dieser Zwang gewann die Oberhand über unsere enge Vertrautheit, was ihn jedoch nicht daran hinderte, mir weiterhin seine Bücher zu schicken, geschmückt mit schmeichelhaften und feurigen Widmungen, deutsch unterschrieben mit »Ihr ergebener Schützling«! Doch etwas war zwischen uns zerbrochen wegen eines Sandkorns im Getriebe. Wahrscheinlich war es das Geld seines Gönners, meines Mannes. Ich fand mich damit ab und dachte bei mir, wenn man jemanden liebt, ist es manchmal das Beste, ihn von ferne zu lieben, damit man ihn dauerhaft lieben kann. Entfernung bewahrt vor vorhersehbaren Enttäuschungen.

Am 17. Februar 1856 erfuhr ich, dass er um fünf Uhr morgens gestorben war, doch für mich war er schon seit mehreren Jahren so gut wie tot: gelähmt und fast blind. Seine Agonie war endlos und verschlang alle seine Mittel; er wohnte in der Avenue Matignon Nummer 3, weit weg von seinem geliebten Faubourg Montmartre und den Freudenmädchen der *Passage des Panoramas*, jener glasüberdachten, marmorgetäfelten Flanierstrecke, wo man auch die Auslagen der Geschäfte bewundern kann, einer Druckerei, einer Wäscherei, eines Tapetenhändlers, und wo einem der Geruch von Kaffee und Kakao in die Nase steigt. Seine Besuche dort erledigte er auf dem Rücken eines Bediensteten. Aber er hatte bis zum Ende so viel Verstand, dass er sich weigerte, auf dem Friedhof von Passy begraben zu werden, den er tödlich langweilig fand. Ich glaube, er befürchtete, wahnsinnig zu werden wie ein anderer Emigrant, der Orientalist Ludwig Marcus, auch er jemand, der uns verpflichtet war. Auf das Schloss der Belgiojoso zog Heine sich zurück, um zu schreiben, aber zu mir kam er, um über die Übersetzbarkeit eines Gedichts zu diskutieren, gemeinsam mit mir die formalen Probleme bei der Umsetzung der Bilder von einer Sprache in die andere zu erforschen oder die ästhetischen Herausforderungen dieser deutsch-französischen Hin- und Rückreisen abzuwägen. Damals erlebten wir mehrfach solche begnadeten Augenblicke, in denen man einander versteht, ohne sich erklären zu müssen.

Als unverbesserlicher Rheinländer wurde er in seiner Düsseldorfer Jugend von dem französischen Geist geprägt, der in der Stadt herrschte. Diese doppelte Bindung an das Land seiner Herkunft und an seine Wahlheimat brachte uns einander näher, bis auf den Umstand, dass in seinem Fall die deutsche Sprache seine innere Heimat war. So seltsam das auch erscheinen mag, wir waren durch eine gegenseitige Bewunderung miteinander verbunden, ich als seine Gönnerin, er durch seine Anziehungskraft. Wie er mir oft genug sagte, war ich der gute Geist seiner Verse. Und außerdem hieß seine Mutter Betty und war die Tochter eines Bankiers … Doch in unseren Spöttereien über die Saint-Simonisten, jene Utopisten und ehemaligen Habenichtse, die sich zu Millionären gemausert hatten, waren wir uns am ehesten einig. Denn im gemeinsamen Lachen, noch mehr als in der Umarmung, entsteht eine enge Vertrautheit zwischen Mann und Frau.

3

Auf Schloss Ferrières

Selten ist wohl ein Haus so sehr als Monument zum Ruhm seiner Familie errichtet worden. Alles trägt zu ihrer glänzenden Bestätigung bei. *Ad majorem Rothschildi gloriam.* Zum größten Ruhm von James vor allem. Schon die Auffahrt fasst den Sinn des ganzen Anwesens zusammen.

Gleich am Portal der Prunkfassade drängt sich dem Besucher majestätisch das Wappenschild auf. Fünf nach unten weisende, gebündelte Silberpfeile, Adler und Löwe, die die fünf Rothschild-Häuser (Frankfurt, London, Paris, Wien, Neapel) darstellen. Das Motto: Concordia, Integritas, Industria. Besser hätte man die Entschlossenheit, Tradition und Modernität zu vereinigen, nicht ausdrücken können. Schon in der Rue Laffitte hatte James das Wappen an allen möglichen Orten anbringen lassen, und hier wurden es noch mehr. An Wänden und Türflügeln, auf Stuhlrücken und Gesimsen … Der Blick entkommt ihnen nicht, denn von den Tellern bis zu den Handtüchern ist alles gekennzeichnet. Wo nicht durch das komplette Wappen, so zumindest durch ein Monogramm oder ein Schild. Die fünf Silberpfeile mit Adler und Löwen verfolgen uns als ein Zeichen, das zur Erinnerung an ein Ensemble von Anforderungen und Werten wird. Das an die Höhe gemahnt, auf der man sich halten muss, um ihm Ehre zu machen. Eine Art Leitbild für unser Leben. Es findet sich sogar auf meinem Portrait, oben rechts. Zu einer gewissen Zeit war dies so üblich. Vielleicht lag Ingres etwas daran, es einzufügen, weil er, der Gesellschaftsmaler, hier dem Historienmaler treu blieb?

Als mein Vater ganz in unserer Nähe das ehemalige Stadtpalais der Hortense de Beauharnais in der Rue Laffitte bewohnte, versagte er es sich, seine Wappen dort anbringen zu lassen, weil sie deplatziert gewesen wären neben denen der Stieftochter Napoleons und Mutter Napoleons III.; James hatte solche Skrupel nicht. Eine ständige, beharrliche Erinnerung musste es sein, als fürchtete er, man könnte seine herausragende Stellung vergessen. Ich hätte ein paar weniger dieser Wappen angebracht. Die großen Familien, die Noailles und die Rohan, die Caumont und die d'Harcourt haben es nicht nötig, ständig daran zu erinnern, wer sie sind. Man braucht ihren Namen nur zu nennen, und die Legende folgt.

Doch wir haben den unseren. Er ist unser Stolz, auch wenn er schwer an all den ererbten Symbolen trägt. Damit er der unsere wurde, mussten wir ihn zuerst erfinden. Ursprünglich hieß die Familie hebräisch Meyer. Ihr eigentlicher Gründer, selbst Sohn eines Bankiers, war Meyer Amschel, der seinen Namen zu Mayer umwandelte. Über seiner Tür im Frankfurter Ghetto, in der knapp vier Meter breiten Judengasse, die durch eine hohe Mauer und drei Tore von der übrigen Stadt abgeschnitten war, baumelte ein metallenes Schild: *Zum rothen Schild.* Er ließ sich Baron vom Rothen

Schild nennen, später Amschel Mayer von Rothschild, bis Mayer zum Vornamen wurde, den jeder seiner fünf Söhne als zweiten Namen trug.

James hat Ferrières von Joseph Fouché erworben, dem berüchtigten Polizeiminister Napoleons. Das Gut liegt nicht weit von Paris entfernt, das Land ist günstig für die Jagd, und die neue Eisenbahnlinie erleichtert die Anreise spürbar. Außerdem: Haben dort nicht schon im Mittelalter Juden gelebt? Man könnte sagen, sie haben ein paar Jahrhunderte gebraucht, um vom Dorf in das Schloss zu gelangen.

Was wurde nicht alles über Ferrières geredet! Es hieß, hier habe James begonnen, sich in Stein zu verewigen, und ich wolle für unser Schloss sein, was Diana von Poitiers im 16. Jahrhundert für das traumhafte Wasserschloss Chenonceaux südlich der Loire gewesen war. Das war nun doch ein wenig übertrieben. Die Wahrheit ist, dass man die Dinge nicht immer so genau vorausplant, wenn man sich in ein groß angelegtes Vorhaben stürzt. Ansonsten würde einem schwindeln, und man wäre wie gelähmt. Hätten die Menschen der Urzeit gewusst, dass sie urzeitlich waren, wären sie in tiefe Melancholie verfallen.

Die Bauarbeiten begannen 1855 und dauerten, ungeachtet ihrer pharaonischen Ausmaße, sieben Jahre. Allein für die Innenausstattung brauchte man zwei Jahre. Viel mehr, als ursprünglich vorgesehen. Es verlief nicht ohne Schwierigkeiten, und zwischen James und dem Architekten Paxton, der hier sein einziges Werk auf französischem Boden schuf, verschlechterten sich die Beziehungen. Pannen und Missgeschicke machten beide so nervös, dass sie alle Welt durcheinanderbrachten. Der Geldgeber, der sich als Regisseur sah, wurde nicht müde, gerade das, was an seinem Baumeister englisch war, zu französisieren. Er mischte kühn: ein wenig Renaissance, viel Louvre und einen Hauch von Italien in den Fenstern und Loggien. Das Haus sollte der Rahmen für seine Gemäldesammlung werden, während sein Architekt die Sammlung zu einem Accessoire des Hauses zu gestalten gedachte. Eine Säulenreihe im Erdgeschoss entfachte ihren Streit unweigerlich aufs Neue, da der eine sie im Dienste der Ausgewogenheit seines Entwurfs für unentbehrlich hielt und der andere in ihr nur ein Hindernis für das Anbringen der Bilder sah!

James hatte das alte Gebäude abreißen und das neue dreihundert Meter weiter errichten lassen, damit es den durch Sprengung geschaffenen künstlichen See überblickte; so fügte es sich besser in die Neugestaltung des Gartens ein. Er wurde nicht müde, Grundbesitz anzusammeln. Es ist wahr, dass wir uns ein wenig ausgebreitet haben: dreitausend Hektar. Aber gleich von unserem Reich in Seine-et-Marne zu sprechen, als handele es sich um ein Stück Afrika! Man sollte nicht übertreiben.

James hatte es sich in den Kopf gesetzt, intensiv Landwirtschaft zu betreiben – wie La Rochefoucauld-Doudeauville, über den, nebenbei gesagt, niemand je die absurde Bemerkung machte, er habe bei Armainvilliers eine Kolonie gegründet; sein Besitz war allerdings auch von bescheideneren Ausmaßen. Im Grunde entsprang die Ausdehnung von Ferrières der gesunden Logik der Zusammenlegung von Grundstücken. Trotzdem hätten wir es nie so gehalten wie unsere englischen Cousins mit ihrer ausgeprägt politischen Ader: In ihrem Bestreben, sich einen dauerhaften Einfluss im Parlament zu sichern, hatten sie die Grafschaft Buckinghamshire erworben, Häuser und Ländereien unweit von London, für einen übrigens anständigen Preis, auf dem Tiefpunkt des Marktes nach dem Bankrott des Herzogs von Buckingham 1848, aber dennoch! In Oise gibt es kein Rothschild-Tal, nichts Derartiges in unseren ländlichen Gegenden! Ich habe noch die Bemerkungen unserer Cousine Leonora bei ihrem ersten Besuch im Ohr: »Ganz wie Schloss Mentmore, nur ohne die Aussicht. Außerdem ist es bei uns nicht so eng, wir haben weniger Möbel.«

Gewiss, in Frankreich breitet man sich aus, aber doch in Maßen. Nicht wie unsere englischen oder deutschen Cousins. Anselms Schloss vor den Toren von Frankfurt stieß an einen Bergwald, was ihm erst nach der Fertigstellung auffiel. Es abzureißen und weiter entfernt wieder aufzubauen, hätte zu viel Zeit gekostet. Also erbat und erreichte er, dass man ein Stück des Taunus abschlug. Man kann Berge versetzen lassen, wenn man genügend dafür bezahlt.

James überließ nichts dem Zufall und versuchte das Unmögliche, um alles, was er sich zum Ziel gesetzt hatte, miteinander in Einklang zu bringen: Schönheit, Pomp, aber auch Komfort und Modernität. Das Entwässerungssystem perfektionierte er mit derselben Sorgfalt, mit der er ein Pferd auszusuchen pflegte. Was seine Lieferanten ihm nicht beschaffen konnten, führte er aus dem Ausland ein, Leitungsrohre, Bäume, Saatgut, Kühe, Gott weiß was alles, mit Ausnahme der Gemälde und Skulpturen, die zu kaufen und zusammenzustellen, er glücklicherweise mir überließ.

Bis auf Leonora, Alphonses Frau, war die Familie von dem Anwesen begeistert. Cousin Adolphe aus Neapel lobte seinen Geschmack, den Komfort, die Pracht, Charlotte bewunderte die Orangerien, Gewächshäuser und die Menagerie ebenso wie die dem Crystal Palace nachempfundene Ehrentreppe. Von einer Cousine stammte sogar der Ausspruch: »Das ist ein königlicher Wohnsitz für einen Kaiser.«

Sobald das Schloss fertig war, drängte es James nur noch nach einem: darin zu schlafen. Nie sah man ihn so glücklich wie hier, weniger um des Schlosslebens willen als wegen der freien Natur. Ganz unerwartet entdeckte er seine Gutsverwalterseele. Er liebte Ferrières von Herzen und schützte es wie ein eifersüchtiger Liebhaber. Als sein Bruder Anselm ihn in Begleitung seines Architekten besuchte, untersagte James ihnen das Kopieren der Pläne, was wahrhaftig einen Affront bedeutete, wo sie doch gewohnt waren, ihre großen Baumeister auszutauschen. James selbst hatte Eugène Lami, den Bühnenbildner, nach Mentmore geschickt, damit dieser sich dort inspirieren ließ! So fest die Brüder und Cousins in Geschäftsdingen zusammenhielten, so sehr rivalisierten sie in allem, was die Kunst betraf. Sie betrieben das Sammeln wie einen sportlichen Wettkampf. Ihre ständige Suche stützte sich auf die Dienste eines beachtlichen Netzes von Korrespondenten und Zwischenhändlern der Familie in ganz Europa. Ziel war, als Erster das Objekt ihrer aller Begehrlichkeiten aufzustöbern. James gewann oft bei diesem Spiel: Er war nicht nur gewitzt und schnell, er griff auch die Ideen der anderen auf, ohne ihnen selbst welche zu überlassen.

Ob seine Sammelleidenschaft nun aufrichtig war oder nur ein Vorwand, womöglich eine schlichte Demonstration seines Erfolges, er verfolgte sie nur nach seinen eigenen Regeln, die sich in einem Wort zusammenfassen ließen: Exklusivität. Kein anderer durfte dasselbe Möbelstück oder dieselbe Bronzefigur besitzen; Muster und Modelle ließ er im Übrigen stets vernichten. Nur Ludwig XIV. hätte am Ende unserer zahlreichen Besuche in Versailles keinen Grund gehabt, sich über James' Undankbarkeit zu beklagen, wäre er noch am Leben gewesen.

Der Besitz war für uns zugleich eine Verantwortung. Unsere allzu lange und wechselhafte Geschichte hat uns sehr vorsichtig werden lassen. Ferrières war unsere Herbstresidenz. Hier verbrachten wir die Saison. Die Einrichtung war so prunkvoll wie in einem Schloss und so bequem wie in einem Privathaus. Wir befanden uns dort außerhalb von Zeit und Welt. Ferrières hatte etwas von einem hängenden Garten, nur solider. Weder Stadt noch ganz und gar Landleben.

Als die Eisenbahn es James ermöglichte, alle zwei Tage zu uns zu stoßen, wohnten meine Kinder und ich hier von Mai bis Oktober. Doch selbst in Paris atmeten wir noch den Duft von Ferrières, denn die Zimmer in der Rue Laffitte wurden mit Holz beheizt, das per Eisenbahn vom Gut herangeschafft worden war.

Einzig der Sonntag war Jagdtag, doch die Aktivitäten der ganzen Woche schienen unter diesem Zeichen zu stehen. Die Jagd war ein Fest und ein Vorwand für große gesellschaftliche und freundschaftliche Zusammenkünfte, bei denen das Schießen nebensächlich wurde. Zugleich betrachtete man sie als Unterhaltung an frischer Luft, hin und wieder bereichert durch Treibjagden, was Jean Casimir-Périer immerhin Gelegenheit gab, zwei große Wölfe zu erlegen.

Die Eingangshalle, die *Grand Hall*, ist das pochende Herz des Gebäudes. Eine Vitrine für den Stolz. Alles kreist um sie und nimmt von ihr seinen Ausgang. Was der Name nicht sagt: Wie selbstverständlich wurde dieser riesige Repräsentationsraum zum Wohnzimmer. Die Franzosen haben ein Talent dafür, Dinge auf Englisch zu bezeichnen, die die Engländer ganz anders nennen. So haben wir also unsere *Hall* ebenso wie den *Smoking*, die Wege des Snobismus sind unerforschlich, und das macht auch seinen Charme aus. Es hat im Übrigen einen gewissen Reiz festzustellen, dass es Ferrières bedurfte, damit man auf die Affinität meines Mannes zu allem Englischen aufmerksam wurde – ein nicht geringes Paradox für einen Österreicher, der sich bis zuletzt weigerte, französischer Staatsbürger zu werden.

Seine Anglomanie war Teil seiner Identität. Nicht nur, dass er den Bau von Ferrières dem englischsten aller Architekten anvertraute – Paxton anstelle von Claret, dem üblichen Architekten der Familie –, auch seinen Geburtsnamen Jakob hatte er in den wohlklingenderen James verwandelt, als er nach Frankreich umzog. Er machte sich also – im buchstäblichen Sinne – einen Namen. Er wäre dazu nicht gezwungen gewesen. Jacob Offenbach, dessen Vater, Kantor der Kölner Synagoge, schon den Rothschild-Kindern Musikunterricht erteilt hatte, tat dasselbe. Indem er Jacques wurde, glaubte unser Komponistenfreund, sich einer belastenden Vergangenheit zu entledigen, wo diese Dinge einen doch immer wieder einholen bis zum Tag der pompösen Trauerfeier in der Kirche La Madeleine. Und was ist mit Giacomo Meyerbeer, geboren als Jakob Liebman Meyer Beer? Als James seinen hebräischen Vornamen anglisierte, gab er seinem Assimilierungswillen noch eine snobistische Dimension. Diese Namensgeschichten verrieten so vieles über die Beteiligten, dass man es in gewissen Kreisen als ein Zeichen stolzer Herausforderung betrachtete, wenn ein Graf de Camondo hartnäckig darauf bestand, sich Moïse zu nennen (ohne in Gefahr zu geraten, dass man ihn dafür »Momo« gerufen hätte), und seinem einzigen männlichen Erben den Namen Nissim gab – schon die Nennung dieser Namen in Gesellschaft beschwor das Phantom eines Hohepriesters im goldbestickten Gebetsschal an den Ufern des Jordan herauf.

Und doch, gerade in Ferrières wurde James im Stillen von Jakob eingeholt. Im hintersten Winkel der Empfangsetage war ein kleines Eckzimmer in eine Synagoge verwandelt worden, wo wir den Sabbat feierten. Nicht dass dort sonderbare Geheimzeremonien stattgefunden hätten, wie sie nur in der ausufernden Phantasie jener existieren, die uns nicht mögen, aber dieses Eckzimmer gehörte uns, es war unser Familienzimmer. Vielleicht das einzige, das der Zurschaustellung entging.

Die Grand Hall ist der Ort, an dem in Ferrières alles zusammenläuft. Gedämpft fällt das Licht durch das gläserne Dach und lässt die Kunstwerke hervortreten. Ich nehme einen strategischen Platz ein, den besten Überwachungsposten, den es gibt: Ich hänge rechts vom Kamin, Flandrins Portrait von James links davon. Hyppolyte Flandrin hat ihn hochmütig und ironisch, aber menschlich gemalt, im Grunde so, wie er war. So sah mein Mann sich selbst. Er hat sich nicht lächerlich gemacht wie Samuel Bernard, der sogenannte »Bankier Europas«, der es zuließ, dass Rigaud ihn in blutroten Samtgewändern wie einen Dogen darstellte, als Finanzkönig in einer so dünkelhaften Pose, dass das Schloss von Versailles, in dem er hängt, der ihm angemessene Rahmen zu sein scheint. In meiner näheren Umgebung findet sich ein Selbstportrait Rembrandts in der Nachbarschaft einer Gräfin della Rocca von Velázquez, und eine Diana von Rubens verkehrt auf Augenhöhe mit Reynolds' Lady Spencer, während van Dycks Marquesa Doria in ihrer *splendid isolation* der Welt die Stirn bietet. Der Ort hat mehr von einem Museum als von einer Liebhabersammlung, doch das ist Absicht. Eugène Lami, den man zu Recht für meinen besonderen Liebling gehalten hat, begleitete mich einst eine Zeitlang nach Venedig – mit dem einzigen Ziel, dort die angewandten Künste zu studieren und daraus Nutzen zu ziehen. Für ihn erreichte ich die Erlaubnis, in den unzugänglichsten Palazzi zu zeichnen, zu aquarellieren und zu fotografieren. Und doch blieb Lami auch nicht unempfänglich für das Schauspiel der Straße: Der Karneval inspirierte ihn zu den Fresken im Rauchsalon.

Heute Morgen besucht eine kleine Gruppe Kunst- oder Architekturhistoriker, was auch immer, Ferrières auf Einladung meines Sohnes. Etwas sagt mir, dass sie nicht gekommen sind, um den allgemeinen Enthusiasmus zu teilen. An den verächtlich herabgezogenen Mundwinkeln des einen, der Grimasse eines anderen und der Herablassung der meisten von ihnen erkenne ich ebenso wie an ihren sehr bürgerlichen Uhren und Regenschirmen und den schulmeisterlichen Ausfällen ihres Anführers, der sich für einen großen Etymologen hält, dass sie gekommen sind, um sich ein zum Klischee erstarrtes Urteil über das, was sie untereinander den »Rothschild-Stil« nennen, bestätigen zu lassen; und dies in einem Tonfall, dessen sie sich befleißigen, wenn von dem Durcheinander im Atelier eines Künstlers die Rede ist. Es ist wahr, dass wir uns weit vom Stil der Aufklärung entfernt haben. Wenn man die Dinge ansammelt, werden sie schwer. Schon unter Louis-Philippe war diese Entwicklung spürbar, und sie hat sich immer weiter verstärkt.

Es herrscht eine kunstvolle Unordnung: Eine Unzahl exquisiter kleiner Objekte häuft sich auf den kleinen, runden Tischchen; Golddöschen und Miniaturen stehen auf den Riesener-Tischen und auf dem Kaminssims die Büsten römischer Kaiser; Wandbehänge sorgen für eine drückende Atmosphäre, Grünpflanzen und Blumen überfluten die großen Räume; die Möbel sind nach den sinnlichen Formen der Damen gestaltet und gepolstert, der Trödel lauert überall. Sollte man eines Tages die Möbel und Kunstwerke von Ferrières im Feuersturm einer Versteigerung in alle Winde zerstreuen, was Gott verhüten möge, dann müsste das vor Ort geschehen. In einem Verkaufsraum würden die Gegenstände entstellt und ihrer Seele beraubt. Im Schloss hingegen, das ihren natürlichen Rahmen bildet, sind sie lebendig. Dennoch ist es beinahe verwunderlich, dass diese Konzentration dicht an dicht gehäufter Werke noch keinen Besucher erschlagen hat und niemandem schwindelig wurde, wie es einst Stendhal in Florenz erging, der in der Franziskanerkirche Santa Croce vom Anblick all der Fresken, Monumente und Grabmäler überwältigt wurde.

Von solchen Gefühlsaufwallungen finde ich an diesem Morgen auf den Gesichtern meiner Besucher keine Spur. Die in endloser Reihe auf Samt und Damast hängenden Gemälde der Meister beeindrucken sie nicht, was von böswilliger Dumpfheit zeugt, denn vor solch augenfälligen Schönheiten müssten selbst die größten Kritiker die Waffen strecken. Seltsam, diese Gleichgültigkeit empört mich heute noch mehr als früher. Da ich nur noch Schauende und Hörende bin, verstehe ich weniger denn je, wie man diesen Kunstwerken so wenig Beachtung entgegenbringen kann.

Nur nichts unternehmen, um sie zu überzeugen. Seine Wahl rechtfertigt man nicht, denn man verhandelt nicht über seine Leidenschaften, punktum.

Ein gewisser Monsieur Philippe hebt sich von Anfang an aus der Gruppe heraus. Vor den Boulle-Schränken und den Bildern von Thomas Gainsborough verweilt er mit derselben Aufmerksamkeit wie vor den Taschenuhren. In aller Seelenruhe unterbricht er seine Kollegen, eine Hand auf die Hüfte gestützt, die andere in meine Richtung ausgestreckt:

»Meine Herren, Sie verstehen nichts, weil Sie nichts sehen. Nicht nur *einen* Rothschild-Stil gibt es, was für sich genommen schon ein Ruhmesblatt wäre, sondern sogar zwei, und dieses Haus zeigt sie in Vollendung. Den ersten nenne ich den ›hellen Rothschild-Stil‹, bestehend aus Holzarbeiten und vergoldeter Bronze, Savonnerie-Teppichen und Fragonard-Bildern, den zweiten den ›dunklen Rothschild-Stil‹: Wandbehänge und Truhen, Bilder von Rembrandt und Skulpturen von Cellini. Wir befinden uns hier nicht in einem Schloss, sondern in einer riesigen Torte, deren wahrer Architekt Antonin Carême heißt. Hier haben Sie Versailles und das Schloss Chambord in einem! Was die aus der Anhäufung entstandene scheinbare Unordnung angeht, so wurde sie selbstverständlich arrangiert, um die Liebhaber klassizistischer Langeweile zu unterhalten. Voilà.«

Sein belehrender Ton hat den Übrigen die Sprache verschlagen, beunruhigt sie aber nicht weiter, nachdem die erste Bestürzung überwunden ist. Ihr Gemurmel wirft kein sehr freundliches Echo zurück: »Philippe ist so ein Snob, dass er seinen Hund zum Bellen nach London schickt!«

»Alles hier ist Luxus, Prunk und Theatralik. Ein Schloss ohne Anmut und völlig überladen. Zu viele historische Zitate, zu viele korinthische Säulen, zu viele Stuckfiguren, von allem zu viel …«

Und doch hat Ferrières seinerzeit die Zeitgenossen bezaubert. Diese kleinlichen selbst ernannten Experten werfen uns Prahlerei vor. Bei uns ist alles zu groß, wo bei ihnen alles so klein ist. Was sie Anhäufen und Angeben nennen, ist nur Großzügigkeit. Künstler, Maler, Architekten, Gärtner, Dekorateure leben von unseren Launen. Wenn der Geldgeber in Medici-Manier zum Mäzen wird, bedingt der Auftrag die Exklusivität. Und trotzdem rümpfen an diesem Morgen wieder einige die Nase. Wie können sie so respektlos von unserem Schloss ohne Wert sprechen? Sie werden die Verdienste der Rothschilds nie würdigen können:

»Sammler? Nun ja, wenn man so will …«

»Aber dennoch, die Felskristalle, die Adolphe de Rothschild zusammengetragen hat, sind schon außerordentlich.«

»Er hat sich damit begnügt, sie dem Herzog von Baden abzukaufen. Ein großer Mann begründet eine Sammlung, er kauft sie nicht.«

Diese Bemerkung ist ungerecht, denn das Prinzip der Sammlung wird bei uns nicht auf die leichte Schulter genommen. James wusste das besser als jeder andere, denn er nahm es sehr übel auf, als der junge Adolphe als erstes Familienmitglied in beruflicher Hinsicht abtrünnig wurde; Adolphe verkündete eines Tages all seinen über Europa verteilten Verwandten brieflich die Absicht, die Aktivitäten seiner Bank in Neapel einzustellen und seinen Kapitalanteil herauszulösen, um sich ganz seiner Kunstleidenschaft widmen zu können. Die Familie war geeint und stark genug, um den Schock zu verkraften, doch als der Zorn einmal verraucht war, sorgte James sich darum, dass hier ein Präzedenzfall geschaffen worden sein könnte. Er fürchtete den Schneeballeffekt und sollte damit recht behalten, denn bald fand Adolphe Nachahmer in London und Wien, als wäre die Liebe zur Kunst ein Beruf und als sollte der Sammlerdrang das Ende der Rothschilds als Bauherren einläuten.

Die Vorbereitungen zum Abendessen sind beendet. Aus dem Aufruhr in der Küche ist auf der Etage des Speiseraums eine kontrollierte Hast geworden. Der Übergang vom Service *à la française* zum Service *à la russe* verlief nicht ohne Reibungen; es fällt schwer, sich von der Vielfalt der gleichzeitig auf den Tisch gebrachten Speisen zu verabschieden, sich an eine organisierte und rationelle Abfolge zu gewöhnen, an eine einzige warme Speise. Das Ballettcorps tanzt im Verborgenen. Die besten Diener verstehen es, sich unsichtbar zu machen. Sie haben aus dem Gedankenlesen eine Kunst gemacht; ein Lidschlag muss eine ausdrückliche Order ersetzen können; niemals darf ein Gast in die Lage geraten, um etwas bitten zu müssen.

Dies ist die Stunde, in welcher der Hausherr über Maß, Ausgewogenheit und Harmonie dessen wacht, was auf dem Tisch Platz findet. Alles muss symmetrisch angeordnet sein – Salz rechts, Senf links, Pfeffer dahinter – nach einem scheinbar ewig gültigen Ritual, an dem aber gewiss die Engländer ihren Anteil hatten. Ich würde es nicht beschwören wollen, doch diese Uhrmachermanie, die Einzelheiten des Gedecks am Zifferblatt auszurichten, verdankt sich sicher zum Teil ihnen: Wappen an den Tellern auf zwölf, Henkel der Tasse und kleiner Löffel auf fünf … Oder führt mich meine Anglophobie hier in die Irre. Anders vorzugehen, erschiene ihnen nicht nur als »deplatziert«, sondern als *indécent*, unfein, ja als unanständig – eine Obsession, wie Balzac in *Das Bankhaus Nucingen* bemerkt. Ihre Steifheit steht in völligem Einklang mit ihrem Mangel an Wärme. In Wahrheit jedoch sind die Engländer nicht kalt, sie sind nur langsam. Sie brauchen mehr Zeit als andere, um dasselbe zu empfinden. Der Engländer ist erst hinterher gerührt. Man kann ihm seine Veranlagung, ein Vererbungsschicksal, dessen erstes Opfer er selbst ist, nicht vorwerfen.

Mystik der Etikette, Tyrannei des Protokolls. Aber erst durch ein solches Sieb wird aus einem kleinen Kreis eine privilegierte Schicht. Wenn Ludwig XVIII. es nicht vermeiden konnte, Monsieur de Corbière, Minister unter Villèle, zu begegnen, fürchtete er stets, dass dieser ihm auf die Schulter klopfen würde. Schlecht erzogene Menschen ändert man nicht mehr. Mancher schickt sich mit einem erstaunlichen Taktgefühl in derlei Dinge. So wartete ich eines Tages, als wir in Chantilly beim Herzog von Aumale zu Mittag aßen, auf eine verstimmte Reaktion der Herzogin von Noailles: Unser Gastgeber hatte mich zu seiner Rechten platziert und sie, unter Missachtung der Etikette, zu seiner Linken. Ganz beiläufig wies sie ihn darauf hin, indem sie ihn beim Abschied mit den Worten verließ: »Ich bin gerührt, dass Eure Hoheit mich wie eine Verwandte behandelt haben …«

Und dann gab es diese hübsch kalligrafierte und wohlformulierte Einladung, die ich aufbewahrt habe als Modell für meinen Sekretär, als Zeugnis einer vergangenen Zeit und zur Erbauung meiner Enkelkinder:

Der Botschafter der Türkei beehrt sich hiermit, Monsieur Baron de Rothschild davon in Kenntnis zu setzen, dass Seine Kaiserliche Majestät der Sultan geruhen, kommenden Samstag, den 20. dieses Monats, als den Tag festzulegen, an dem Seine Majestät das Vergnügen haben werden, im Buckingham-Palast eine begrenzte Zahl herausragender Persönlichkeiten Englands zu empfangen, die die Ehre zu haben wünschen, ihm vorgestellt zu werden. Von Vorigem setzt der Botschafter der Türkei Monsieur Baron de Rothschild demnach in Kenntnis mit der Bitte, ihm rechtzeitig seine dies betreffende Antwort zukommen lassen zu wollen und den hochachtungsvollen Gruß des Unterzeichnenden entgegenzunehmen.
Bryanston Square, den 7. Juli 1867.
N.B.: Der Empfang wird zwischen 12 und 2 Uhr stattfinden, ohne Uniform.

Die Einladungen aufs Land eignen sich ebenso zum Intimen wie zur Prachtentfaltung, und von Zeit zu Zeit war und ist Ferrières die Bühne ganzer Serien von Festlichkeiten. Hier verteilen die Mühen der Gastlichkeit sich leichter als im kleinen Kreis. Bande werden geknüpft, die bei einer Soiree in der Stadt nicht zu beobachten sind, und sei es nur im Verlauf der Zeremonie der Kerzenleuchter gewesen, wenn der Hausherr jedem sein Lämpchen mit Glaskugel überreichte – damals, bevor es Elektrizität auf allen Etagen gab.

Für unsere Feste stürzte sich der Faubourg Saint-Germain in Unkosten. In der Tat kam alle Welt nach Ferrières: Freunde, Verwandte, Kunden. Dieser Proust, von dem gegenwärtig in Paris so viel die Rede ist, war vielleicht nicht da, doch seine Romanfiguren ganz bestimmt; man munkelt im Übrigen, sein Swann sei weitgehend von Charles Haas inspiriert, dem Sohn eines Handlungsbevollmächtigten unseres Hauses, ebenfalls ein Frankfurter und Bewohner der Rue Laffitte. Jedenfalls war Haas auch in den literarischen Salons und in den Ateliers der Maler, insbesondere dem von Degas, zu Hause. Er war der Liebhaber der Schauspielerin Sarah Bernhardt. Vor allem aber war er ein großer Müßiggänger. Kürzlich hörte ich eine Gesellschafterin in einer kleinen Versammlung einige Seiten aus Marcel Prousts Roman vorlesen und war sofort gefesselt; wenn man in seine Welt eindringt, in diese liebevollen, alle Sinne ansprechenden Beschreibungen, diese weit geschwungenen, eleganten Satzgirlanden, gewinnt man wahrhaftig den Eindruck, die Revolution habe nie stattgefunden.

In unserem Haus führte der Graf von Paris, der Enkelsohn des letzten französischen Königs, seine Tochter Amélie, die später Königin von Portugal wurde, in die Gesellschaft ein, und Ferrières wurde damals Schauplatz viertägiger Feierlichkeiten. Bei uns besaß jedes Mitglied der Familie Orléans ein laufendes Konto: der Prinz von Joinville, der Herzog von Nemours, der Graf von Paris, der Herzog von Chartres, alle. James, der ihre Gelder zu einem Zinssatz von 2,5 Prozent anlegte, amüsierte sich darüber, dass sie seinen Rat einholten und sich dabei in den Berechnungen von Kleinsparern verloren.

Hier konnte Louis d'Orléans dem Grafen de Raincy begegnen, den er mit seinem Giroverkehr bei der Bank Rothschild und Coutts in London betraut hatte, und der Prinz von Sachsen-Coburg und Gotha mochte auf Monsieur de Szenyi treffen, der in seiner Eigenschaft als Leiter seiner Kanzlei eine ähnlich verantwortungsvolle Stellung ausfüllte.

Auch Adolphe Thiers kam, wie hätte es anders sein können, wo doch James seine Privatgeschäfte führte und ihn im rechten Moment Aktien der Lyoner Eisenbahn kaufen ließ. Ohnehin setzte nach der Rentenkonversion der Eisenbahnwahn ein. In den zehn Jahren nach seinen ersten Investitionen in die Strecke Paris-Saint-Germain im Jahre 1835 entwickelte James unaufhörlich neue Strecken: Versailles-Paris (rechtes Ufer), Straßburg-Basel, Paris-Dieppe, Paris-Rouen, Avignon-Marseille, Paris-Straßburg, Paris-Lyon, Creil-Saint-Quentin, Lyon-Avignon, wobei die »Nordstrecke« bekanntermaßen sein Liebling war (als unser Sohn Edmond vier Jahre alt war, überraschte ich ihn eines Tages mit meinem Gebetbuch, und er rechtfertigte sich mit den Worten: »Ich bete zu unserm Herrgott, für Papa und für die Nordbahn«). Alle wollten sie diese berühmten Aktien haben, kaum dass James die Konzession beantragt hatte, denn zweifellos würden sie bis zu 10 Prozent Gewinn bringen; es handelte sich in diesem Stadium zwar nur um Versprechungen, doch das war gleichgültig, auch wenn angesichts des Ungleichgewichts zwischen Angebot und Nachfrage die Bitte um Aktien am Ende einem Erbetteln gleichkam. Das Spekulationsfieber brachte bis dahin ungeahnte Verhaltensweisen an den Tag. Der Bürgerkönig-Louis Philippe war hocherfreut, als wir ihm die Pläne für den Waggon zukommen ließen, den wir ihm bei der Nordbahn zugedacht hatten.

Das Eisenbahnfieber hatte sie alle ergriffen. Sie lagen James zu Füßen, weil er gleichbleibend erfolgreich war. Aber vertrauen konnte man diesen Zuneigungsbekundungen nicht. Bei der kleinsten Schwierigkeit zeigten sie vielleicht wieder die Zähne. Tausendsiebenhundert Gäste lud James zur Einweihung der Nordstrecke am 19. Juni 1846 ein. Sie reisten in Waggons der ersten Klasse bis nach Lille, wo sie zu Mittag speisten, und nahmen das Souper in Brüssel ein. Für viele war das der Tag, da mein Mann die Anerkennung eines Königs erlangte. Victor Hugo und Alexandre Dumas waren unter den Gästen, Hector Berlioz, ein Hitzkopf, aber zweifellos von immenser Begabung, komponierte zu diesem Anlass eine Kantate. Vierundzwanzig Tage später jedoch kostete ein Unfall auf dieser Strecke über fünfzehn Menschen das Leben, vielleicht waren es sogar mehr. Auf einem am Moor entlangführenden Bahndamm waren die Schienen abgerutscht. Dreizehn Waggons entgleisten, und einer wurde beim Aufprall regelrecht zerquetscht, drei Waggons versanken im Sumpf. Sofort entfesselte ein gewisser Teil der Presse seinen antisemitischen Hass, und die Schreiberlinge präsentierten James wieder einmal als skrupellosen, blutdürstigen und profitgierigen Kapitalisten. Angeblich hatte die Nordbahngesellschaft Warnungen und Hinweise auf den schlechten Zustand der Schienen in den Wind geschlagen. Die Menschen, die am wenigsten leisten, sind meistens die Ersten, die im Nachhinein alles am besten wissen.

Ich war über die Geschäfte auf dem Laufenden, ungeachtet der angeborenen Rothschild'schen Diskretion und James' hinter der Fassade seiner Redseligkeit gut verborgenem Sinn für Verschwiegenheit. Es genügte, den Gesprächen meines

Mannes mit seinen Söhnen am Mittagstisch zu lauschen, mehr noch als beim Abendessen, wo der gesellschaftliche Anstand jede allzu direkte Beschäftigung mit Geschäftlichem ausschloss.

Meine Gäste wussten, dass ich wusste, aber sie konnten auf meine Verschwiegenheit zählen. Und doch verriet ihr Blick zuweilen eine gewisse Befangenheit. Wie jener Blick des Justizministers Émile Ollivier, der James gerade gebeten hatte, seinen Bruder, den Kapitänleutnant Ernest, bei der Nordbahn einzustellen. Oder der Blick von Prinzessin Mathilde, der den meinen, natürlich wortlos, kreuzte, nachdem sie James einige Tage zuvor um einen Vorschuss von 50.000 Francs gebeten hatte, da Prinz Demidoff, von dem sie getrennt lebte, wie gewöhnlich mit der Zahlung ihrer vierteljährlichen Pension auf sich warten ließ. Eine andere hätte die Augen niedergeschlagen, nicht aber die Prinzessin. Ebenso wenig Isabella von Spanien, die bei uns ihr Testament hinterlegt und unser Bankhaus gebeten hatte, ihre Garantiewertpapiere als französische Rentenpapiere auf ihren Sohn, König Alphonse XII., zu überschreiben.

Wenn man die Frau eines Bankiers aus diesen Kreisen ist, muss man damit rechnen, so manche Peinlichkeit mitzuerleben. Oft besteht das Ideal der Konversation darin, schweigen zu können, freundliche Stille zu wahren, anstatt um jeden Preis drohende Gesprächspausen zu füllen.

Wenn James zuweilen des endlosen Reigens der Prinzen und Kaiser überdrüssig war und wieder ein großes Diner für die Herzogin von Leuchtenberg auf ein prunkvolles Frühstück für den König und die Königin der Belgier folgte, entfernte er sich eher, als derlei Einladungen einen Riegel vorzuschieben – was falsch ausgelegt worden wäre, wo doch James immerhin einen Teil des Vermögens (fünf Millionen) von Leopold I., dem König von Belgien, verwaltete. Er ging dann auf Reisen. Wer ihn nicht mochte, setzte das Gerücht in die Welt, er habe nur eine einzige Lektüre im Gepäck: das Kursbuch.

Wenn ich sie so aus der Höhe des Gemäldes von meiner Wand herunter beobachte, erscheinen sie mir als die Glückskinder der Gesellschaft. Sieht man ihnen zu, hält man sie alle für den besten Umgang. Ein Kopf beugt sich nach vorn, eine Hand hebt sich, beide legen die Hälfte des Weges zurück, bis ein Atemhauch unter einem Schnurrbart über die Enden graziler Finger hinstreichen kann. Und doch muss man nur genauer hinhören, um einen von ihnen murmeln zu hören, Baron Rothschild erfreue sich bei den Bädern in Dieppe größeren Ansehens als Montmorency, da dort allein der Rentencoupon regiere. Er ist nicht nur der Reiche, sondern auch der Reichmacher. Ich habe oft böse Zungen sagen hören, Louis-Philippe werde in Notre-Dame-von-der-Börse gekrönt werden, wo Rothschild Erzbischof sei. James scherte sich nicht darum und wunderte sich immer, dass die Mitglieder der republikanischen Führungsschicht, all diese Minister und Präfekten, die sich auf unsere Jagdeinladungen stürzten, ihn hartnäckig und ganz unironisch mit »Herr Baron« anredeten, nicht wissend, dass nur das Dienstpersonal gehalten war, ihn so zu nennen.

Wie viele solcher Gäste gibt es, die sich nach Ferrières drängen und uns verabscheuen, sobald sie wieder zu Hause sind? Manche warten nicht einmal so lange, das kann ich in meiner Eigenschaft als Gemälde bezeugen. Die Brüder Goncourt sind das niederträchtigste Beispiel dafür. Ihren anonymen Brief unterzeichnen sie auch noch; im Stolz auf ihre Niedertracht gehen sie so weit, sie schriftlich in ihrem *Tagebuch* festzuhalten; aus diesem noblen Genre haben sie ein Medium für schmutzige Geschichten gemacht.

Sie sind hier empfangen worden und stellen später alles als albern und lächerlich dar: das Schloss, das als Pudding mit dem Anspruch, alle Monumente in einem zu sein, präsentiert wird, und James selbst, den sie als Hochstapler verspotten. Wir sind uns vor langer Zeit auf einer Soiree bei der Prinzessin Mathilde begegnet, ich erwiderte den Gruß der Brüder von fern, und aus der lauernden Art, wie sie James beobachteten, mit Bosheit im Blick und blindem Hass um die zusammengekniffenen Lippen, erriet ich schon, wie sie ihn von ihren Schreibtischen aus der Welt präsentieren würden: »monströse Gestalt ... das schrecklichste Lurchgesicht ... blutunterlaufene Augen ... herabhängende Augenlider ... sabbernder Sparbüchsenmund ... Sammelbecken aller sittlichen Abscheulichkeiten ... Satyr des Goldes ...« Diese Männer von Stil legen seither einen vorhersehbar stillosen Ekel an den Tag. Sie glauben uns zu demütigen, indem sie uns systematisch das Adelsprädikat vorenthalten. Und dabei sind die beiden doch nicht einfach irgendjemandes Auftragsschreiber. Was wir auch unternehmen, sie sehen uns als Kuppler, Zwischenhändler, Plünderer. Uns, die Rothschilds und die Juden, die nur dazu gut sind, vergiftete Freuden zu bescheren. Warum aber laden wir sie noch ein? Sie sind Schriftsteller, das ist wahr. Trotz der Abscheulichkeiten, die sie über uns verbreiten, wird der Überlebende der Brüder bis zu seinem Tod von meinen Kindern Edmond und Charlotte empfangen werden. Und er nimmt sich heraus, über die Qualität ihrer Küchen ein vergleichendes Urteil zu fällen.

Ein Rätsel bleibt bestehen: Wie können diese beiden kultivierten und intelligenten Brüder, denen wir trotz allem die Auferstehung der guten Manieren des 18. Jahrhunderts verdanken, wie können diese beiden gleichzeitig *aus Prinzip* die Gemälde eines armen Sammlers preisen und *aus Prinzip* erklären, die Sammlung eines Reichen müsse aus Fälschungen bestehen? Dahinter steht eine Denkweise, die mein Begriffsvermögen übersteigt. In ihren Augen sind reiche Liebhaber immer nur arme Amateure. Nein, wirklich, wenn man weiß, was sie schreiben, erscheint einem eine Soiree, bei der sie nicht anwesend sind, nur umso schöner.

Die letzten Sonnenstrahlen verlöschen soeben auf den ledernen Wandbespannungen des Salons, was den unter freiem Himmel voranschreitenden Reiterzug auf Rembrandts *Triumph des Mordechai* zum Leben erweckt. Ehrfürchtig kniet eine Figur vor Mordechai, der das Zepter hält. Ein sanftes Licht hebt jetzt die herzzerreißende Schönheit der zerbrechlichen Dinge hervor. Dies ist das Ferrières, das ich liebe.

Zwei Dienstmädchen stauben die Gegenstände ab, während das Schloss noch schläft. Sie sind sicher, dass man sie nicht hört, und tratschen, unbesorgt um die Folgen ihrer Worte, über die Ansprüche so mancher Gäste. Die Ansprüche! Eine wahrhaft typische Haltung der *fashionables,* die ich nie begreifen werde. Sie zahlen niemals und sind immer die Ersten, die »Geld zurück!« rufen, wenn sie nicht restlos zufriedengestellt sind. Dabei habe ich immer Wert darauf gelegt, dass unsere Leute jeden Augenblick auf das Unvorhergesehene reagieren können und den Gästen je nach Geschmack Gewöhnliches wie Außergewöhnliches gleichermaßen zur Verfügung steht.

Die beiden jungen Mädchen reden sich in Fahrt, den Staubwedel in der Hand, und ihr Geplapper beschwört die Gestalt der Fürstin von Lieven herauf. Wir empfingen sie in den 1840er Jahren in Begleitung des holländischen Ministers General Fagel und des Botschafters Apponyi, und ich erinnere mich, dass sie maßlos kapriziös war. Dabei hatten wir ihr die für den Herzog von Orléans eingerichteten Räume überlassen, aber nein, die Matratzen waren nicht nach ihrem Geschmack, zu hart und zu feucht. Das ganze Schloss geriet in Aufruhr, um sie zu klopfen und zu trocknen. Graf Apponyi bewunderte die Schönheit des Anwesens, wenn er auch befand, der Teich liege zu nah am Haus und das Fehlen eines abgetrennten Gartens bringe das Wild in die Nähe des Hofs, was tatsächlich zutraf. Er lobte Geschmack und Komfort der Innenausstattung, bemerkte die Feinheit der mit Halbedelsteinen bestückten Vermeil-Humpen bis hin zu den Florentiner Mosaiken, aber ich weiß noch, wie er sich nicht enthalten konnte, einen Mangel hervorzuheben:

»Die Handtücher, wenn Sie mir erlauben …«

»Wie, die Handtücher? Durch die Wäscherei gehen im Schnitt achtzigtausend Stück jedes Jahr, und Sie finden, es sind nicht genug?«

»In England hat man bis zu zwei Dutzend davon auf jedem Toilettentisch.«

»Sind die Engländer denn so anders beschaffen als wir?«,

entgegnete ich. »Wie viele Beine hat ein Engländer, Ihrer Ansicht nach?«

Sein Beispiel war gründlich schlecht gewählt. Der österreichische Botschafter wusste wohl nicht, dass mir die englischen Sitten von Herzen fremd sind, das brutale *shakehands* ebenso wie diese Liebe zum Sport. Auf Waddeson Manor, zumindest zu Zeiten unseres Cousins Ferdinand, kamen Gäste in den Genuss eines Rituals, über das ich stets laut lachen musste. Am Morgen leitete ein Diener, nach dem Aufziehen der schweren Vorhänge, den Tag mit folgenden Worten ein: »Tee, Kaffee oder Kakao, Frau Baronin?« – »Tee.« – »Schön, Madame. Assam, Souchong oder Ceylan?« – »Souchong.« – »Schön, Madame. Milch, Sahne oder Zitrone?« – »Milch, selbstverständlich.« – »Schön, Madame. Jersey, Hereford oder Shorthorn?« An dieser Stelle streckte ich stets die Waffen vor dem England der Kühe, denn ich gestehe, dass zu so früher Stunde die Unterscheidung der Hausrindrassen meine Möglichkeiten überstieg.

Viktor von Balabin, der Sekretär der russischen Botschaft, hat viel für unseren Ruf als Kunstkenner getan. Er erzählte gern überall, dass man bei uns, ob in Paris oder anderswo, wenigstens sicher sein konnte, gute Musik zu hören. Unsere Freundschaft mit Rossini hat ihren Anteil daran, wobei es schon einmal vorkam, dass James ihn bezahlte, damit er mit seiner Anwesenheit der Hochzeitsfeier unserer Tochter zusätzlichen Glanz verlieh. Die französischen ebenso wie die englischen Rothschilds taten alles, um ihn in die Häuser und Kreise einzuführen, die seiner Karriere förderlich sein konnten. Dieses Mäzenatentum sollte eine feste Tradition werden.

Nicht alle waren dafür so dankbar wie Rossini. Er hatte im Verlauf der Julirevolution seinen Posten als Leiter der italienischen Oper in Paris, als königlicher Hofkomponist und als Generalinspektor des Gesangs in Frankreich verloren. James und Rossini kannten sich, auch wenn sie in vielem so gegensätzlich waren, schon lange Jahre, noch bevor sein *Stabat Mater* in der Musikwelt für eine Sensation sorgte. Selbst der Umstand, dass Gioacchino Rossini die Eisenbahn verachtete, konnte dieser Freundschaft wenig anhaben. 1836 fuhr er meines Wissens das erste Mal in einer Eisenbahn, von Paris nach Frankfurt, und später karikierte er dieses Erlebnis in einem Klavierstück, *Comico imitatif.* Rossini war ein großer Genießer. Mit unserem Koch Antonin Carême unterhielt er ein freundschaftliches Verhältnis. Sie hatten sogar einen Konzertsalat erfunden, bestehend, wenn ich mich recht entsinne, aus dünnen Scheiben weißer Piemont-Trüffel, Öl aus Aix, Zitronensaft, feinem Senf, das Ganze gepfeffert und gesalzen und dann in einer Schüssel vermischt.

Wie vom Schicksal gewollt, lagen James und Rossini später gleichzeitig im Sterben. Seine Frau und ich tauschten regelmäßig Neuigkeiten aus. Eines Tages schickte ich ihr ein Billet, auf das ich lediglich das Wort »Tot« geschrieben hatte; am nächsten Tag kam es zu mir zurück, mit derselben Nachricht: »Tot«, doch diesmal von ihrer Hand.

Wenn ich sehe, wie mein Sohn Alphonse und sein Cousin an Kommissar Clément, den Chef der Sittenpolizei, herantreten und ihn dann am Arm mit sich in diese entlegene Ecke der Eingangshalle führen, die mein Territorium ist, vermute ich, dass sie nicht über ihre letzte Treibjagd plaudern wollen. Das ist der große Vorzug der Jagd: Sie erlaubt ihren Anhängern, gleichzeitig auch über alles andere zu sprechen, ohne dass jemand darüber überrascht wäre.

Der Kommissar ist mehr ein Mann knapper Bemerkungen als großer Reden. Von Natur her und durch seine Stellung bedingt wenig gesprächig. Er ist derjenige, der über die Pariser Halbwelt am besten unterrichtet ist – und man weiß von keinem Mächtigen, der nicht irgendeine Varietétänzerin aushielt. Einst hieß es, mein Mann habe die Karriere der Marie Verne in Gang gebracht, einer Tänzerin der Oper, die ihr Glück machte, indem sie aus den Armen des Prinzen Denain in die des jungen Say wechselte. Auch ihre späteren Liebhaber suchte sie klug. Ich wollte keine Einzelheiten darüber wissen. Was spielte es für eine Rolle, ob sie von der Oper war oder den Menus-Plaisirs, dem Theater der Délassements Comiques, dem Bal Périn oder gar der Maison Dorée!

An diesem Sonntag ist die Anwesenheit dieses bekannten, auf die Welt der Amouren spezialisierten Polizeibeamten keinesfalls ein Zufall. Jeder könnte an ihren verschwörerischen Mienen erraten, worüber die Gäste sprechen: Es geht um die neuesten Gerüchte über das Benehmen von Alphonses Ehefrau, meiner Schwiegertochter Leonora, die wir alle Laurie nennen:

»Sie ist nicht sehr vorsichtig, man sollte sie warnen«, sagt der Mann der Geheimnisse mit gerötetem Gesicht, ganz erfüllt von seinem Amt. »Unsere Polizisten haben sie wieder an öffentlichen Orten in Begleitung anderer Frauen überrascht, mit der Marquise Galliffet, geborene Laffitte, die auch nicht umsichtiger ist … Laut dem Bericht eines Inspektors beteiligen sie sich gemeinsam an Lesbierinnenabenden im Haus Nummer 5 in der Rue Basse-du-Rempart.«

»Wir werden das arrangieren, nicht wahr?«, seufzt Alphonse und legt dem Beamten seine Hand auf den Arm, bevor er sich erhebt, um ihn an den Tisch zu den anderen zurückzuführen.

»Das ist noch nicht alles«, beharrt Kommissar Clement, was Alphonse sofort dazu veranlasst, sich wieder zu setzen. »Da gibt es noch Ihren jüngeren Bruder, Monsieur Edmond.«

»Ah … Immer noch dieselbe?«

»Lucie Hébert, dreißig Jahre, ein glanzvolles Appartement in der Rue de Rome 8, erste Etage, zu beachten dabei, dass die uns gleichfalls gut bekannte Komödiantin Madame Sarah Bernhardt in Nummer 4 wohnt… Wagen, Pferde, Dienstpersonal …«

»Wir haben erst in der Familie und danach mit ihm lange darüber gesprochen. Offenbar haben die Vorhaltungen nicht ausgereicht. Sie scheint einen starken Einfluss auf ihn auszuüben. Jedenfalls kommt sie ihn teuer zu stehen …«

»Sie möchte geheiratet werden, sie setzt ihn unter Druck, und es fehlt ihr nicht an Argumenten.«

»Hmmmm!«, knurrt Alphonse und wechselt einen langen Blick mit seinem Cousin, der ihm gegenübersitzt, ehe er sich wieder zu Clement vorbeugt. »Glauben Sie, sie würde es schlecht aufnehmen, wenn wir ihr 100.000 Francs anbieten würden, um dieser Liaison ein Ende zu setzen?«

»Wissen Sie, was die jungen Damen der gehobenen Pariser Vergnügungen sagen, Herr Baron? Früher war die Liebe eine Sache der Zeit, jetzt ist sie eine Sache der Zahl …«, bemerkt er vielsagend und lässt sich den Stabreim auf der Zunge zergehen. Mein Sohn erträgt den Spott mit Würde.

Unsere liebsten Gäste verließen Ferrières selten mit leeren Händen. Wir haben stets die Tradition schöner Geschenke gepflegt. Nicht, um die Leute zu kaufen oder die Massen zu beeindrucken, auch wenn eines von beiden meist in diese Geste hineingelesen wurde. Es ist etwas sehr Rothschild'sches an dieser Haltung, die weniger verbreitet ist, als man glaubt. Der Familie von Françoise d'Orléans ließ ich jedes Jahr große Sträuße und Ostereier bringen. Botschafter Apponyi war stets beeindruckt von der Raffinesse, mit der ich Weihnachtsgeschenke für seine Kinder auswählte: ein Mahagonispieltisch mit Karten, ein Bilboquetspiel, Würfel, Dame, Springteufel und Kreisel für Rodolphe und Jules, für Mimi eine Kommode mit allem Wesentlichen für ihr Puppendiner, mit Tischtüchern, Porzellan, Messern, Löffeln, Gläsern bis hin zu den Gabeln von ungewöhnlicher Eleganz.

James teilte meinen Sinn für Originalität bei der Wahl der Geschenke. Um Mademoiselle Patti dafür zu danken, dass sie die Kompositionen unserer Nichte gesungen hatte, und vor allem um ihr mitzuteilen, wie sehr der Schmelz ihrer Stimme ihn bezauberte, ließ er ihr eine kandierte Ananas senden, die er eigens für sie in Nizza bestellte. Unsere Geschenke waren nicht unbedingt die kostspieligsten, aber oft die erlesensten. Das Besondere rührt so sehr, dass es das Geschenk überhöht, und oft bleibt in der Erinnerung des Beschenkten nur dieses kleine Extra an Herz zurück. Auch suchte ich, wenn ich erriet, dass etwas Nützliches mehr gefallen würde als ein Schmuckgegenstand, mit Vorliebe seltene und alte Stücke, damit sie gleichzeitig von der Vergangenheit Zeugnis ablegen konnten. Graf Nigra von der italienischen Gesandtschaft erwähnte mir gegenüber noch oft, wie empfänglich er für die Bände der Korrespondenz der Madame du Deffand gewesen war, die ich ihm geschenkt hatte. Es war dieselbe Madame Deffand, deren bewundernswerte Ausschweifungen des Geistes schon Horace Walpole pries.

Hätte James beweisen wollen, dass sich Größe und elegante Lebensart in Frankreich nie so glanzvoll zeigten wie in jenen Jahren in Ferrières, hätte er nicht besser ans Werk gehen können. Der 16. Dezember 1862 war hierbei gewiss ein Höhepunkt.

An diesem Tag begab James sich, begleitet von unseren vier Söhnen, zum Bahnhof Ozoues-la-Ferrières, um dort Louis-Napoleon zu empfangen, nachdem der Kaiser durch unseren gemeinsamen Freund, den Grafen Nigra, hatte wissen lassen, dass er diesen Ort, der in der Gesellschaft so viel von sich reden machte, gern einmal beehren würde. Ein grüner, mit goldenen Bienen bestückter Samtteppich war dort ausgerollt worden, fünf Kutschen, die in unseren Farben, Gelb und Blau, ausgeschmückt worden waren, fuhren die Gäste zum Schloss. Bei seinem Eintreffen wurden an den Fahnenstangen der vier Türme die kaiserlichen Farben gehisst. Die Damen Rothschild der Häuser von Paris, London, Frankfurt und Wien erwarteten den Herrscher in der Eingangshalle. Finanzminister Fould, Staatsminister Graf Walewski, der englische Gesandte Graf Cowley, der österreichische Gesandte Richard Metternich sowie die Generäle Ney und Fleury begleiteten den Kaiser. Dieser bewunderte gebührend die Gemälde von Velàzquez, van Dyck und Rubens.

Das festliche Mittagessen – serviert auf Sèvres-Porzellan, dessen Teller jeweils mit einem echten Bild Bouchers verziert waren; dazu das silberne Tafelbesteck, das wir eigens für diesen Tag hatten anfertigen und dessen Vorlagen wir nach der Fertigstellung sofort hatten vernichten lassen – wurde von überwältigender Musik bereichert: Nach der großen Jagd – auf der weit über tausend Tiere erlegt wurden – dirigierte Rossini den Chor der Pariser Oper mit seinem »Chor demokratischer Jäger«.

Unser Besucher war so taktvoll, mir einen Zwischenfall nachzusehen, der mich zumindest für einige Tage zum Gespött von Paris hatte werden lassen. Vielleicht wusste er, dass meine bekannte Kurzsichtigkeit es mir unmöglich machte, jemanden aus mehr als ein paar Schritten Entfernung zu erkennen. Mit keiner Bemerkung erinnerte er an unsere »Begegnung« eines Nachmittags im Frühling 1861 auf der Place de la Concorde. Ich befand mich in meiner Kutsche in Begleitung einer jungen Frankfurter Cousine, der ich Paris zeigte, als uns in dem Gedränge eine hochgestellte Persönlichkeit von seinem von vier herrlichen englischen Vollblütern gezogenen Phaeton herab grüßte. Während ich noch in meiner Stola nach meinem Lorgnon suchte, warf ich ihm einen zerstreuten Gruß zu, wie man es mit einem guten Bekannten tut, um dann, als er sich schon entfernte, festzustellen, dass es sich um den Kaiser gehandelt hatte.

Bevor sie Louis-Napoleon geheiratet hatte, war Eugénie de Montijo unser Schützling gewesen. Jedes Mal, wenn sie zu ihrem Vergnügen Europa bereiste, schickte James einen Rundbrief an seine Brüder und ihre Vertreter in Brüssel und Amsterdam, damit der damaligen Gräfin von Teba und ihrer

Mutter, der Herzogin von Penaranda, jedes finanzielle Entgegenkommen gezeigt würde.

Eines Tages musste ich das Eis brechen. Als ich seine Einladungen nicht mehr absagen konnte, ohne dass es den Anschein politischen Schmollens gehabt hätte, begab ich mich auf eines der Feste, die Louis-Napoleon während seiner Präsidentschaft gab. Er war ungemein liebenswürdig und teilte mir, auch wenn er kein Wort davon glaubte, sein Bedauern darüber mit, dass ich so lange leidend gewesen sei. Er war von äußerst gewöhnlichem Aussehen, sein sanfter Blick jedoch schien geradezu um Wohlwollen und Schutz zu betteln. Er überredete mich, seine Einladung zu einem Maskenball in den Tuilerien anzunehmen, zu dem ich mich im Renaissancegewand begab. Aus Loyalität gegenüber Maria Amalia jedoch ließ ich James in Begleitung unserer Tochter und ihres Mannes ohne mich im Senat an der kaiserlichen Hochzeit teilnehmen.

Bis dahin war mir Louis-Napoleon als eine jammervoll banale Persönlichkeit erschienen. Ein Mann, der niemals einen Skandal auslösen würde. Es fehlte ihm an Charakter, an der geringsten Eindeutigkeit, da er nie wusste, welcher seiner widersprüchlichen Neigungen er nachgeben sollte. Zu Beginn seiner Regentschaft sah ich ihn noch als ein politisches Nichts. Man nannte ihn Naboleon, die Verkörperung der Bedeutungslosigkeit, ein Nichts, dessen Macht nur einen negativen Wert besaß. Eine Persönlichkeit, die nach Macht gierte um der Macht willen, ohne ein anderes Ideal als seinen glorreichen Namen, ein Sozialist, der seine wahre Natur unter einer Maske der Zuvorkommenheit verbarg – alles, nur kein Staatsmann. In meinen Augen gab es keinen Zweifel daran:

Wenn Frankreich eine Liebesaffaire mit ihm erleben sollte, dann würde sie furchterregend romantisch werden: leidenschaftlich in den Anfängen, hasserfüllt auf dem Höhepunkt, gewalttätig im Augenblick der Trennung.

Ein solcher Mann konnte seinen fünfunddreißig Millionen Untertanen nur eine Parodie des Empire bieten. Wie hätte ich von einer wenn auch historischen Gestalt beeindruckt sein können, die im Grunde bei meinen Eltern auf die Welt gekommen war, da diese 1832 in der Rue Laffitte das Stadtpalais gleich neben unserem kauften, in dem Königin Hortense gelebt hatte?

Zur Erinnerung an seinen Besuch pflanzte er an jenem 16. Dezember 1862 im Garten von Ferrières eine Zeder. Nach seiner Abreise vertraute einer seiner Adjutanten uns an: »Der Kaiser ist von seinem Besuch hochentzückt. Er spricht von einem Schloss wie aus Tausendundeiner Nacht. Er hat sich für hocherfreut und trefflich unterhalten erklärt.«

James begleitete ihn zurück zum Bahnhof und genoss seinen persönlichen Sieg, dessen Wert niemand kannte. Seine tiefe Befriedigung zeigte sich in diesem leisen Lächeln, das ich bei ähnlichen Gelegenheiten an ihm wahrnahm. Dann erinnerte er sich sehr wohl daran, wie der Kaiser zehn Jahre zuvor die Gründung des Crédit foncier dem Bruder seines Ministers Fould anvertraut hatte, nachdem dieser ihm – wie alle Welt wusste – geraten hatte: »Eure Majestät müssen sich unbedingt vom Gängelband Rothschilds lösen, der an Eurer Statt regiert.«

Der Kaiser war gekommen und Fould ebenfalls. Es war ein historischer Tag. Alle teilten die Ansicht, dass er noch lange in Erinnerung bleiben würde. Und dennoch ließ er mich ein wenig unbefriedigt zurück, mit einem Nachgeschmack ohne Bitterkeit zwar, aber voller Melancholie: das Bedauern darüber, wie anders alles hätte sein können, hätten wir noch unter dem Ancien Régime gelebt. Ich meine damit nicht allein die Regierungsform, sondern auch den Geschmack einer Zeit, in der noch der große Stil und nicht die Kopie herrschte. Mehr sogar als an schlechten Tagen spürte ich in solchen Augenblicken eine leise nostalgische Sehnsucht nach einer Epoche, die ich zwar nicht miterlebt hatte, der ich mich gleichwohl stark verbunden fühlte. Ich ging nicht so weit, Anordnungen zu geben, dass man am 14. Juli die Fensterläden schlösse. Doch von dem Tag an, da mir klar wurde, dass Revolutionen im 19. Jahrhundert nur noch zu hohlem Geschwätz führen würden, sehnte ich mich danach, meine Zeitgenossen zu wechseln.

Meine Treue zum Haus Orléans war für niemanden ein Geheimnis, ebenso wenig wie James' Opportunismus. Seine politischen Überzeugungen waren ihm niemals ein Hindernis für Geschäfte. Meine Treue glich seine Bereitschaft aus, den Mächtigen des Tages, ohne Ansehen der Person, zu Diensten zu sein. Als 1850 der König im Exil starb und sechzehn Jahre später auch die Königin verschied, erlegte ich meinem ganzen Haus Trauer auf. Der Tod dieser heiligen Frau ging mir wirklich sehr nah. Maria Amalia soll in England jeden Tag die Messe besucht haben, und sie wünschte nach ihrem Tod jenes Kleid zu tragen, das sie anzog, als ihr Mann 1848 Frankreich verlassen musste. Es war mir gleichgültig, ob man sich über mich mokierte, als ich mit dem Feuer der Verzweiflung die Welt des *highlife* dazu brachte, Trauerflor zu tragen.

Unter dem Empire trotzte ich allen Avancen und vermied es, bei Hof zu erscheinen. Ohnehin hätte eine gewisse Bemerkung mich davon abgehalten: Viel-Castel nannte den Herrscher in seinem Hofstaat einen »auf einen Kothaufen gefallenen Diamanten«. Meine Treue gegenüber dem Haus Orléans blieb unerschütterlich. Hin und wieder erwiesen wir einander bemerkenswerte Gefälligkeiten. Als Louis-Philippe einmal auf der Suche nach einem Kutscher war, der fähig wäre, seinen Fuhrpark auf Schloss Eu zu leiten und seine Reitpferde korrekt zu bewegen, war er mir dankbar, dass ich ihm Henri Maugis empfahl, der zu unserem Personal gehört hatte und seinen Ansprüchen vollkommen entsprach. Einen Stab der Herzogin von Aumale mit einer Freundschaftsinschrift, ein Geschenk des Herzogs, ein Sohn Louis-Philippes, nach dem Tod seiner Frau, habe ich, wie ich gestehen muss, ehrfürchtig gehütet. Vielleicht fühlte ich mich in der Gesellschaft der Prinzen so wohl, weil sie so weit über der Welt standen, der ihren ebenso wie der der anderen, dass sie vollkommen frei von Snobismus waren: Eine Haltung zeichnete sie aus, die die Eleganz echter Hoheiten ausmacht.

Waren wir nicht schließlich – ohne uns auf eine Stufe mit ihnen stellen zu wollen – ein Symbol so wie sie? Am 24. Februar 1848 unseligen Angedenkens plünderten die Aufständischen die Residenzen der Orléans im Palais Royal und auf Schloss Neuilly ebenso wie jene der Rothschilds in Boulogne und Suresnes.

Unser Freund Ary Scheffer, der Maler, war einer der wenigen Menschen, die mich verstanden. Man muss sagen, auch er mied den Hof und die Salons und zeigte sich unversöhnlich gegenüber dem Urheber des Staatsstreichs. Er fühlte sich dem Haus Orléans auf das Engste verbunden, seit er den Kindern des Herzogs Malunterricht erteilt hatte und dieser ihn gefördert und schließlich zum Hofmaler seines Hauses gemacht hatte.

Meine Überzeugungen erhärteten sich in dem Maß, in dem James' Opportunismus sich festigte. Er war nicht wählerisch und fühlte sich in den Tuilerien zu Hause. Er hatte etwas von Monsieur de Savoie an sich, jenem Mann, über den Ludwig XIV. bemerkte, er würde niemals einen Krieg in dem Lager beenden, in dem er ihn begonnen hatte.

Man kann Frankreich lieben, ohne deswegen die Republik zu mögen. Das Grauen vor der Masse müsste einen vom allgemeinen Wahlrecht abbringen. Die Abgeordneten haben bewiesen, dass sie in ihrer Mehrheit nur die wilden Tiere in der großen Pariser Menagerie sind. Seit Langem verabscheue ich meine Zeit, mein Zeitalter enttäuscht mich seit den Tagen von 1848, denen wir, meine Kinder und ich, entflohen, indem wir uns von Le Havre nach England einschifften. Die Demokratie, so begriff ich damals, ist gleichbedeutend mit Anarchie und Chaos, und man komme mir nicht mit der Stellung der Juden im Ghetto. Frankreich hat mit der Revolution von 1789 uns Juden volle Bürgerrechte gewährt, gewiss. Aber während unsere Glaubensbrüder im Rheinland die französische Armee als Befreier bejubelt haben sollen, empfing das Frankfurter Ghetto sie nicht ohne Grund feindselig. Als die kleine französische Garnison von den Preußen vertrieben wurde, erschollen in der Judengasse Freudenrufe. Unsere Emanzipation hätte eines Tages ohnehin stattgefunden, ganz ohne eine blutige Revolution. Ich pflege keine nostalgische Sehnsucht nach einem vergangenen Regime, es ist nur die

Trauer um eine Zeit, als man noch Sinn für Würde und Ehre hatte, als man sich seines Ranges bewusst war. In jedem Fall war ohne die Einheit beider Zweige der königlichen Familie alle Hoffnung auf eine Restauration vergeblich.

Im Spätsommer 1870 überfiel uns Deutschland, und kurz darauf bezogen die Deutschen ihr Hauptquartier in Ferrières. König Wilhelm von Preußen wohnte in den Zimmern von Alphonse, Graf Bismarck in jenen von James und von Moltke in meinen vier Wänden. Über ein Jahr lang schlugen nahezu dreihundert Männer und zweihundert Pferde bei uns Wurzeln. Nachdem sie fünfundsechzig Flaschen Wein und zweiunddreißig Flaschen Champagner geleert hatten, befanden ihre Generalstabsoffiziere, die zu fünfzehn angekündigt, jedoch zu zweiunddreißig erschienen waren, es sei skandalös, dass man bei der Baronin de Rothschild so schlecht empfangen werde. Die Initialen meines Mannes, JR, welche die Wände und Decken zierten, lasen sie mit plumpem Witz als »Judaecrum Rex«. Bismarck nörgelte, das Gewehr, das man ihm zur Fasanenjagd gereicht habe, sei zu klein, und einem unserer Bediensteten, der ihm nicht schnell genug Wein aus unseren Kellnern brachte, drohte er gar Schläge an. Der König von Preußem war offensichtlich von weniger grobem Schlag: Obwohl mit eigenem Personal, vor allem seinen eigenen Köchen, gekommen, bedachte er die Bediensteten des Schlosses mit 200 Francs Trinkgeld. Er verlangte sogar, dass man vor ihrer Abreise den Zustand der Örtlichkeiten überprüfte. Doch leider! Zwar hatte man den Soldaten verboten, die Rebhühner zu schießen, doch trotz der Wachen und der Anwesenheit des Großherzogs von Mecklenburg wurden die

Keller geplündert, und Gegenstände verschwanden. Wie alle Schlösser der Gegend war unseres nur noch ein Feldlager, in dem es an Holz und Nahrung fehlte. Als wir es endlich wieder in Besitz nehmen konnten, fand ich es in einem beklagenswerten Zustand. Die preußischen Truppen blieben bis Ende August 1871 in Ferrières, und als Cousin Anthony am 1. September aus England kam, meinte er – im Unterschied zu meinen Söhnen –, es seien keine nennenswerten Schäden am Schloss entstanden. Wie auch immer, Bismarck war ein Freund der Familie.

Durch das »Treffen von Ferrières« ging das Schloss in die Geschichte ein. Hier versuchte Jules Favre, der Außenminister der Regierung der Nationalen Verteidigung, die Unterzeichnung eines Friedensvertrags zu erreichen, der für die Franzosen akzeptabel gewesen wäre. Um ihn noch ein wenig mehr zu demütigen, ließ Bismarck ihn mehrere Stunden warten. Es war an einem Sonntag, dem 18. September 1870. Drückende Hitze herrschte. Favre war in Begleitung seines persönlichen Assistenten, Baron de Ring, sowie Monsieur Hendlé, seinem Sekretär, einem Hauptmann des Generalstabs, und Monsieur Lutz vom Außenministerium gekommen.

Die Reise war geheim. Offensichtlich wollte er den Feind zwingen, seine Pläne offenzulegen. Er hatte es eilig, die Last von der Regierung auf die Nationalversammlung abzuwälzen, damit diese vor den Augen der Geschichte entschied, ob der Krieg fortgeführt wurde oder man um Friedensbedingungen ersuchte. Aber er hatte sich, gestützt auf die öffentliche Meinung, im Hinblick auf die territoriale Unversehrtheit festgelegt und konnte nicht mehr zurück, auch wenn ich, während ich ihn vor mir auf und ab gehen sah, deutlich spürte, dass er bedauerte, kein Territorium abtreten zu können, und wäre es nur gewesen, um im Gegenzug Metz zu retten. Er wollte Bismarck einen »ehrenvollen Vergleich« vorschlagen. Wenn man bedenkt, dass er sich dafür bis zu den Vorposten begeben hatte! Bismarck war zunächst damit einverstanden, ihn auf dem Schloss von Haute-Maison zu treffen, einem einfachen Landhaus bei Montry. Dort fand die Unterredung statt; als es jedoch Abend wurde und sich ringsum keine Unterkunft fand, ließ sich der Kanzler nach Ferrières bringen, um das Gespräch fortzusetzen und ein Auseinandergehen in völliger Unstimmigkeit zu vermeiden. Bismarck, ein Mann mit einem eindrucksvollen Kopf auf einer hohen Gestalt, offenbarte jetzt eine Gutmütigkeit, die ganz gegen seine gewöhnliche Strenge abstach.

Die Unterredung fand im Jägersaal im Erdgeschoss statt, dem Hauptquartier der preußischen Feldpost. Der Franzose war beeindruckt von der Zahl der deutschen Soldaten, ihrer Haltung, ihrer Disziplin, ihrer Entschlossenheit. Da Favre zur Abendessenszeit eintraf, lud Bismarck ihn ein, mit ihm zu speisen, was jener ablehnte. Er wollte auf das Wesentliche zurückkommen:

»Was wollen Sie noch mehr? Sie haben Ihre Vorherrschaft auf Kosten der unseren etabliert; Sie haben in den Augen der Welt militärischen Ruhm erworben, der die Ehrgeizigsten befriedigen kann.«

»Sprechen Sie nicht darüber! Das ist ein Wert, den man bei uns nicht kennt, der nicht ..., ein Börsenwort ...«

»Kotiert?«

»Genau. Das ist ein Wert, der nicht kotiert wird und unserem Volk sehr wenig bedeutet. Wir verlangen nur, in unserem Land friedlich zu leben. Wir haben Sie niemals angegriffen, und wir werden Sie niemals angreifen. Von Ihnen aus steht die Sache anders, Sie träumen nur von einer Revanche, und wir werden sie erleiden müssen …«

Bismarck gebrauchte das Wort »Pöbel« für das Volk von Paris und brachte die Exzesse der Presse wieder auf den Tisch, die Karikaturen und Sticheleien, und Favre warf ihm den Handschuh mit denselben Argumenten zurück. Der Deutsche hätte lieber mit Louis-Napoleon verhandelt, wären Favres Freunde nicht kurz zuvor auf die Idee gekommen, ihn zu stürzen. Sie trennten sich eine halbe Stunde nach Mitternacht in dem Bewusstsein, vorangekommen zu sein, und trafen sich am nächsten Morgen um elf Uhr wieder, um Einzelheiten auszuhandeln. Schließlich »behielt« Bismarck das Elsass und Lothringen, ebenso wie die Garnison von Straßburg. Bevor er die große Treppe hinunterstieg, wandte Favre kurz das Gesicht ab, um seiner Verstimmung Herr zu werden, wobei er die Tränen der Wut und des Schmerzes nur schwer zurückhalten konnte. Ein Hauptmann des Generalstabs eskortierte ihn bis zu den Vorposten, um ihn sicher durch die Schusslinien zu geleiten. Nun würde er die Zerstückelung des Vaterlandes erklären müssen.

Nach der Wahl einer mehrheitlich monarchistischen Kammer hegten meine politischen Freunde eine Zeit lang von Neuem die Hoffnung auf eine Restauration. Der Graf von Paris, Oberhaupt des Hauses Orléans, und der Graf von Chambord, Oberhaupt der bourbonischen Hauptlinie, kamen überein, einen Schritt aufeinander zuzugehen. Aber alle Bemühungen wurden von der Frage der Fahne zunichtegemacht, da Ersterer für die Trikolore optierte, Letzterer für das Weiß seines Großvaters Karls X. Es gab keine Verständigung. Chambord verpasste seinen Einzug in Versailles, wo unter Präsident Mac-Mahon die Nationalversammlung tagte. So wurde der Graf von Paris der erste Thronanwärter bei einer möglichen Wiedereinführung der Monarchie.

Und dann saßen sie in unserem Salon, Beauvoir und Graf Dillon, tief mit Alphonse ins Gespräch vertieft. Die drei Männer hatten sich von der Tafel zurückgezogen, denn die Zeit drängte. In der Nordregion sollte am 15. April 1884 gewählt werden. Und es fehlten 100.000 Francs bei der Finanzierung des Wahlkampfs. Der monarchistischen Sache. In einem solchen, nicht alltäglichen Fall schöpft man immer aus denselben Fonds: jenem der Herzogin von Uzès, aber sie hat bereits drei Millionen gegeben, jenem der Rothschilds und jenem des Baron de Hirsch. Mein Mann verabscheute Hirsch beinahe ebenso wie Pereire. Er sagte, diese beiden trügen in ihrer Anti-Rothschild-Haltung eine Inbrunst zur Schau, die einen Antisemiten neidisch machen konnte.

»Also, wie sieht es aus?«, fragte Alphonse.

»Breteuil, der sich als demokratischen Royalisten bezeichnet, ist zu Hirsch gegangen, um ihn um 200.000 Francs zu bitten.«

»Aber ich dachte, es ginge nur um die Hälfte?«

»Inzwischen wird wohl mehr benötigt, also sorgen wir vor. Er hat zu ihm gesagt: ›Es gibt nur zwei Menschen, die ich darum angehen kann: Sie, den ich als Gentleman betrachte, und Alphonse, den ich als Bankier betrachte.‹ Hirsch ist aufgestanden und hat den Scheck ausgestellt.«

»Und er wollte weder Quittung noch Einzelheiten!«, setzte Dillon hinzu.

An dem Lächeln, welches das Gesicht meines Sohnes erhellte, konnte ich seinen inneren Triumph ablesen. Ein diskretes und wortloses Lächeln, ohne die Arroganz der leicht errungenen Siege; sein Vater hätte seine Schadenfreude offen gezeigt.

Beauvoir hatte noch weitere vertrauliche Mitteilungen seines Freundes Breteuil im Gepäck. Während eines nicht lange zurückliegenden Abendessens, als jener seinen bevorstehenden Besuch in England beim Grafen von Paris erwähnte, mit dem er Finanzfragen zu besprechen hatte, war Baron de Hirsch zusehends in Fahrt geraten:

»Er hat vorgerechnet, dass unsere Sache 50 Millionen benötigt und man daher mindestens 10 auftreiben und zu diesem Zweck bei Ihnen anklopfen müsse, Alphonse! Und er hat sogar erklärt, wie der Prinz vorgehen sollte, um sie Euch abzunötigen! Hört nur: ›Soll er Rothschild kommen lassen und, wenn er ihn empfängt, auf seinem Tisch einen Packen Obligationen, von dem ich ihm ein Modell geben werde, an der Hand haben und zu ihm sagen: ›Mein lieber Baron, ich kann nicht, ich habe nicht das Recht, Sie in all meine politischen Praktiken einzuweihen, aber Sie können mir glauben, wenn ich Ihnen sage, dass ich sicher bin, dass in allernächster Zeit die Monarchie wiedereingesetzt wird, und ich habe beschlossen, eine erhebliche Summe des hierzu benötigten Geldes zu sammeln. Zu diesem Zweck habe ich fünfhundert Obligationen zu je 100.000 zu 3 Prozent mit dem Kapital rückzahlbarer Zinsen drucken lassen. Eine gewisse Anzahl ist schon platziert. Ich haben Ihnen fünfzig reserviert und zähle darauf, dass Sie es mir nicht abschlagen werden, sie anzunehmen. Ich bitte Sie nicht um ein Geschenk, ich nehme bei Ihrem Hause nur eine simple Anleihe auf.«

Diesmal konnte Alphonse sein Frohlocken nicht zurückhalten und ließ sich zu einem offenen und gelösten Lachen hinreißen, wie es die Statuen der Eingangshalle von Ferrières lange nicht gehört haben.

Im Jahr 1886, dem Jahr meines Todes, wurde in Frankreich ein neues Exilgesetz verabschiedet. Es verbot allen männlichen Personen aus den ehemals königlichen Häusern weiterhin in Frankreich zu leben. Also verließen die Orléans das Schloss Eu und begaben sich zum Hafen Tréport in der Normandie, wo ein zur Abfahrt nach England bereites Dampfschiff sie erwartete.

Mein ältester Sohn Alphonse war dort und erwies den Nachfahren der früheren König seinen Respekt. So erzählt er es jetzt zumindest, frisch aus der Normandie zurückgekehrt, seiner Frau und seinen um ihn versammelten Kindern und mir, der unsichtbaren, immer Gegenwärtigen:

»Ich hatte nicht die geringste Lust, mich unter dieses Gewühl zu mischen. Tausende von Gaffern, versteht ihr! Lieber habe ich dem Herzog einige Tage zuvor in Eu meine Ergebenheit versichert. Im Übrigen war ich nicht der Einzige, ich habe dort auch Pilet-Will und Demachy getroffen.«

»Du weißt, was man sagen wird …«

»Ich weiß, man wird sagen, die Bankiers wollen sich nicht kompromittieren und dass die Orléans unserer Zunft immer viel zu wohlwollend gegenüberstanden, aber das ist mir egal!«

»Trotzdem, du hättest dich am Hafen vertreten lassen können …«

Das hätte er tatsächlich tun können. Alphonse ist ein gutes Oberhaupt des Hauses, er ist intelligent, ein fähiger Finanzier und exzellenter Verwalter, wie es heißt, aber mag er der Sache des Grafen von Paris noch so ergeben sein, unser Familienerbe wird ihn immer davon abhalten, sich mit der Republik offen zu überwerfen. Die Rothschild'sche Vorsicht.

Die Kinder und ihre Mutter ziehen sich zurück, denn Alphonse erwartet einen Besucher. Zunächst erzählt Henri de Breteuil, denn er ist es, von den wiederholten Schwindelanfällen Jules Grévys, doch seine Besorgnis um den Staatspräsidenten ist rein ironisch. Grévy war 1879 von den Abgeordneten zum Präsidenten gewählt worden. Seither hat er immer nur das Parlament gestärkt und sich sogar für eine Amnestie der Revolutionäre der Pariser Kommune ausgesprochen! Alphonse und Breteuil kommen nun auf Grévys Schwiegersohn Daniel Wilson zu sprechen. Er soll gefälschte Orden verkauft und Bestechungsgelder bezahlt haben, was Grévy jetzt in Schwierigkeiten bringt.

»Stellen Sie sich vor«, erzählt mein Sohn, »letztes Jahr noch konnte ich mich an einem vielversprechenden Geschäft nicht beteiligen, weil ich Wilson zuvor 500.000 Francs geben sollte! Horrend, nicht wahr? Das Geschäft wurde abgeschlossen, aber ohne mich.«

»Wilson ist so reich, wie man nur sein kann, wenn man bis ins Mark verdorben ist, aber ein kleiner Spekulant bis zum …«

»Gewissen Männern sollte man den Zutritt zur Börse im

Palais Brongniart verbieten, wie man den Zutritt zum Casino verbietet …«

Leider erfahre ich hierüber nichts weiter, aber es sollte mich wundern, wenn der Staatspräsident nicht bald zurücktreten müsste. Immerhin unterhalten sich mein Sohn und sein Gast schon über mögliche Nachfolger. Ihr Gespräch schweift nun ab zu einem Grafen, der sich einen Ruf als großer Blondinnenverführer gemacht hat, nun aber eine Brünette geehelicht habe, was wirklich zu denken gibt.

Eine kleine Gruppe Jäger lässt sich zu meinen Füßen nieder. Innerhalb weniger Minuten stelle ich fest, dass es kaum die Waidmannskunst ist, die sie beschäftigt. Ihre Haltung wie ihre Konversation verraten sie sofort als Offiziere. Ich kenne diese Art Männer, ich kannte einen, eben jenen, dem die Unterhaltung sich unweigerlich, und nicht zufällig, zuwendet. Changarnier. General Nicolas Anne Théodule, Sohn eines Royalisten aus Autun, gerade einmal zwölf Jahre älter als ich, nur wenig jünger als mein Onkel James, bevor er mein Mann wurde.

General Changarnier speiste oft abends in der Rue Laffitte; aus seiner guten Erziehung und auch einem alten Kriegerreflex heraus bot er mir stets seinen linken Arm, was ihm den rechten frei ließ, um den Degen zu ziehen, der mich schützen würde. An jenen Abenden fiel es mir ein wenig schwer, mich, wie es sich für die Hausherrin geziemt, allen Gästen mit gleicher Aufmerksamkeit zuzuwenden und ihm meine Schwäche für ihn nicht zu offenbaren. Bis er dann auch zur Jagd nach Ferrières kam, zunehmend häufiger, was einiges Erstaunen auslöste. Zugegeben, er war kein Jäger. Am Vorabend des Staatsstreichs vom 2. Dezember 1851, mit dem Louis-Napoleon sich größere Machtbefugnisse verschaffte, vertraute James noch auf Changarniers guten Stern und sagte ihm eine große Zukunft voraus; er nannte ihn »unseren General« oder, zweideutiger, »unseren Hausfreund«.

»In Paris war alle Welt auf dem Laufenden. Sie versteckten sich nicht, vor allem er tat dies nicht. Er war so glücklich, eine solche Frau zu lieben und von ihr geliebt zu werden, dass er sich seinen Freunden anvertraute. Es wurde damals sogar darüber gescherzt, wissen Sie noch …«

Jetzt geraten sie in Fahrt. Es ist wahr, dieser Mann hatte etwas von diesem französischen Ungestüm an sich, dieser Mischung aus Unerschrockenheit und Verwegenheit, der nur die großen Soldaten das notwendige Feuer verleihen können, das sie für immer über die anderen hinaushebt. Auf diesem Niveau haben Mut und Kühnheit keine Bedeutung mehr, denn darüber verfügen sie mehr oder weniger alle. Sie brauchen einen starken Impuls und einen großen historischen Augenblick, um sich der Welt zu offenbaren. Für Changarnier war es die Eroberung Algiers.

»Von den Ebenen Kabyliens bis zu den Schluchten des Atlas, vom Hauptmann zum Divisionsgeneral, und in nicht einmal zwölf Jahren bildet er mit Bedeau und Lamoricière das Triumvirat der Afrikaner. Ah, der legendäre Changarnier … Glauben Sie, die Geschichte wird Sidi Mabrouk vergessen?«, fragt einer von ihnen, ein gewisser Bulliot, bewegt.

»Sidi Mabrouk«, greift der Graf d'Antioche den Faden auf und spinnt ihn weiter in träumerischem Ton, der viel über die Verehrung sagt, die alle ihm entgegenbrachten, »der Rückzug von Constantine am 24. November 1836, unsere Truppen von weit überlegenen Kräften angegriffen, und unser Changarnier, damals Kommandeur des zweiten Infanteriebataillons, lässt das gesamte Expeditionscorps vorbeiziehen und bildet mit den entschlossensten seiner Männer eine Nachhut, dann das Karree und fordert vor dem Ansturm der arabischen Kavallerie: ›Kameraden, blickt diesen Männern ins Gesicht! Sie sind sechstausend, und ihr seid dreihundert. Ihr seht, die Partie ist ausgeglichen!‹ Das Weitere ist bekannt, nach wiederholten fruchtlosen Angriffen zog die arabische Kavallerie sich in die Wüste zurück; dieser Geniestreich machte Changarnier berühmt, seine Heimatstadt Autun ließ Spenden sammeln, um bei Horace Vernet ein Gemälde zu bestellen, das ihn unsterblich machte. Er verstand es, das Vertrauen seiner Männer zu gewinnen.«

»Und nicht nur in Afrika! 1849 stellte er sich in Paris als Oberbefehlshaber der Nationalgarde den Aufständischen entgegen, umzingelte sie und zwang sie, vorm Conservatoire des Arts et Métiers die Waffen zu strecken.«

»Und im Jahre 1870, ungeachtet seines Alters, meldete er sich freiwillig ins besetzte Metz. Ein wahrer Held.«

»Nein, nur ein Soldat mit Afrika als zweiter Heimat und dem Degen als Gesellschaft, der in Exil und Armut zu einem großen Mann wurde.«

Diese kriegerischen Heldentaten kannte alle Welt, aber der militärische Ruhm hätte nicht ausgereicht, um mich an ihn zu binden, nicht so dauerhaft, auch wenn er Schmerz gegenüber ebenso gleichgültig war wie der Gefahr. Seine Exzellenz Perraud, Bischof von Autun, Mâcon und Chalon, fand andere Worte, um ihn zu beschreiben, und eine Gänsehaut überläuft mich, wenn ich mir diese Grabrede unter der Kuppel der Kathedrale wieder in Erinnerung rufe: »Bis zuletzt hielten seine achtzigjährigen Hände fest die Fahne der christlichen Zivilisation, wie sie vierzig Jahre früher das Schwert hielten, vor dem mit den Reitern Abd el-Kaders der Halbmond Mohammeds floh … Er gehörte durchaus nicht zu den Männern, die die religiöse und soziale Moral nur aus Konvention verteidigen und im Privatleben die Leitsätze, mit denen sie ihre öffentlichen Reden schmücken, Lügen strafen…«

Armes Herz, dem es verboten ist, mehr als eine Liebe in sich zu tragen! Bis zu dieser Begegnung hielt ich mich für eine Frau wie Madame de Staël: heiter im Geist, melancholisch in den Gefühlen. Ein einziger Blickwechsel der Art, wie er die Weichen für ein Leben stellt, hat mir klargemacht, dass ich keine Frau im Beaumarchais'schen Sinn mehr sein wollte, keine tätige Seele in einem unbeschäftigten Körper. Ein Blick reichte aus, und eine bis dahin beherrschte Natur durchbrach endlich ihre letzten Wälle. War nicht im Grunde unser 19. Jahrhundert, das so glücklich die Umgangsformen des vorangegangenen geerbt hatte, Schauplatz einer ständigen Gratwanderung zwischen Prinzipien und Lebenswandel? Man kann daran glauben, ohne deswegen für eine Frau vieler Herzen zu gelten.

Wenn Weisheit darin besteht, sich mehr von Leidenschaften als von Nutzen lenken zu lassen, dann war Changarnier weise. Niemand hat diesen Mann mit der hohen Stirn und der schlanken Gestalt so gut gekannt wie ich. Einen Mann so zu kennen, dass man seine verborgensten Schmerzen vorausfühlt! Sein rechtes Schlüsselbein, das ihn zeitweilig peinigte seit einem Schuss auf dem Plateau von Mansourah, als sein Bataillon im Karree standgehalten hatte; seine linke Schulter, die sich nie richtig von einer bösen Verletzung aus den Kämpfen am Mouzaiapass erholte – aber er beklagte sich nicht, niemals.

Ein Detail genügt, um einen Mann zu erkennen. Diesen einen unter hundert anderen seiner Art. Am Tag nach den Ereignissen von 1848 wollte er meinen Freund, den Maler Ary Scheffer, Kommandeur eines Bataillons der Nationalgarde, für seinen Mut gegenüber den Aufständischen auszeichnen. Aber Scheffer verweigerte dieses militärische Abzeichen der Ehrenlegion und wollte die Auszeichnung nur als Künstler annehmen. Da der General nicht die Macht hatte, ihm ein solches zu verleihen, bestellte er bei ihm sein Portrait …

Changarnier war ein umgänglicher und freundlicher Mann, aber er imponierte sehr schnell durch die natürliche Autorität, die er ausstrahlte und die ihm ebenso in Gesellschaft wie in der Nationalversammlung und später im Senat zum Vorteil gereichte. Bis zur Schroffheit direkt, erbittert über Impertinenz und gemeine Intrigen, unbeugsam und leidenschaftlich, treu als Freund – das war Changarnier.

Das genaue Jahr unserer Begegnung bedeutet wenig. Für mich war es in der Mitte meines Lebens, an dieser Wasserscheide, an der man sich fragt, welchen Gebrauch man von seinem Leben gemacht hat. Dieser Bruch, dieser entscheidende höchste Punkt, den Proust so hübsch den »Gipfel des Eigenen« nennt, kann in jedem Alter eintreten, und dabei muss man diesem Schock einen Sinn zu geben wissen. Für den Abbé de Rancé war es der Tod der Herzogin von Montbazon.

Für mich war *er* es.

Wir durchleben Ereignisse, doch nur Augenblicke hinterlassen tiefe und dauerhafte Spuren; mich haben sie erschüttert. Am meisten rühren mich in der Erinnerung jene Momente, die ihn zum Lächeln brachten. Ich betete ihn an. Für ihn ging ich Risiken ein, was auch eine Art ist, die Geduld unseres Schöpfers auf die Probe zu stellen. Wenn ein Mann uns dazu bringt, mit klopfendem Herzen auf das Eintreffen der Post zu lauern, gibt es keinen anderen wie ihn.

Als zweifacher Oberbefehlshaber der Nationalgarde und der Linientruppen der Militärdivision von Paris wurde er an jenem 2. Dezember 1851 unseligen Angedenkens unter dem Vorwurf der Verschwörung gegen die Sicherheit des Staates und wegen Besitzes von Kriegswaffen und Munition verhaftet. Einen Monat später vertrieb ein Dekret ihn im Namen der allgemeinen Sicherheit aus Frankreich und Algerien. Von einem Tag auf den anderen war er nichts mehr, die Straße sah in dem Helden nur noch einen Aufrührer und wurde darin prompt von der Geschäftswelt bestärkt, wenn man nach dem vergnügten Kursanstieg urteilt, mit dem die Börse seine Absetzung begrüßte.

Der Herzog von Persigny verbreitete überall das Gerücht, seine Ungnade habe er mir zu verdanken gehabt, so sehr hätte ich ihn in meinen »blinden und sturen orléanistischen Klüngel« hineingezogen, wie es gehässig ausgedrückt wurde. Dabei hatte Changarnier viel zu viel Persönlichkeit, um sich von irgendwelchen Kreisen beeinflussen zu lassen. Überdies misstraute er derlei Dingen aus Instinkt mit dem Reflex des erfahrenen altgedienten Soldaten. Die Pariser Salons wurden von Anhängern beider Bourbonenmonarchien beherrscht, doch Changarnier war, im Gegensatz zu so vielen anderen Kämpfern nach der Rückkehr aus ihren afrikanischen

Feldzügen, nicht der Mann, der ihrem Rausch leicht zum Opfer fiel. Man konnte ihn nicht schnell für eine Sache vereinnahmen, auch ich nicht. Es war mehr ein geistiges Einverständnis, das uns verband, weniger übereinstimmende Ansichten – entgegen den Unterstellungen des Herzogs von Persigny, dem es nicht gelungen war, Changarnier im Rennen um den Elysée-Palast für die kaiserliche Sache zu gewinnen. Er hatte ihm gesagt: »Für Sie spricht Ihre entschiedene Geisteshaltung und die Klarheit Ihrer Ideen, aber für ihn, dass sein Name den von Napoleon enthält, und das kann keine Schlacht erreichen.« Er wollte ihn dazu überreden, sich mit einer, allerdings glänzenden, Nebenrolle an der Seite Louis-Napoleons zu begnügen. Um sie miteinander zu versöhnen, stellte James sich vor, sie beide nach Ferrières einzuladen: das, in seinen Worten, einzige Mittel, um diesen unsinnigen Streit zu beenden.

Die erzwungene Ferne des Generals Changarnier dauerte etwas über sieben Jahre, während derer wir nicht aufhörten, uns zu schreiben. Ein nie versiegender Strom, Hunderte, vielleicht Tausende von Briefen, die seinen in einer großzügigen, nervösen Handschrift, komprimierte und umfassende Berichte, zuweilen um seine persönliche, nur für mich erstellte Sichtweise erweitert, die man als intimes Tagebuch publizieren könnte, in dem sich seine politischen Überzeugungen des Augenblicks mit dem Widerhall seiner Lektüre von Plutarch und Bossuet mischten. Geheimnisvolle Wege verbanden uns zwischen den Zeilen und besiegelten unser intellektuelles und liebendes Einverständnis. Das stillschweigend Vorausgesetzte ist ein besonderes Glück; man hat es nicht nötig, irgendetwas zu formulieren oder zu betonen: Alles ist gesagt, auch wenn es nicht geschrieben steht. Unser Briefwechsel war so regelmäßig und umfangreich, dass wir uns sogar Anrede und Unterschrift, diese gewöhnlichen Krücken des Anstands, sparten, als handelte es sich um ein einziges, durch die Postkuriere unterbrochenes Gespräch. Ein ach so langes Gespräch, das wieder eine lebendige Stimme bekam, als die Generalamnestie ihn mir zurückbrachte.

Er starb, seiner Tage müde, in der Rue de la Baume 9. Es war der 14. Februar 1877, fünf Uhr nachmittags, als man ihm die Augen schloss. Einige Tage später erhielt ich ein Kondolenzschreiben des Grafen von Paris, ein Akt von äußerstem Zartgefühl, da alle Welt Bescheid wusste. Auf seinem Grabstein kann man die Inschrift lesen, die er eingravieren ließ: »Glück vergeht, Ehre bleibt.« Ja, das Glück vergeht. Aber die Erinnerung daran bleibt, und ich hätte jetzt, wo ich nur noch als Bildnis existiere, wohl das Empfinden, umsonst gelebt zu haben, wenn ich nicht mit diesem Mann die Leidenschaften durchmessen hätte. So unwirklich diese Gefühlswallungen rückblickend mir auch scheinen, so wenig ich sie mir noch ganz vergegenwärtigen kann – diese Gewissheit, mit allen Sinnen geliebt zu haben und geliebt worden zu sein, ist als Trost immer da.

Am liebsten erinnere ich mich an sein Gesicht. Das einzige Zeichen der Liebe, das nicht täuscht, denn das Gesicht weckt noch mehr Verlangen als jeder andere Körperteil.

Die Klänge eines großen Festes dringen bis zu mir. Ohne dabei zu sein, stelle ich mir vor, dass die Familie in einer Ecke unter sich geblieben ist; wie jedes Mal, wenn die Situation beunruhigend wird. Ich erinnere mich an einen großen Ball, hier auf Ferrières, zum Thema Magie und Spiritismus, bei dem man versprochen hatte, die Tische rücken zu lassen. Die Magier hatten sich unter die Menge der Herrscher und Künstler gemischt. Den Rothschilds jedoch war nicht danach zumute, und wie immer in solchen Fällen blieben sie im Schatten der Mauern, die den monumentalen Raum stützen, unter sich. Dies geschah auf dem Höhepunkt der Dreyfus-Affäre, und das Ansteigen des Antisemitismus beunruhigte sie. Ich errate, dass es heute Abend ebenso ist.

In diesem Jahr 1914 hat die Koalition der Bankiers und der Waffenhändler soeben die natürliche Einheit Europas zerstört, diese kulturelle und geistige Realität, nach der ich mir eine geheime Sehnsucht bewahrt habe. Nicht, dass ich nicht auf diesem Schloss gehört und gesehen hätte, wie sie ihren Coup vorbereiteten, während eine gewisse Vorstellung vom Abendland ein letztes Mal aufleuchtete. Vielleicht war es am Ende unvermeidlich.

Von meiner privilegierten Stellung in der Halle aus entgeht mir nichts. Ich könnte nicht besser platziert sein. Und doch stellt mir abgesehen von Monsieur Auguste niemals jemand eine Frage. Alle fürchten, sich lächerlich zu machen, wenn sie Geheimnisse mit einem, wie sie glauben, unbelebten Objekt austauschen. Ob aus intellektueller Trägheit, Schwäche der Einbildungskraft oder mangelnder Kühnheit, man wagt es nicht, wo doch ein Portrait von Natur aus dazu einlädt – weit mehr als eine Landschaft (besonders, wenn sie von Mantegna oder Poussin stammt, denn dort reden selbst die Bäume Griechisch oder Latein, derartig gelehrt und gebildet ist diese mythologische Malerei).

Das ist umso bedauerlicher, als ich so viel zu erzählen

habe. Es bräuchte so wenig: Man muss sich vor Pandoras riesigem Ganzfigurbildnis nur selbst als den Fliegenden Holländer denken, um ein Gespräch mit dem Unsichtbaren aufzunehmen. Die Auguste, Vater, Sohn oder Enkel, wissen darum in ihrer tiefen Einfachheit.

Mehr als einmal hat der eine oder andere meiner Schutzengel mit den Kardinalshandschuhen das Bild betreten und sich allein durch die Macht des Wortes in dem Augenblick, in dem der Belag auf dem Spiegelglas sich auflöste, zu mir gesellt. Etwas Archaisches sitzt in den Winkeln ihres Gedächtnisses und weiß noch, dass man das am besten hört, was man sieht. Diese uralte akustische Theorie erklärt, warum der König und die Königin von Spanien früher in ihrem Palast als einzige der Orgel gegenübersaßen.

Dünung der Erinnerungen, Schlick des Gedächtnisses. Ein seltsames Gefühl überkommt mich und verfolgt mich in meinen Nächten: die Überzeugung, dass eine Welt zu Ende geht und das Unbekannte auf uns lauert. Ich erkenne es an einem winzigen Zeichen, einem ganz persönlichen Ton, der aus dem Strom der Jahrhunderte auftaucht, der Erinnerung an ein Bild, das mich den Augenblick noch einmal bedauern lässt; und dann ergreift mich eine süße Sehnsucht, dieses so eigentümliche Leiden, das man das Fieber des welken Laubs nennt.

4

Im Schloss Neuschwanstein

Ich höre meinen Enkel telefonieren, nur wenige Schritte von mir entfernt im großen Salon seines Stadtpalais in der Rue Saint-Florentin, in das er mich kürzlich gebracht hat; seit zwanzig Minuten spricht er mit einem seiner Direktoren, dem einzigen, der den Schlüssel zum »Separee« im Arbeitskabinett besitzt, dem wichtigsten und verborgensten Raum in der Rue Laffitte.

»Sie zerstören alles wie abgesprochen, Ettinghausen. Alle Archive aus dem Frankfurter Haus ... Ja, die Korrespondenz und die Bücher, das ist ratsam... Unbedingt. Journale, Kassenbücher, Wechselbücher, Kontokorrent, Kopien von Briefköpfen, Belege für Wertpapiere, was weiß ich, füttern Sie den Reißwolf, ich verlasse mich auf Sie ...«

Woran denkt Édouard, der einzige Sohn meines Sohnes Alphonse, an diesem angespannten Tag im Herbst 1938, an dem seine Miene nachdenklich bleibt, lange nachdem er aufgelegt hat? An ein Stück Geschichte der Rothschilds, das nun für immer zu Ende geht, oder an das Bild seines Vaters, der genau vor einem halben Jahrhundert Neuberger auf dem

Höhepunkt der Dreyfus-Affäre mit derselben Aufgaben betraute? Lang, sehr lang vergangen ist die Zeit, in der die Ernennung des jüdischen Bankiers Michel Goudchaux zum Finanzminister genügte, um uns in Sicherheit zu wiegen.

Mehrere ganz vortreffliche Personen versammeln sich an diesem Abend zu meinen Füßen, während ihre Ehefrauen in einem anderen Zimmer plaudern. Ich kenne nicht alle, aber unter ihnen befindet sich ein Wiener auf der Durchreise, der an seinem Akzent zu erkennen ist. Ein judenfreundlicher Wiener, so etwas gibt es. Was er von der Lage berichtet, der er gerade entronnen ist, können seine Zuhörer kaum fassen.

»Sie werden sich noch wundern, wohin das führen wird!«

»Aber, mein Lieber, nur keine Panik, wir wissen doch, dass Ihre Landsleute dazu neigen, alles zu übertreiben.«

»Im Gegenteil. Mein Bericht reicht nicht einmal an die ganze Wahrheit heran.«

»Dann sagen Sie uns, wie die Israeliten reagieren ...«

»Da sie sich nicht mehr integrieren können, spalten sie sich als Gruppe ab und treten in Konkurrenz.«

»Geben Sie uns doch ein Beispiel!«

»Eines Tages hat der Alpenverein die Juden aus seinen Reihen ausgeschlossen. Plötzlich hatten sie keinen Zugang mehr zu den Berghütten. Also haben sie ihren eigenen Verein gegründet, was ihnen früher nie in den Sinn gekommen wäre.«

»Ihr Beispiel ist trivial, mein Lieber. Bergsteigergeschichten...«

Da mischt sich mein Enkel Édouard, der seit 1905 unsere französische Bank führt, mit großer Vorsicht, wie manche schon kritisch anmerkten, ins Gespräch ein und kommt in vollkommen ruhigem Tonfall dem Fremden zu Hilfe:

»Unser Freund hat vollkommen recht. So verhält es sich doch immer. Erinnern Sie sich, wie der Jagdclub Lyons-Halatte entstanden ist? Auf Grund der Weigerung der anderen, Israeliten als Mitglieder aufzunehmen, Camondo, Leonino, Stern, Bischoffsheim und andere. Also übernahm Graf Valon, der unsere Vereine geleitet hatte, den Wald von Halatte mitsamt den Hunden und sie konnten jagen. Machen Sie einen Unterschied zwischen der Hetzjagd und dem Alpinismus, Bertrand, wenn es um das Prinzip geht?«

Stille senkt sich auf die Versammelten, als bahne sich ein Engel seinen Weg durch die dichten Rauchspiralen der Zigarren, und die Raucher ziehen heftiger, wie immer, wenn sich Peinlichkeit ausbreitet, bis der Besucher in einem ernsten Ton, der von vorneherein jeden Kommentar verbietet, weiterspricht:

»Es ist seltsam, ich habe immer noch den Brandgeruch der Bücherverbrennungen in der Nase. In diesem Moment könnte man Berlin und Wien verwechseln. Die Straßen sind voll von Juden, die nicht mehr da sind.«

Dieser Ausdruck bleibt mir im Gedächtnis. Ich kann ihn nicht mehr vergessen. Er gehört zu denen, die sich immer mehr einprägen, je weiter man sie von sich schieben möchte, weil sie Erinnerungen wachrufen und uns bekümmern. Dieser lässt vor meinem geistigen Auge das Bild meines lieben Heinrich Heine entstehen und eine Formulierung aus seiner Tragödie *Almansor*, die mich besonders betroffen hatte: »Dort wo man Bücher verbrennt, verbrennt man auch am Ende Menschen.« Seitdem empfinde ich Verzweiflung bei diesem

Gedanken, der die Grenzen des Verstandes sprengt. Wir haben damals an einem Abend darüber gesprochen, er und ich, und er hat mir etwas anvertraut: Wenn die Franzosen unübertroffen in der Liebeskunst sind, so seien die Deutschen Meister in der Kunst des Hassens geworden. Einzig der Gedanke, dass mittlerweile ein Jahrhundert vergangen ist, tröstet mich. Er ist beruhigender, als die Suggestion, dass es im Angesicht der Geschichte kein unnötiges Leiden gibt oder dass all unsere Tränen gezählt sind.

Ich freue mich immer, wenn ich, selten genug, Édouard de Rothschild, einmal sehe und höre. Von hohem Wuchs und schlank, hat er, nicht zuletzt durch seine Adlernase, ein sehr markantes Gesicht. Er hält sehr auf elegante Kleidung, ohne Stehkragen mit umgelegten Ecken sah ich ihn nie vor mir, meinem Bildnis, auftauchen. Manchmal, wenn er von der Generalversammlung der Compagnie du Nord, der Nordeisenbahn, kam, trug er sogar einen Gehrock, den ich eigentlich seit Ende des letzten Jahrhunderts sonst nie mehr sah. Auch das Auto, das er benutzte, muss gewissermaßen altmodisch sein, ich hörte den Chauffeur mehrmals aufgebracht darüber fluchen. Édouard ist, so viel habe ich von und über ihn mitbekommen, bescheiden, aufbrausend nur während der Arbeit, aber ungehalten immer dann, wenn der Haushofmeister ihm nicht das rechte Essen serviert, was ihn zu sarkastischen Bemerkungen inspiriert wie der, dieses Lammkotelett schmecke nach Wolle. Wenn er abends mit seiner Frau ausgeht, reicht ihm bei der Rückkehr ein Maitre d'hôtel in Livree eine Erfrischung und führt ihn in sein Zimmer, während eine Zofe seiner Frau im Schlafzimmer zur Hand geht. Nein, an Bediensteten herrscht im Palais de Rue Saint-Florentin kein Mangel, mir scheint deren Verhältnis zur Familie nur etwas vertraulicher als zu meinen Zeiten üblich.

Seine Frau Germaine – aus einer großbürgerlichen jüdischen Familie – ist brünett, mit ausdrucksstarken schwarzen Augen und weichen Gesichtszügen. Ihr Gang war in letzter Zeit etwas gebeugt, wodurch sie noch etwas kleiner wirkt.

Die beiden versuchen, wie ich anerkennen muss, die Salontradition fortzuführen, die James und ich vorgelebt haben. In den dreißiger Jahren empfingen sie vielversprechende Künstler in ihrem Palais, den Pianisten Vladimir Horowitz, die Geigenvirtuosen Yehudi Menuhin und Jascha Heifetz. Besonders häufig zu Gast war Arthur Rubinstein, ein hochbegabter Pianist und Chopin-Verehrer, der ein Gartenhaus in der Rue Ravignan auf dem Montmarte bewohnt, ein vollendeter Charmeur, der aus Polen eine wunderschöne Frau namens Nella mitgebracht hat.

Für die Erziehung ihrer Kinder – Jagen, Golfen, Sprachen – scheinen Édouard und Germaine einiges getan zu haben. Guy, der Sohn, ist nicht nur ansehnlich, er wirkt wohlgeraten, mit gesundem Menschenverstand und sehr sportlich – in Schottland muss er sich bei seinem Sommeraufenthalt bei einem Cousin in das Golfspielen vernarrt haben. Seine zweite Leidenschaft sind die Automobile, die man, wenn die Tür aufgeht, draußen hört. Wenn ich es richtig verstanden habe, Chrysler, ein amerikanisches Modell, khakibraun, mit einem Verdeck und zwei Sitzen. Ich habe miterlebt, welche Veränderung die Eisenbahn in Europa bewirkte – die durch die Erfindung der Automobile verursachte Revolution kann ich, an Wänden hängend, nur erahnen. Von jener anderen Erfindung, dem Fliegen, ganz zu schweigen. Als Guy achtzehn wurde und seine Eltern eine große Soiree gaben, wurde der Ball unterbrochen, weil ein Mann namens Lindbergh in Le Borguet mit einem Flugzeug gelandet sein sollte. Ich wusste nicht, was ich denken sollte, als ich dieses vernahm. Für mich war es schon seltsam genug zu hören, dass Guy mit dem Automobil zur Sorbonne oder aufs Land fuhr – oder zu einer Frau. Er muss da als Student etwas mit einer temperamentvollen schwarzhaarigen Rumänin begonnen haben, die sein Vater, als er merkte, welch ungeeigneter Umgang diese Dame aus der »Halbwelt« – so seine anprangernden Worte – war, kurz entschlossen davonjagte. Ich finde es beinahe tröstlich, auf diese Weise zu erfahren, dass manche Komödien doch immer die gleichen bleiben. Jetzt kann man darüber schmunzeln, denn vor mehr als zwei Jahren, im Dezember 1937, hat Guy de Rothschild die elegante Alix geheiratet. Gleichwohl beweist er noch heute den nötigen Respekt vor seinem längst toten Vater und scheint ihm gehörig nachzueifern. Man spürt, dass er stolz ist, in diesem Stadtpalais aufgewachsen zu sein, sein Kinderzimmer lag damals im obersten Stockwerk, ging auf die Place de la Cocnrode hinaus, auf die Seine, dahinter erblickt man jetzt den sogenannten Eiffelturm, der riesig sein muss, einen Obelesiken und ein Riesenrad mit kleinen Gondeln daran. Er hat es mir kürzlich erst erzählt, als er vor mir stand und mich so eindringlich ansah, wie lange schon niemand mehr zuvor.

Zwei Männer lösen sich heute Abend aus der Gruppe der Gäste. Zwei Gesichter, die ich noch nie gesehen habe. Wahrscheinlich ausländische Partner der Bank. Ihr Akzent weist sie als Bayern aus. Ein Glas Cognac in der Hand gehen sie von Gemälde zu Gemälde und geben leise ihre Kommentare ab. Man könnte meinen, dass sie die Bilder mit der Gründlichkeit von Kunstliebhabern mustern und sichten. Einbrecher dürften sich ähnlich verhalten, aber diese beiden sind gewiss keine. Ich habe sie vorhin noch mit den anderen Gästen plaudern hören und belausche jetzt ihr Zwiegespräch: Sie lügen so maßlos, dass selbst das Gegenteil dessen, was sie sagen, nicht notwendigerweise die Wahrheit ist. Welches Spiel spielen sie? Es könnten als Bankiers verkleidete Galeristen oder Makler sein. Einer der beiden, der Gößere, gehört zu denen, die ein Bild nicht würdigen können, ohne ihre Nase dagegenzudrücken. Will er etwa das Pigment riechen, um ein sachverständiges Urteil abgeben zu können? Er begutachtet mich ausgiebig, dann tritt er so nahe an mich heran, dass seine Nase fast die meine berührt, und ich sein pockennarbiges Gesicht vor mir habe und seinen Atem riechen kann. Aus der Nähe sieht er ebenso wenig vertrauenswürdig aus wie aus der Ferne, aber vielleicht begünstigt die Zeit meine Neigung zum Verfolgungswahn.

1938 bekamen meine Nachfahren einen Vorgeschmack auf das Interesse, das die neuen Herren in Deutschland uns entgegenbrachten. Am Tag, nachdem Hitlers Truppen in Wien einmarschiert waren, versuchte Louis de Rothschild, Österreich zu verlassen und wurde von der Polizei nach Hause zurückgebracht. Als die SS-Offiziere ihn verhafteten, forderte sein Leibdiener sie auf, sich zu gedulden: »Der Herr Baron bittet Sie zu warten oder ein anderes Mal wiederzukommen, er ist zu Tisch.« Die Männer waren sprachlos und gehorchten; danach verschleppten sie ihn in das Hauptquartier der Gestapo im Hotel Metropol am Morzinplatz und ließen ihn ein Jahr im Gefängnis schmoren, wohin sich der Leibdiener begab, um seine Zelle mit Möbeln und Blumen auszustatten. Ein wahrer Rothschild bis zum bitteren Ende. Édouard engagierte internationale Rechtsanwälte, um ihm zu helfen. Unser Cousin musste seinen gesamten Besitz übergeben, was ein beträchtliches Vermögen darstellte, obwohl das Wiener Bankhaus zu Beginn der dreißiger Jahre mit dem Zusammenbruch der Kreditanstalt verschwunden war. Er erhielt keinerlei Entschädigung. Sein forsches Auftreten ersparte Louis de Rothschild nicht die Plünderung seiner Sammlungen. Wie soll einen da nicht die Furcht beschleichen, dass etwas Ähnliches uns zustoßen könnte, auch wenn wir alles getan haben, um es zu verhindern? Ein seltsames Gefühl: Die Zukunft lebt manchmal in uns, ohne dass wir es wissen.

Eine große, mehr oder weniger geheime Irrfahrt von Kunstwerken ist in ganz Europa in Gang. Seit Monaten packen die Museen ihre Kisten, weil sie Bomben noch mehr fürchten als Plünderungen. In der Londoner Tate Gallery, im Prado, im Louvre, im Amsterdamer Rijksmuseum hängt man die Bilder ab, entfernt die Rahmen, rollt die Werke zusammen und bringt sie in Sicherheit, und jedesmal läuft man dabei Gefahr, sie zu beschädigen.

Die Gefahr beschränkt sich nicht auf eine Region, ein Land, den Teil einer Gemeinschaft. Diesmal geht es nicht mehr darum, den Glaubensbrüdern zu helfen – was wir immer getan haben –, sie materiell zu unterstützen oder sie gar zu retten. Die Zeiten haben sich geändert; jetzt könnte ich meinen Sohn Gustave nicht mehr nach Rom schicken, um sich beim Heiligen Vater für die Sache der Juden zu verwenden, wie James das bei Papst Gregor XVI. getan hatte, um sich die Genehmigung für den Bau einer Schule neben dem Frankfurter Ghetto zu holen, oder damit man aufhören möge, die Rabbiner zu demütigen, indem man sie jedes Jahr am Karnevalstag in einer Prozession mitgehen ließ.

Diesmal geht es auch um uns. Im Grunde hatte die NSDAP das schon im Dezember 1933 klargestellt. Ich hörte damals Édouard einmal sagen, dass die neuen Herrscher in Deutschland sofort die Frankfurter Rothschildallee in Karolingerallee umbenannt hätten. Am Luisenplatz und in der Mathildenstraße wurden eilig alle Schilder entfernt, die Einblick in die Geschichte der Rothschilds gegeben hatten. Einige Jahre später müssen, wenn ich Gesprächsfetzen da richtig gedeutet habe, auch Wohltätigkeitsorganisationen der Rothschilds aufgelöst worden sein, sogar ein Lungensanatorium im Schwarzwald.

Es geht jetzt auch in Frankreich um unser eigenes Wohlergehen. Die Rothschilds sind in Gefahr, wie alle anderen. Mehr noch als die anderen, und das eher aufgrund dessen, was sie repräsentieren, als wegen ihrer Besitztümer. Wenn man sie verhaftet, sperrt man ein Symbol und einen Sündenbock ein. Unerhört, welche Phantasien das reine Aussprechen unseres Namens beim einfachen Volk wie bei der Elite auslöst. Auch der arme Maupassant fiel ihnen zum Opfer, aber wenigstens hatte er eine Geisteskrankheit als Entschuldigung. In seinem Wahn wiederholte er in der Klinik von Doktor Blauche zwischen zwei Tobsuchtsanfällen: »Haben die Rothschilds mein Kostgeld nicht bezahlt?«

Seit einiger Zeit sorge ich mich um die Zukunft meiner Familie wie nie zuvor. Haben wir früher besser gelebt? Es war früher immer besser, wenn man bis zum Garten Eden zurückgeht. Aber ich kann mir nicht erklären, warum unsere Eltern für uns nur Gewissheiten hatten, während wir für unsere Kinder nur Ungewissheiten haben. Warum wollen wir sie immer beschützen, ganz gleich, wie alt sie sind? Ich hoffe, alle meine Nachkommen sind stark genug, um auf nichts von dem zu verzichten, was sie ausmacht. Im Grunde zweifle ich nicht daran. Neulich trank einer von ihnen vor mir einen Kaffee mit einem wichtigen Politiker, dessen Namen mir entfallen ist. »Was mich betrifft, so bin ich in erster Linie Franzose, dann Republikaner und zuletzt Jude«, erklärte der Besucher kategorisch im Ton eines Menschen, der sich nichts vormachen lässt. Worauf Rothschild, nur mit Mühe sein unbändiges Lachen unterdrückend, ihm antwortete: »Das ist nicht schlimm, denn das Hebräische liest man, wie Sie wissen, von rechts nach links!«

Die Gesprächsfetzen, die ich aufschnappe, sind ausnahmslos Hinweise auf Bedrängnis. Die Rue Laffitte war immer ein idealer Resonanzkörper für Krisensituationen und unruhige Zeiten. Als die Wehrmacht in Calais einmarschierte und der Präsident der Republik zum ersten Mal die Möglichkeit eines Waffenstillstands erwähnte, erhielt ich auf diese Weise eine Information, die die Öffentlichkeit aus gutem Grund nicht kannte: An jenem Tag ermächtigte der apostolische Nuntius in Paris, seine Exzellenz Monsignore Valerio Valery seinen Auditor bei der Nuntiatur, Monsignore Paolo Bertoli, bei den Rothschilds die außergewöhnliche Summe von 2.220.000 Francs in Noten der Banque de France abzuheben sowie die

Effekten, die Kardinal Maglione, Kardinalstaatssekretär und Leiter der Vermögensverwaltung des Heiligen Stuhls, verlangte. Wenn das keine Panik war, dann sieht es ihr doch sehr ähnlich.

Vor einigen Wochen hörte ich, wie mein Enkel Robert Anweisungen gab, dem Personal auf unseren Ländereien wie Laversine, La Bourbole und anderen seinen Lohn auf mehrere Monate im Voraus auszuzahlen, und sogar ein Jahr im Voraus im Fall der Reservisten, Pensionäre und Familienväter. Ettinghausen und Bujard sorgen zumindest dafür, dass es diesen Leuten an nichts fehlen wird – zu einer Zeit, in der Frankreich sich darauf gefasst macht, alles zu verlieren.

Im Haus herrscht ein reges Kommen und Gehen. Menschen aller Art und Herkunft tauchen auf. Kunstspediteure in großer Zahl, wie ich ihrem Fachjargon entnehme; sie sprechen vom Schloss Chambord als einem »Verschiebebahnhof«. Es herrscht eine fiebrige Aufbruchstimmung, die an Flucht denken lässt. Draußen, nicht weit entfernt, ein Stück die Rue de Rivoli hinunter, beladen die Arbeiter des Louvre Siebentonner mit großformatigen Gemälden; sie mussten sich von der Comédie Française den Abschleppwagen ausborgen, den diese bei Atget zum Transport ihrer Kulissen leiht. *Die Hochzeit von Kanaa, Die Engelsküche, Die Krönung Napoleons* werden still und heimlich an einen unbekannten Ort gebracht. Man munkelt etwas von Schloss Sourches, wo der Herzog von Cars unter den verwundeten Reservisten des vergangenen Krieges die Wärter für sein Exilmuseum rekrutiert.

Ich höre, dass man erwägt, Kunstwerke im Ingres-Museum von Montauban zu verstecken, obwohl die Spediteure, die von dort gerade zurückgekehrt sind, einen Wasserschaden befürchten, falls der Wasserspiegel des Tarn steigt. Einen Augenblick lang glaubte ich, sie würden mich auch mitnehmen und dort mit den anderen zusammen, angeblich auf dem nackten Erdboden, deponieren. Die Direktion der Beaux Arts hat glücklicherweise davon abgesehen. Wenn uns ein glückliches Geschick trifft, dürfen wir es nicht erklären wollen, damit wir es nicht zunichtemachen. Sagen wir, es gibt Situationen, in denen man mich eher als eine Rothschild betrachtet denn einen Ingres.

An diesem Abend nehmen die passionierten Raucher Platz auf den granatfarbenen Kanapees vor mir. Die politischen Veränderungen beschäftigen alle. Ein Name fällt immer wieder:

»Wir haben von Marschall Pétain nichts zu befürchten, er ist ein wahrer Franzose. Er wird retten, was zu retten ist. Habt ihr gestern seine Rundfunkansprache gehört? Da hat er gesagt, wie sehr er die Lügen hasst, die so viel Schaden anrichten, und dass die Erde nie lügt. Gut formuliert … Kennst du Pétain, Édouard?«

»Vor zwei Jahren hat er uns schriftlich um einen kleinen Gefallen gebeten …«

»Wie viel?«

»Dass wir den Mann der Concierge seines Wohnhauses auf dem Boulevard de La-Tour-Maubourg Nummer acht als Nachtwächter für unser Büro anstellen! Ich erinnere mich …, der Mann war über sechzig, aber noch kräftig, wie er erklärte, ein alter Frontsoldat, der als Chauffeur untergekommen war. Der Marschall wäre uns sehr verbunden und so weiter. Aber der Posten war nicht vakant. Ich hoffe, er trägt es uns nicht nach.«

Sie haben den Hergang der laufenden Ereignisse heruntergebetet, um sich nicht der einzigen Frage stellen zu müssen, die sie umtreibt: bleiben oder fortgehen? Wohin fortgehen? Wie lange bleiben?

Guy kämpfte zu Beginn des Zweiten Weltkriegs als Hauptmann der Reserve für Frankreich. Zweimal soll er nur knapp einer Gefangennahme durch die Deutschen entgangen sein. Zur gleichen Zeit raubten ihm Pétain und das Vichy-Regime einen Teil des Familienvermögens und bürgerten seinen Vater, immerhin schon über 70 Jahre alt, aus, der mit Frau und Tochter daraufhin nach Amerika zog. Guy und seine Frau Alix werden sich im Oktober 1941 nach New York einschiffen, via Spanien und Portugal. Wieder Amerika, aber diesmal zwangsweise und gegen ihren Willen.

Die Rothschilds sind von Grund auf Europäer. Das ist unser Schicksal und unser Wesen. Vielleicht wird uns die Geschichte dafür bezahlen lassen, dass wir uns nicht genügend in der Welt umgesehen haben. Doch man kann uns keinen Mangel an Neugier oder übergroße Vorsicht vorwerfen, denn dagegen sprechen einige der exotischen Investitionen. Nein, die Gründe dafür findet man in der Anhänglichkeit unserer Familie an den alten Kontinent, seine Sitten und seine Lebensart. Als im Mai 1849 der Sozialismus Frankreich zu überrennen und Europa in Brand zu setzen drohte und James daran dachte, seine Firma zu liquidieren, sah ich es durchaus nicht ungern, dass mein ältester Sohn Alphonse in New York neue Wege beschritt. James wollte ihn aus dem revolutionären Frankreich entfernen, nachdem er kurz in der Nationalgarde gedient hatte.

Wir schrieben uns häufig; ich schickte ihm regelmäßig den

Charivari und die *Revue des Deux Mondes*, damit er die Verbindung zur Zivilisation nicht verlor – das sage ich ohne Geringschätzung, denn ich teilte seine Begeisterung für die architektonischen Schönheiten der großen Städte. Amerika galt als das gelobte Land. Alphonse sah sich in New York um und misstraute von Anfang an August Belmont, der dort seit 1837 als Handlungsbevollmächtigter der Familie agierte. Wir hingegen vertrauten ihm, da er als Laufbursche von vierzehn Jahren bei uns in Frankfurt angefangen hatte, aber so etwas kann man nicht erklären, und Alphonse fühlte es nicht. Ich hätte ihn gerne als Pionier eines amerikanischen Zweigs gesehen, wie es sein Vater für den französischen gewesen war. Obwohl es uns schwerfiel, von unserem Ältesten getrennt zu sein, und trotz der Malariaepidemie und seiner Schwierigkeiten, für den ersten Abend des Pessachfests in New Orleans eine jüdische Familie zu finden, verwandte ich mich für ihn bei seinem Vater, der ihn zurückrufen wollte. Dieses Land schien mir für geschäftliche Dinge und aufgeschlossene Unternehmer wahrlich eine glänzende Zukunft bereitzuhalten. Ach! Einen Monat später, als die Krise abgeflaut war, tagte der Familienrat und Alphonse wurde nach Paris zurückbeordert. Es war beschlossen, dass unsere Dynastie europäisch bleiben würde, obwohl Castellane davon überzeugt war, dass Alphonse überlegt hatte, drüben ein Bankhaus zu eröffnen.

Sein Bruder Gustave sollte als Erster von uns den Boden Palästinas betreten. Das geschah im Jahre 1851. Ich erinnere mich, dass er bis Russland weiterreisen wollte, aber da er schon ein Jahr unterwegs war, bat ich ihn zurückzukehren.

Heute, am 21. Juni 1940, kaum eine Woche nach ihrem Einmarsch in Paris, dringen die Deutschen mit Gewalt in die

Rue Saint-Florentin ein. Eine Hast, die eine Vorliebe offenbart. Man könnte meinen, das heimliche Ziel ihres Einmarschs in Frankreich sei es gewesen, uns unseren Besitz zu nehmen! Tatsächlich rauben sie seit diesem Tag methodisch und systematisch die Rothschilds aus. »Sie«, das können Görings Dienststellen ebenso sein wie die des berüchtigten Rosenberg. Vorläufig spricht niemand von Enteignung: Sie behaupten, sie wollten unsere Sammlung unter ihre Obhut nehmen, um sie wie die Sammlungen von Alphonse Kahn, David-Weill, Lévy-Benzion und Seligman in den nächsten Friedensverhandlungen als Pfand zu verwenden. Aber wer mag ihnen glauben?

Édouard glaubte, die Wertgegenstände aus Schloss Ferrières und diesem Palais schützen zu können, indem er sie verpacken und in Reux einlagern ließ, als könne Pont-l'Évêque der deutschen Neugier entgehen. Hier, in der Rue Saint-Florentin, wie anderswo hatten sie keine Mühe, sie zu finden, nachdem der Ort selbst einmal bekannt war: Auf allen stand »Rothschild!« Die findigen Kustoden konnten noch so sehr versuchen, die Schrift abzukratzen – sie wussten nicht, dass die Kisten mit dem Blau und Gelb der Rothschild'schen Rennställe markiert waren.

Die Deutschen leerten das Schloss, so wie sie auch das Palais Piatigorski in der Avenue Foch seines Inhalts beraubten. Sie fanden in unseren Büros Archivmaterial für achthundert Kisten, die sie nach Deutschland schafften. Dagegen reichten neunundfünfzig Kisten für die Bibliothek von Ferrières aus, die das gleiche Schicksal ereilte, und nicht lange danach folgten *Mademoiselle Duclos* von Largillière, Seestücke von Vernet, alte italienische Fayencen, die sich hier und dort in der Bibliothek fanden, italienische Kabinette, ein Boulle-Sekretär, acht Gobelins, Édouards Sammlung von Renaissanceemaillen, unser gesamtes Universum. Hitler sei, wie man sagt, geradezu besessen von Corregios *Leda mit dem Schwan.* Aber seine Gier nach Kunst beschränkte sich leider nicht darauf. In meiner Naivität glaubte ich zunächst, dass sie nur das mitnehmen würden, was sie betrifft, die Zierkrüge mit den Nürnbergreliefs, mit den Wappen und dem Reichsadler, die im 16. Jahrhundert in der Preuning-Werkstatt hergestellt wurden. Aber nein, sie nehmen alles.

Man zieht Ferrières das Fell ab.

Am 23. August haben sie sich sogar hier einquartiert, hier in unserem Haus in der Rue Saint-Florentin. Die Bibliotheken in der zweiten Etage und der Terrassensalon wurden sogleich leer geräumt. Ihr Inhalt verschwand in hundertsechzig Kisten, die ich mit dem Stempel »Emden« an mir vorüberziehen sah. Richtung Niedersachsen. Dann entwendeten sie das Silberzeug, dreiundzwanzig Pakete, die »in Richtung Louvre« entschwanden, wie sie behaupteten, wenn man sie fragte. Die Rennstallregister folgten bald darauf, dann die Büste von Marie Antoinette, das Mobiliar, die Marmorgruppe *Zéphyr und Flora*, das Standbild von Madame de Pompadour, die Fülle repräsentierend, die beiden Clodion, die in den Nischen im Treppenhaus gestanden hatten …

Und der *Astronom.* An jenem Tag, an dem sie den Vermeer abhängten, überkam mich das Gefühl, nichts könne ihnen mehr widerstehen. Mein Sohn Alphonse kaufte dieses Bild vor langer Zeit 1863 in London. In England hatte es sich in Privathand befunden, und zwar stets in Begleitung des *Geograph,* einem Werk desselben Meisters, das als natürliches Pendant betrachtet wurde, obwohl die beiden Gemälde nicht spiegelbildlich komponiert sind. Am Vorabend des Krieges befand der *Astronom* sich noch in Frankfurt. Man unterstellte Hitler den brennenden Wunsch, das ungleiche Paar wieder zusammenzubringen. Nun ist es fast so weit. Weiß er, dass ihn bei unserem Gemälde eine Überraschung erwartet? Ein kleines jüdisches Motiv ist darin enthalten, die *Auffindung des Moses* …

Drei Männer stehen vor mir, die vor einem eigens aus Vichy angereisten hohen Funktionär ihre Aussagen machen; Sie wagen es nicht, sich zu setzen, da sie in Gegenwart ihrer Vorgesetzten nie Platz nehmen, also beantworten sie stoisch im Stehen alle Fragen, die man ihnen stellt: Joseph Bioche, der Verwalter von Ferrières, Jules Batlo, der hiesige Concierge, dem sie die Schlüssel zum Weinkeller und Schutzraum abgerungen haben, nicht jedoch die zu seiner Loge, in der er sich noch ein Jahr lang halten wird; Jean Benoist, der Verwalter von Reux in Pont-l'Évêque, und Paul Signeux, der Concierge der Avenue Foch 19. Sie wissen alles, sie haben alles gesehen und alles gehört, man hegt keinen Argwohn gegen Untergebene, zum Glück für uns. Ich hoffe, dass sie bleiben werden und eines Tages, wenn alles vorüber ist, falls es je vorüber sein wird, von dieser räuberischen Unternehmung, oder besser gesagt Plünderung, Zeugnis ablegen werden.

Nur wenige entkommen. Als eine Versteigerung einiger unserer Besitztümer im unbesetzten Teil Frankreichs angekündigt wurde, die zu allem Übel in meiner Villa in Cannes stattfand, gelang es Liliane, der Frau meines Urenkels Élie, der als Hauptmann bei Sédan zusammen mit seinem Cousin

Charles de Gramont in deutsche Kriegsgefangenschaft geriet, im Namen der Familie das große Portrait von Alphonse zurückzukaufen. Einer war gerettet, doch wie viele würde man vielleicht nie wiedersehen!

Die *Marquise de Pompadour* ist gegangen, das Haar von einem Tuch bedeckt, die Hände in einem Muff verborgen – dem von Drouais natürlich. Sie wurde begleitet von Rembrandts *Bildnis eines jungen Mannes*, dem Portrait meines Sohnes Alphonse von Norot und dem eines jungen Infanten von Goya. Mein Dekor verlässt mich. Es hat mich schon einmal verlassen, als es vor mehreren Monaten in ein Versteck gebracht wurde, aber nachdem dieses aufflog, hat man alles hierhergebracht. Da ahnte ich noch nicht, dass das Museum Jeu de Paume die letzte Etappe vor der großen Reise darstellen würde. Als ich das Portrait von James in seinem hölzernen Sarg entdeckte, verstand ich, dass nun bald auch ich an der Reihe sein würde.

Heute früh, während die sachkundigen Spediteure der Firma Pusey & Beaumont-Crassier die Brunnen und Sockel abmontieren, bemühen sich mehrere Soldaten um mich. Ich glaube, jetzt ist es so weit. Eine Eichentruhe steht bereit. Sie ist mit »F50« beschriftet und trägt ein schwarzes »R« wie alle Kisten, in denen Gemälde aus unserem Familienbesitz ins »Reich« transportiert werden. Diese Leute ziehen sich keine weißen Handschuhe über, um mich abzuhängen; sie behandeln mich ohne jedes Fingerspitzengefühl. Die Zuneigung und das Zartgefühl von Auguste, dem obersten Bildaufhänger von Paris mit seinen weißen Kardinalshandschuhen, haben mir noch nie so sehr gefehlt wie heute. Wo sind Sie, Monsieur Auguste? Ich werde Frankreich und die Meinen vielleicht bald verlassen, ohne zu wissen, ob ich sie je wiedersehen werde. Wenn ich daran denke, was alles angekündigt, geschrieben, vorhergesagt, befürchtet und proklamiert wurde, und nun sind wir doch allesamt ins Netz gegangen! Ich kann von Glück sagen, dass ich in dieser ebenso eingeschränkten wie losgelösten Existenz als Bild körperlichen Schmerz nur als Ahnung empfinde.

Hier ist es nun, das Museum Jeu de Paume, das die Deutschen in einen Verschiebebahnhof für französische Sammlungen umgewandelt haben. Ein Drancy, ein Sammellager für Bilder, ein Warteraum vor dem Unbekannten. Wohin mit wem und auf welche Weise? Man weiß nichts, und das ist vielleicht schlimmer, als zu wissen, was uns erwartet. Seit Jahren wohne ich gegenüber, kaum zwanzig Meter entfernt. Obwohl ich wusste, dass dieses Gebäude ursprünglich von Louis-Napoleon errichtet worden war, um Tennishallen zu beherbergen, bevor es dann zum Museum umgestaltet wurde, hielt ich mich weiterhin an die Architektur, indem ich mich an die alten Stiche der Ballsäle erinnerte, an die Galerien, die das Publikum in Erstaunen versetzten.

Gestern war der *Beauftragte des Führers für die Überwachung der gesamten geistigen und weltanschaulichen Schulung und Erziehung der NSDAP* in unseren Räumen. Denn so lautet allen Ernstes der Titel des allmächtigen Lenkers des Einsatzstabes Reichsleiter Rosenberg für die besetzten Gebiete, den alle Welt nur ERR oder auch »Außenstelle Rosenberg« nennt. Er fand sich höchstpersönlich im Rahmen einer Inspektionsreise ein; seine Ankunft kündigte sich durch zahllose Bücklinge und hochgereckte Arme an, und zwar auf deutscher wie auf französischer Seite. Da ich von Kindesbeinen an von einer beträchtlichen Dienerschaft umgeben war, weiß ich, was es bedeutet, einem Herrn zu dienen; aber man findet manchmal bei den gewöhnlichsten Domestiken eine erstaunliche Noblesse, während die hiesigen Handlanger der Deutschen die Beflissenheit in Person sind.

Auf der anderen Seite kommen mir zahlreiche Offiziere der Besatzungsarmee durchaus vornehm vor. Sie haben Haltung, Eleganz, Manieren. Wenn man ihnen zuhört und ihr hervorragendes Französisch vernimmt, ahnt man, dass einige von ihnen hochgebildet sind, dass sie eine erstklassige Erziehung genossen haben, dass es Personen von Stand sind und sich unter ihnen zweifellos Abkömmlinge von Adelsgeschlechtern befinden.

Aber man braucht innere Stärke, um sich nicht verführen zu lassen.

Ein gewisser Gerhard Utikal entfernt sich ein wenig von dem Gefolge und redet auf einen Vertreter der Vichy-Regierung ein, der nicht weit von mir steht:

»Wissen Sie, es handelt sich hier bei den Juden um nichts anderes als Vergeltungsmaßnahmen, und bei dieser Familie um somehr, da der Ursprung ihres Vermögens in Deutschland liegt.«

»Aber doch legal, da einigen Familienmitgliedern – Édouard, Henri, Philippe, Robert, Maurice – die französische Staatsangehörigkeit aberkannt wurde; die Güter und der Besitz der Geflohenen wurden beschlagnahmt und zugunsten des Secours National verkauft, und …«

»Aber mein lieber Freund, wissen Sie nicht, dass der Jude sich selbst außerhalb des Rechts stellt, da er Nichtjuden als rechtlos betrachtet? So steht es im Talmud geschrieben. Die

Franzosen müssten uns dankbar sein, uns, dem Großdeutschen Reich, anstatt uns zu bitten, diese Güter in Frankreich unter Zwangsverwaltung zu stellen. Was wir uns nehmen, ist nur eine geringe Entschädigung dafür, dass wir Sie von der jüdischen Tyrannei befreien. Und schließlich haben diese Leute durch ihre Flucht ihren Besitz aufgegeben, so wie sie ihre Familien verlassen werden.«

Die Franzosen plündern uns aus, und die Deutschen berauben uns – eine gerechte Arbeitsteilung. Zwei französische Staatsbeamte, die Utikal und dem Vichy-Mann auf dem Fuß folgen, warten, bis der Deutsche sich entfernt hat und machen sich dann Luft, wobei sie so tun, als interessierten sie sich für ein bestimmtes Gemälde:

»Stellen Sie sich vor, weder der Domänenverwaltung noch der Direktion der staatlichen Museen wurde es gestattet, ein eigenes Inventar des Rothschild-Besitzes anzulegen, obwohl der Erlös aus dem Verkauf im Prinzip in eine Wohlfahrtsorganisation fließen wird. Verrückt, nicht?«

»Das ist Kunstraub, es gibt kein anderes Wort dafür. Sie benehmen sich bei diesen Kunstschätzen genauso wie bei ihrer Razzia der Rothschild-Effekten in den Tresoren der Zweigniederlassung der Banque de France in Nevers. Wenn sie wenigstens Unterscheidungsvermögen besäßen ...«

Heute früh erlebte ich statt der eleganten Ballkünstler, die früher an diesem Ort ihrem Spiel nachgingen, den massigen Hermann Göring in einem langen schwarzen Ledermantel, der den Boden streifte, den Filzhut auf den Hinterkopf geschoben, einen Zigarrenstummel zwischen den Zähnen. Sein Gefolge aus uniformierten Offizieren und neuen Herren in Zivil ist imposant. Unter ihnen befinden sich französische und deutsche Experten, die eine andere Sprache sprechen, die der Connaisseure; sie gehören zu der internationalen Spezies der Kunsthistoriker, aber darin erschöpft sich wohl schon ihre Gemeinsamkeit. Sie gehören nun einmal nicht derselben Welt an. Dies ist mir kürzlich aufgefallen, als ich zwei Herren wie alte Freunde durch das Museum schlendern sah, den Grafen Wolff Metternich, Leiter des »Kunstschutzes« und Experte für Mittelalterkunst, der überzeugt ist, dass die Deutschen den französischen Schlössern gegenüber eine heilige Pflicht haben, und den Herzog von Noailles, den Präsidenten der Demeure Historique, einer Vereinigung privater Schlosseigentümer.

Doch wie man das Problem auch dreht und wendet, es gibt immer die Räuber und die Beraubten, und was die Deutschen den Rothschilds nehmen, nehmen sie *auch* Frankreich. Wie soll mein Herz nicht schwer werden, wenn ich Göring, dem Oberbefehlshaber der Luftwaffe und Verantwortlichen für die Kriegswirtschaft, dabei zusehen muss, wie er sich unter meinen Augen von dem Kreis der Willfährigen Schmuckschatullen vorlegen lässt, die man bei uns gestohlen hat und die auch entsprechend gekennzeichnet sind, was das Behagen, mit dem er die dicken, manikürten Finger hineinversenkt, offenkundig steigert. Plötzlich zieht er zwei Anhänger aus dem 16. Jahrhundert hervor, die ich sofort erkenne: Sie tragen die Darstellung eines Zentauren und eines heiligen Georg. Er könnte durch eine knappe Kopfbewegung in Richtung eines seiner betressten Handlanger veranlassen, dass man sie in sein Quartier bringt, aber nein, er muss seinen Triumph mit einer Geste von großer Vulgarität auskosten, die meine Demütigung noch verdoppelt, als wüsste er, dass ich ihn beobachte: Göring fixiert mich lange, zieht genüsslich an seiner Zigarre, stößt langsam in dicken bläulichen Schwaden den Rauch aus, so dicht, dass ein Gemälde husten würde, wenn es könnte, zuckt die Achseln, stößt ein leises, hämisches Kichern aus und steckt die beiden Schmuckstücke betont langsam in die Manteltasche. Danach setzt er seinen Rundgang fort. Wenn man bedenkt, dass die Zeitungen der Kollaborateure ihn zu einem Renaissance-Condottiere stilisieren, möchte man weinen. Hätte ich nur die Kraft, aus meinem Rahmen zu springen, dieses Schwein an der Gurgel zu packen und ihm meine Familienerbstücke zu entreißen!

Keine Spur von Hass liegt in seinem Blick, nur ein allumfassender Hochmut – der des Siegers, der sein Überlegenheitsgefühl bis zur Neige auskosten will. Sie haben es aus zwei Gründen auf uns abgesehen: Als Rothschilds sind wir Verräter an unserem Geburtsland Deutschland, und als Juden sind wir Verräter des Menschengeschlechts. Schon seit geraumer Zeit ist meine Religion verloren: Die Deutschen verhalten sich, als ertrügen sie nicht, dass wir das Volk sind, mit dem Gott ein Bündnis geschlossen hat, wo sie doch das auserwählte Volk sein wollen. In dieser Geschichte gibt es keine zwei Sieger. Entweder sie oder wir. Die braunen Herren gibt es seit wenigen Jahren, uns seit ewigen Zeiten. Wenn die Deutschen von ihrem Führer weniger geblendet wären, würden sie verstehen, dass wir nicht zu beneiden sind, denn das Auserwähltsein ist auch eine Bürde.

An manchem Kunstwerk geht der Feldmarschall achtlos vorbei, manchmal bleibt er stehen. Seine Entourage kennt seinen Geschmack, vergisst jedoch, dass er sich für zwei bedient – zuerst kommt der Führer, dann er selbst. Ein Chardin zieht seinen Blick an, und es ist nicht der schlechteste – *Das Mädchen mit dem Federball.* Mit einem Fingerschnalzen ruft er Braumüller herbei, den Beauftragten der Außenstelle Rosenberg:

»Können Sie mir sagen, woher es kommt?«

»Kisten aus der Agentur der Société générale in Arcachon. Baron Philippe de Rothschild hatte dort zwei Kisten mit Kunstgegenständen gelagert, aber unsere Dienste sind gut informiert.«

»Und diese Amtsstempel, diese Papiere, diese rote Wachsschnur um die Kiste, was bedeutet das?«

»Dass man sie in den Louvre bringt.«

Göring gönnt ihm keinen Blick. Ein kaum wahrnehmbarer Blickwechsel mit einem seiner Offiziere genügt, damit dieser die Kiste mit einem Buchstaben versieht und einen Vermerk in ein Heft einträgt. »AH« für den Aufbau der »Hohen Schule« Rosenbergs. Die Kiste wird glänzend schwarz bemalt wie alle, die Werke aus unserem Familienbesitz enthalten, und mit einem Vorhängeschloss gesichert; den Schlüssel erhält die Krankenschwester Christa. Der Generalfeldmarschall war nicht neugierig genug, die Rückseite des Gemäldes zu betrachten; dort hätte er einen Stempel aus schwarzer Tinte entdeckt, den ein übereifriger Gefolgsmann Rosenbergs angebracht hatte. Es ist ein kleines Hakenkreuz, das ich seit gestern auf dem Rücken trage. Schlimmer noch als ein Brandzeichen, wie man es Tieren auf die Haut brennt. Ich spüre diese Tätowierung wie ein Schandmal.

Eine allgemeine Unruhe, gefolgt von einem Stimmengewirr, kündigt die Ankunft von Herrn Rosenberg an. Ich weiß nicht, ob man ihn erwartet, oder ob er sich selbst eingeladen hat, da er wusste, dass Göring da sein würde. Die beiden großen Räuber der französischen Sammlungen wollen nicht vor ihren Untergebenen streiten und ziehen es vor, Seite an Seite plaudernd auf und ab zu schreiten; ich muss zugeben, dass mich der Ton ihrer Konversation an einem solchen Ort und zu einer solchen Zeit verwundert, da man ihre Freibeutermethoden kennt:

»Die Kunst ist in ihrer Entstehung keine Frage der Ästhetik, sondern der Biologie«, behauptet Rosenberg. »Man muss lernen, die Verbindung zwischen der Kunst und ihren rassischen Elementen herzustellen. Die Romantik …«

»Ich stimme zu unter der Bedingung, dass es eine stählerne Romantik ist.«

»Unsere Rasse hat ein Empfinden für das Tragische, das einen Ausdruck finden muss. Sehen Sie, das Sujet hat kaum Bedeutung, es ist zweitrangig. Die semitische Kunst spricht zum Intellekt, nicht zum Herzen. Sie ist kalt, vernunftbetont, hässlich. Ich bin für den Sieg des Instinkts über den Intellekt …«

Aber Rosenbergs Worte werden von einer dichten Rauchwolke verschluckt. Göring hört ihm nicht mehr zu, er ist stehen geblieben und betastet mit besitzergreifenden Fingern eine Marmorstatue. Dieser Rosenberg, der sich einbildet, ein hervorragender Kunstkenner zu sein, geht in seinem Eifer doch tatsächlich so weit, uns alle fotografieren zu lassen, damit er Hitler ein Album vorlegen und dieser besser seine Auswahl treffen kann. Die anderen Frauenbildnisse um mich herum sagen mir mit der stummen Kraft ihrer Blicke alle dasselbe: Wie kann man sich nicht beschmutzt fühlen, wenn man gewissermaßen wie eine Hure behandelt wird oder wie eine Sklavin auf dem Markt vor der Überfahrt über den Atlantik?

Kurz bevor er das Museum Jeu de Paume verlässt, hält ein glänzend aufgelegter Göring, hochzufrieden mit seinem Besuch – besser gesagt seiner »Ausbeute« –, noch eine kleine, improvisierte Pressekonferenz im Vorraum.

»Man sagt, Sie besäßen eine der schönsten Privatsammlungen Europas, Herr Generalfeldmarschall.«

»Ausnahmsweise hat man damit recht. Ich lade Sie ein, sie mit eigenen Augen zu sehen. Wenn Sie in Berlin vorbeikommen, machen Sie in Carinhall Station, meinem Jagdschloss in der Schorfheide. Dort werden Sie sehr schöne Dinge finden.«

»Und zwar?«

»Vor allem frühnordische Kunst, etwa 17. Jahrhundert aus Frankreich, nicht wahr, ein paar Italiener, das muss sein …«

»Aber wie konnten Sie sie so schnell zusammenstellen?«

Göring steckt sich die Zigarre in den Mund, legt eine Hand auf das Mikrofon eines Radioreporters, die andere auf den Stift des Fragenden und murmelt in verschwörerischem Ton:

»Eine Sammlung stellt man nicht in wenigen Tagen zusammen. Schon 1939 habe ich durch Bestechungsgelder und durch das Engagieren von französischen Detektiven und Kriminalbeamten ermitteln lassen, wo die schönsten Gemälde versteckt waren. Wir hatten die Adressen schon lange, bevor wir herkamen …«

Dann verlässt er das Gebäude, während sein Gefolge im Jeu de Paume bleibt, um die Ausführung seiner Befehle zu überwachen. Ein Mann tut sich dabei besonders hervor, einer der wenigen Deutschen in Zivil. Er hält ein großes Heft in der Hand, in das er regelmäßig etwas einträgt; er geht von Objekt zu Objekt, betrachtet aber immer nur die Details, niemals nimmt er das Ganze in Augenschein. Als er auf meiner Höhe angekommen ist, macht er sich jedoch die Mühe, einige Schritte zurückzutreten, um mich besser fixieren zu können. Auf seinen Lippen erscheint ein kleines, zufriedenes Lächeln. Dann schiebt er sein Gesicht an meines heran, fast als wolle er mich auf die Wange küssen, und ich erkenne ein von Narben übersätes Gesicht. Das des beunruhigenden Gastes, der eines Abends vor dem Krieg meinen Urenkel aufsuchte.

Die ganze Nacht habe ich über Görings Erscheinen nachgedacht. Eine Frage hat mir keine Ruhe gelassen: Warum wurde das Jeu de Paume, das von so vielen Berühmtheiten bevölkert war, nicht der Schauplatz einer spontanen Revolte? Warum sind wir nicht aus unseren Rahmen gestiegen und haben uns gegen diese Deportation gewehrt? Warum haben die Kunstwerke sich nicht aufgelehnt? Vielleicht hatten wir Angst, wollten noch an Frankreich glauben und konnten uns nicht vorstellen, was uns erwartete.

In dieser Nacht, wie in den anderen Nächten, spukt eine Schattengestalt durch die leeren Gänge. Sie ist schwer zu erkennen, man hört kaum ihre Schritte. Diesmal erkenne ich sie im Schein ihrer Lampe. Ich habe diese etwa vierzigjährige Frau, die sich Rose Valland nennt, bei jedem Besuch französischer und deutscher Offiziere bemerkt; sie ist eine Kuratorin, hält sich stets abseits, ist aber immer dabei; ich habe bemerkt, dass sie deutsch versteht, da sie sich Notizen machte, während Rosenberg schwadronierte. Es ist vorgekommen, dass ihre ständige Gegenwart von Behr auffiel, der versuchte, ihr den Zugang zum Gebäude zu verbieten, aber sie hat immer Heizungs- und Unterhaltsprobleme vorgeschoben. Mehrfach wollte er sie ausschalten, die letzte Französin, die in diesen Räumen noch geduldet ist, aber sie hat ihm auf ihre Weise standgehalten, ohne großes Aufsehen. So erscheint sie allein bei Nacht und schreibt wieder etwas in ein großes Heft. Allem Anschein nach führt sie eine geheime Inventarliste. Für wen und weshalb?

Diesmal bleibt sie einen Augenblick vor mir stehen, leuchtet das Familienwappen in der rechten oberen Ecke an und lenkt dann den Lichtstrahl sanft zur Seite, als fürchte sie, mich zu blenden. Es ist eine unbeschreiblich zartfühlende Geste. Rose Valland blickt mir in die Augen und lächelt mir zu, bevor sie ihren Weg fortsetzt – der sie in ein Lager führen könnte, wenn sie gefasst wird. Dieses sanfte, ruhige Lächeln werde ich mit mir tragen, denn ich weiß nun, dass meine Abreise kurz bevorsteht.

Es sind meine letzten Stunden in dem Land, das meines geworden ist, bevor man mich, vermute ich, in das Land zurückbringt, das einmal meines gewesen war.

Die Packer wiederholen treuherzig alles, was sie an Gerüchten aufschnappen. Es heißt, man werde uns mit einem Sonderzug unter dem Schutz der Luftwaffe nach Deutschland transportieren; zuerst sollen wir in München zwischengelagert werden, wahrscheinlich in den unterirdischen Sälen des Deutschen Museums, oder in der Nähe von Kassel, im Keller von Schloss Wilhelmshöhe, damit dort eine erste Auswahl getroffen werden kann: auf der einen Seite die Werke, die für

Hitler und Göring bestimmt sind, auf der anderen, wenn Himmler und Ribbentrop sich entschieden haben, diejenigen, die an die Universitäten und Museen Großdeutschlands gehen – mit Ausnahme der, wie man sie so taktvoll nennt, »entarteten Kunst«, die zerstört oder in Schweizer Auktionssälen verkauft wird. Danach wartet das Unbekannte. Man erwähnt das Schloss Neuschwanstein und das Schloss Herrenchiemsee, aber die sind schon voll, wie es scheint. Als Ersatzlösung kämen das alte Salesianerkloster Buxheim in der Nähe von Memmingen infrage oder die Säle des Privatschlosses Kogl an der Donau. Oder Schloss Bruck bei Linz und sogar das Schloss Seisenegg bei Amstetten am Unterlauf der Donau wird genannt. Fest steht, dass die Deutschen die wertvollen Stücke nicht an einem einzigen Ort konzentrieren wollen. Gut möglich, dass ich von James getrennt werde, falls Hyppolite Flandrins Portraitkunst als wichtig genug für diesen Raubzug erachtet wird.

Nachdem sie eine Weile zwischen dem Untergeschoss der Alten Pinakothek und dem Renaissanceschloss Dachau geschwankt hatten, beschlossen sie nun doch, diese Gegend aus Furcht vor Bomben ganz zu meiden. Und so gab der »Führer«, der all das sehr aufmerksam verfolgte, sein Einverständnis für unsere Einlagerung im Schloss Neuschwanstein, bis sein großes Museum in Linz fertiggestellt sein würde. Schon jetzt hat er unter uns seine Wahl getroffen: unseren *Astronom* selbstverständlich, einen *Conteur* und einen *Lorgneur* von Watteau und vielleicht sogar einen Lautenspieler, das Bildnis der *Isabella Coymans* von Frans Hals, und dann die *Pompadour* von Boucher, den *Schauspieler* von Fragonard, etliches von Gainsborough und Goya und von den niederländischen Meistern …

Das *Portrait des Herrn Desmarais* ist der einzige Ingres, den sie beschlagnahmt haben. Einstweilen.

Alles scheint nun möglich. Ich fürchte, als Tauschobjekt eingesetzt zu werden, aber gegen wen? Ich kann mir nicht vorstellen, dass ich meine Tage in Hitlers geliebtem Linz beschließen werde. Die Stadt, in der er einen Teil seiner Jugend verbracht hat. In deren näherer Umgebung seine Eltern begraben sind. Die Stadt, aus der er eine der repräsentativen »Führerstädte« des Dritten Reichs machen will. Die Stadt, in der er sein Museum geplant ist, das für tausend Jahre der Stolz Deutschlands sein wird. Wenn man hier von Linz spricht, meint man immer das zukünftige Museum des »Führers«. Ein riesiger Komplex, ein Bauwerk für das Besondere, nur das Beste von allem. Wenn er jedes besetzte Land so gründlich ausplündert wie Frankreich, könnte ihm dies gelingen.

Zum Glück für mich gehört Ingres nicht zu seinen Lieblingsmalern. Man sagt dem Führer eine gewisse Geringschätzung der französischen Malerei des 19. Jahrhunderts nach. Ich werde wohl an der Wand eines bayrischen Museums enden oder im Sitzungssaal der Rektoren einer sächsischen Universität. Vorläufig weiß ich nur, dass ich in einem Sonderzug eingeschlossen bin, der nach Deutschland rollt. Fünfundzwanzig Waggons voller Gemälde, Möbel und Gobelins, die von der Luftwaffe beschützt werden.

Nachdem man uns in München ausgeladen hat, verbringen wir einige Tage in den Luftschutzkellern am Königsplatz; dann transportiert man uns nach Füssen. Und schließlich eskortiert uns die Polizei bis ins Schloss Neuschwanstein, das der menschenscheue König Ludwig II. von Bayern bauen ließ, um sich aus der Öffentlichkeit dorthin zurückzuziehen. Es muss Februar oder März 1941 sein.

Neuschwanstein hat etwas Märchenhaftes an sich, selbst wenn man Ähnliches schon anderswo gesehen hat. Seine Tollheit übertrifft alles, was man einem spät berufenen Schlossherrn zugetraut hätte. Ferrières erscheint daneben so vernünftig. Ludwig wollte ein mittelalterliches Schloss im Stil der Ritter aus Sage und Legende haben. Ein Besuch im neugotischen Schloss Pierrefonds hatte ihn ermutigt, sich in den Wiederaufbau einer ehemaligen Burgruine zu stürzen.

Ich erblicke einige unserer Bilder. Auch einen Teil unseres Porzellans erkenne ich, sobald die Assistenten es auspacken. Die Kunstwerke der Rothschilds gehen in die Diaspora; sie werden sich über ganz Deutschland zerstreuen. Ich habe die Fachleute sagen hören, dass der Inhalt unserer Bibliothek derzeit in den Räumen der ehemaligen Sparkasse in Hungen eingelagert ist. Das versetzte mir einen Stich. Jene Bücher sind ebenso »Angehörige« unserer Sammlung, wie meine Nachkommen Angehörige unserer Familie sind. Uns verbindet etwas Physisches. Wenn die Dichter bei Gemälden von einer Haut sprechen, so liegt es daran, dass Blut in diesen Gegenständen fließt.

Zum ersten Mal seit meiner Abreise aus der Rue Saint-Florentin werde ich mit unendlicher Vorsicht angefasst – ich muss eine der wenigen Jüdinnen sein, die von den Deutschen noch gut behandelt werden. Die Fachleute und ihre Assistenten tragen weiße Handschuhe und Kittel. Man könnte sie für Chirurgen halten. Und tatsächlich werden sie einige Werke, die beim Transport beschädigt wurden, in einer Restaurationswerkstatt, die einen gesamten Salon einnimmt, operieren. Sie betrachten uns über Stunden und Tage so konzentriert, dass man sich wundert, dass ihre Augen das aushalten.

Die Sicherheit beschäftigt sie unablässig, die Furcht vor einem Brand verfolgt sie.

Wenn ich den Restaurateuren zuhöre, verstehe ich, dass sie uns an die frische Luft bringen, weil hoher Besuch bevorsteht. Aber wohin wollen sie uns hängen? Der große Prunkraum im dritten Stockwerk, die Repräsentations- und Wohnräume sind allesamt so angefüllt mit Wandgemälden, dass man keine Briefmarke dazwischenbekäme. Weiter oben sind nur noch Gewölbe, Kuppeln, Spitzbögen und Kapitelle. Überall Tiere und Ritter, geradewegs der Siegfriedsage entsprungen, in einem erstaunlichen Konglomerat aus Marmor, Porphyr und Stuck, wobei byzantinischer Stil, Rokoko und Spätgotik sich zum größeren Ruhme Wagners die Hand reichen.

Wir alle passen nicht in dieses Dekor, wir Geschöpfe von Ingres und Goya, Vermeer und Rembrandt. Man liest uns unsere Verblüffung vom Gesicht ab, als die Fotografen tätig werden, denn Rosenberg lässt eilig zwanzig neue Alben für seinen Herrn und Meister anfertigen; sie sind die Chevaulegers, die leichte Kavallerie, des wohlüberlegten Katalogs seines nicht weniger wohlüberlegten Raubzugs.

Seit wie vielen Monaten sind wir schon in diesem Schloss außerhalb von Zeit und Raum? Jahre womöglich. Der Krieg erschien so fern. Es war eine Zeit der Abgeschiedenheit und Langeweile. Keine Besucher, kein Leben. Nur eine gespenstische Einsamkeit an einem Ort, zu dem der Lärm der Welt nicht drang. Bis zu dem Tag, an dem wir in die Berge gebracht wurden. Erst da fühlte ich, dass alles ein Ende finden würde. Nicht nur der Krieg, sondern auch unsere Existenz auf Erden.

Das Salzbergwerk von Steinberg ist in seinen ältesten Teilen siebenhundert Jahre alt. Es begründete den Wohlstand der Fürstbischöfe von Salzburg. Früher war das Salzkammergut die Saline der Krone. Das Bergwerk von Altaussee, das man mit einer Eisenbahn über gut zwei Kilometer Bergstrecke mit äußerst steilen Abstürzen erreicht, gilt als das ergiebigste. Es ist meine neue Sommerfrische im Herzen der österreichischen Bergwälder.

Seit Generationen leben und arbeiten die Bergbewohner in den Salzstollen. Dass gerade ihrer ausgewählt wurde, freut sie, da sie nun sicher sein können, nicht zum Kriegsdienst eingezogen zu werden. Die Armee braucht sie vor Ort, braucht ihr Können und ihre Erfahrung, um Büros zu bauen, Kabel zu verlegen und unterirdische, separate Räume für uns einzurichten.

In dem labyrinthischen Bergwerk bleiben Luftfeuchtigkeit und Temperatur konstant; die Kunstwerke nehmen also keinen Schaden. Ein dreihundert Jahre altes, ausgezeichnet erhaltenes Gemälde in der Sankt-Barbara-Kapelle, der Schutzheiligen der Bergleute, legt davon Zeugnis ab.

Die Saline hat einen Herrn. Es ist weder einer der Arbeiter noch ein Ingenieur oder hochrangiger Offizier und auch kein Kunstsachverständiger, sondern der Gauleiter Oberdonau, zu dessen Zuständigkeitsbereich die Salinen gehören. Ein Rasender, der dem »Führer« aufs Wort folgt.

Alles hier ist auf eine Belagerung eingerichtet. Alles ist perfekt geordnet, organisiert, beziffert und inventarisiert; es gibt sogar eine Werkstatt zur Restaurierung der Kunstwerke, wo man, wie in Neuschwanstein, Transportschäden beseitigt. Den ganzen Tag kommen und gehen Bergleute, Ingenieure, Arbeiter und Soldaten, aber einzig und allein die Arbeit der Historiker und Kunstexperten weckt mein Interesse. Unter ihnen ist eine junge Frau, eine gewisse Eva Frodl-Kraft, die damit beauftragt ist, jedes einzelne Werk für die Archive zu fotografieren.

»Dies ist das reinste Irrenhaus!«, ruft sie. In der Tat treffen in den letzten Wochen des Jahres 1944 fast unübersehbare Mengen von Kunstwerken ein. Jeder Würdenträger des Regimes, der in Berlin noch einen Rest von Macht ausübt, verlangt, dass er seine Schätze in den Altausseer Salzstollen einlagern kann, das fortan als das begehrteste, beliebteste und am meisten frequentierte Bergwerk Europas gilt. Ungeachtet der Risiken streiten und rangeln sie um einen Platz in den inneren Kammern. Die Werke, die während der Schlacht um Monte Cassino evakuiert wurden, mussten wegen des Schnees wochenlang in einer kleinen Dorfpension bleiben.

Der Gauleiter hat den Verstand verloren, falls er je über einen verfügt haben sollte. Seine Gesten und Taten entlarven ihn. Dieser August Eigruber ist ein wahrer Kretin. Hundertmal hat er gewarnt, dass er aus Treue zu Hitler keinen Verstoß dulden werde. Folglich ist er seiner Politik der verbrannten Erde treu geblieben, die 1944 für den unwahrscheinlichen

Fall dekretiert wurde, dass die deutschen Armeen auf eigenem Territorium den Rückzug antreten müssten. Alles zu zerstören und nichts übrig zu lassen. Nichts sollte den Juden und Bolschewiken in die Hände fallen. Eine fixe Idee beherrscht ihn vollständig: der unbedingte Gehorsam. Also lässt er acht Fliegerbomben von je fünfhundert Kilo in den Stollen deponieren. Er ordnet an, dass sie in Kisten liegen, auf denen man die Aufschrift »Vorsicht Marmor, nicht stürzen« lesen kann. Doch niemand lässt sich davon täuschen. Sein zunehmender Wahn ist ablesbar an der täglich erhöhten Anzahl von Wachen, die er an strategischen Punkten aufstellt.

Die Mine verminen. Das bedeutet, das Risiko einzugehen, dass Hunderte von Meisterwerken der westlichen Kunst pulverisiert werden. August Eigruber ist dazu bereit. Er ist verstockt. Er wird bis zum Letzten gehen. Selbst die Herren, die in diesen Apriltagen des Jahres 1945 aus Berlin kommen, können ihn nicht dazu überreden, die Eingänge der Stollen zumauern zu lassen, um die Sammlungen zu schützen. Eigruber ist unseligerweise davon überzeugt, dass Hitlers Führerbunker in Berlin von Verrätern infiltriert wurde. Er hat folglich kein Vertrauen zu dessen Abgesandten. Er weigert sich, die von Ernst Kaltenbrunner, dem Chef des Reichssicherheitshauptamtes, unterzeichneten Gegenbefehle zu befolgen. Auch die Nachricht vom Selbstmord Hitlers glaubt er nicht. Er will nichts hören.

Ich weiß, warum ich ihn so verabscheue. Nicht wegen seines Benehmens oder seiner Wahnvorstellungen. Wegen seiner kriminellen Überzeugungen natürlich und wegen des apokalyptischen Zuges, in den er und seinesgleichen Europa gezwungen haben. Aber nicht nur deswegen. Ich kann ihm nicht vergeben, dass er es sich zur Aufgabe gemacht zu haben scheint, meine Muttersprache zu verunstalten und der Mittelmäßigkeit preiszugeben. Was er und seine Mitstreiter aus dem Deutschen gemacht haben, als sie es für sich beschlagnahmten, ist schändlich. Sie haben es erniedrigt. Zuweilen, wenn ich ihnen einen ganzen Nachmittag ausgesetzt war, rezitierte ich insgeheim Verse meines lieben Heine, um meinen Geist zu reinigen:

Nichts ist vollkommen hier auf dieser Welt.
Der Rose ist der Stachel beigesellt;
Ich glaube gar, die lieben holden Engel
Im Himmel droben sind nicht ohne Mängel …

So muss es wohl sein, wenn man sich erklären will, wie sie diesen reichen Wortschatz vergessen und ihm einen Aasgeruch beimischen konnten.

In dieser Nacht fand ohne Wissen des Gauleiters zwischen zwei Kontrollgängen ein heimlicher Umzug statt. Verschiedene Kuratoren konnten Bergleute, die ihre Einkommensquelle nicht zerstören lassen wollten, und den Leiter der Salinenwache, der schon an seine Zukunft dachte, dazu veranlassen, ihnen zu helfen. Sie wählten um die fünfzehn Gemälde aus unserem Familienbesitz, darunter den *Astronomen*, und brachten sie in einen entfernten Stollen, um sie vor einer möglichen Explosion zu schützen. Leider gehöre ich nicht dazu.

Von Hummel, der Verwalter des Depots, und Robert Scholz, zuständig für Bildende Kunst im Einsatzstab Rosenberg, erhalten einen von Hitler diktierten Gegenbefehl Martin Bormanns. Die beiden Männer marschieren durch die Stollen und geben vor, den Winkel zu inspizieren, in dem ich mich befinde, um außer Hörweite der Soldaten zu gelangen, die den Eingang zu ihren Dienstzimmern bewachen:

»Er sagt, dass die Objekte in der Saline dem Feind nicht in die Hände fallen dürfen!«

»Das ist richtig, aber er sagt auch, sie dürften auf keinen Fall beschädigt werden. Und nun?«

»Es ist eine Frage der Interpretation.«

»Vergessen Sie nicht, dass Bormann von unseren Kunsthistorikern um Unterstützung ersucht wurde ...«

Die beiden Männer bleiben stehen, blicken in die Runde, um sicherzugehen, dass niemand in der Nähe ist, und sehen sich stumm an. Kein Zweifel, in diesem Augenblick besiegelt ihr Blickwechsel unser Schicksal. Doch welches?

Wenig später folgt ihnen der Gauleiter in den Stollen. Er will sich vergewissern, dass seine Kisten an Ort und Stelle sind. Zum ersten Mal bemerke ich, wie Eigruber vor einigen Werken stehen bleibt, als wolle er auf einmal sein Interesse für andere geistige Sphären als den Nationalsozialismus bekunden. Mich durchzuckt der Gedanke, dass womöglich doch noch nicht alles verloren ist, dass man an der Empfindsamkeit des Menschen nie zweifeln darf und dass es bis zum Schluss in der Seele des widerwärtigsten Gesellen etwas gibt, das sich zu retten lohnt. Da er sich meinem Regal nähert und ich zu denen gehöre, die regelmäßig den Besuchern vorgeführt werden, wird er vielleicht, wenn nicht von der Leuchtkraft, die man mir zuschreibt, so doch von Ingres' Genie beeindruckt sein. Der kleine, magere Mann, an dem die Uniform schlottert, bleibt wirklich an meinem Platz stehen, pflanzt sich breitbeinig vor mir auf, die Hände in den Taschen, den Oberkörper nach hinten geneigt, und betrachtet mich lange. Das, was von dem Portrait ausstrahlt, scheint ihn zu beunruhigen, vielleicht sogar anzurühren, wer weiß. Doch als er vor die Kiste tritt, gegen die ich lehne, und auf dem Schild meinen Namen liest, zuckt er abrupt zurück; sein Gesicht verzerrt sich zu einer Grimasse, Abscheu kräuselt seine Lippen, er hat eine Eingebung und spuckt einen dicken Klecks Speichel aus, der mich mitten ins Gesicht trifft. Dann geht er weiter.

Es gibt keine Worte für eine solche Demütigung. Überraschend erscheint kurz darauf ein Mann, der die Szene verfolgt und sich im Hintergrund gehalten hat. Er wartet, bis der Gauleiter verschwunden ist, und tritt dann auf mich zu, holt ein weißes Taschentuch heraus und wischt die Flüssigkeit ab, die über mein Gesicht rinnt. Er glaubt, Speichel abzuwischen, wo es doch in Wirklichkeit Tränen sind.

Während sich auf der einen Seite das Gespenst der Zerstörung entfernt, nähert sich von der anderen das der Evakuierung. Diesmal befassen sich zwei andere Verantwortliche damit, Karl Sieber von den Berliner Museen und Pochmüller, der Generaldirektor der Saline. Sie fürchten vor allem, dass in der Eile und durch die Brutalität der Soldateska die Irrfahrt der Bilder im Berginneren in einer Katastrophe enden könnte. So versuchen sie diskret, mithilfe einer kleinen Gruppe entschlossener Bergarbeiter, den Zugang zu den Stollen durch kleinere Verschüttungen zu blockieren. Man sieht Bomben von über zwanzig Kilo Gewicht auf den Gleisen vorüberrollen. Dann hört man einige Explosionen, und es ist vorbei.

Kein Laut mehr, kein Lichtschein. Vollkommenes Dunkel, vollständige Stille. Ich höre die Rufe meiner Gefährten im Unglück. Ist es das Röcheln des *Astronomen*, das sich in das leise Murmeln der *Pompadour* mischt? Keiner von uns kann sicher sein, dieses kollektive Begräbnis zu überstehen. Wir sind wie die Tonfiguren einer unsichtbaren chinesischen Armee. Wie viele Jahrhunderte werden vergehen, bis man uns wiederentdeckt?

Von nun an umgibt uns ein Geheimnis; wir sind gänzlich isoliert, von der Welt abgeschnitten, doch auch geschützt vor dem zerstörerischen Wahn des Gauleiters. Er wird nicht zum höheren Ruhme des »Führers« in einer apokalyptischen Feuersbrunst mit Vélasquez oder Rembrandt sterben.

Es gibt keinen Tag und keine Nacht mehr. Nur die drückende Atmosphäre der Ewigkeit. Die Kälte wird immer schneidender, und die Luftfeuchtigkeit bleibt gleich. Unsere Gefängniswärter sind vielleicht alle tot. Wer weiß, ob man uns nicht Wochen, Monate, Jahre in den Eingeweiden der Erde vergessen wird. Der Zweifel in der Ungewissheit zermürbt den Geist zuverlässiger als die raffiniertesten moralisch-seelischen Foltern. In diesen Augenblicken braucht die Geisel mit den verbundenen Augen kein Gegenüber, um zu leiden. Wie werden sie diese Prüfung ertragen, meine unglücklichen Gefährten, die kostbaren Bücher aus der Biblioteca Herziana in Rom und die *Madonna* von Michelangelo, der griechische Sarkophag aus Saloniki und die berühmten Rembrandts des Kunsthändlers Goudstikker aus Amsterdam, unsere eigenen barocken Bronzestatuen und die hastig abgehängten Lippi aus der Abtei von Monte Cassino?

Eine Stille von seltener Eindringlichkeit umhüllt unser unterirdisches Museum.

Ein schwacher Lichtschein dringt in den Stollen, als Bergarbeiter das Geröll wegräumen, das den Eingang versperrt. In diesem Augenblick, und erst in diesem, verstehe ich, dass die Deutschen den Krieg verloren haben. Nachdem der verrückte Gauleiter geflüchtet war, haben sich unsere eifrigen Bewacher widerstandslos Major Pearson von der 80. Infanteriedivision ergeben.

Es genügte, dass die Silhouetten der ersten Soldaten in der Ferne auftauchten, obwohl man gegen das blendende Licht die Uniformen nichts erkennen konnte, nur die Farben und die Form der Kopfbedeckung. Man atmet freier, sobald man besser sieht. An ihrer Spitze steht ein Offizier. Er scheint durch den Anblick so entgeistert, dass er kein einziges Wort herausbringt. Mit langsamen Schritten, aber ohne jede Vorsichtsmaßnahme, dringt er in den Stollen vor, während seine Männer hin und her schleichen, die Waffe im Anschlag für den Fall einer unliebsamen Überraschung. Erst als ein deutscher Kunstsachverständiger außer Atem herbeieilt, stellt der Offizier sich vor, und ich kann endlich beruhigt sein, was unser künftiges Schicksal betrifft:

»Colonel Davitt, Bataillonskommandant der 11. amerikanischen Panzerdivision, zuständig für das Salzbergwerk. Hier ist es also …«

Der Deutsche, im zivilen Leben Kunsthistoriker, begleitet ihn auf dieser ersten Inspektionsrunde. Man könnte meinen, sie seien Kollegen, die eine Sammlung studieren. Was sie im Grunde auch sind. Schwingende Karbidlampen erleuchten wieder einmal Wände und Winkel. Der Amerikaner wird auf ein Schild am hinteren Ende eines kleinen Raumes aufmerksam, auf dem er die Aufschrift liest: »Nach dem Essen, vor dem Essen, Händewaschen nicht vergessen«.

»In einem Museum mutet einen so etwas seltsam an, nicht aber in einer Bergarbeiterküche«, sagt sein Begleiter und lächelt.

Während sie ihren Rundgang fortsetzen, versucht Colonel Davitt seine Entdeckung einzuschätzen. Er kann nicht umhin, Superlative aneinanderzureihen, als er der versammelten Kunstschätze ansichtig wird, die kein Museum der Welt je in dieser Fülle ausstellen könnte, es sei denn, man entfesselte einen neuen Weltkrieg und in seiner Folge eine unbegrenzte Plünderungswut. Nach und nach werden die Kommentare der Besucher leiser, bis nur noch ein stummes Staunen bleibt. Das ist das Zeichen, dass sie zum *Genter Altar* der Brüder van Eyck gelangt sind, der nach fünfhundert Jahren noch in seiner ursprünglichen Frische erhalten ist – das Werk, das sie mehr als alle anderen wiederfinden und unbeschädigt zurückbringen sollen. Eine Art Wunder und ein Augenblick der Gnade, der vorübergehend die Abscheu in den Hintergrund drängt, die ihnen die Erzählungen der Bergleute einflößen, denn einige von ihnen nehmen schon jetzt das Verdienst für sich in Anspruch, diese Meisterwerke vor der Vernichtung gerettet zu haben.

Sechs Offiziere versammeln sich stehend um einen Tisch. Es scheint, sie wollen sich nicht setzen, so begierig sind sie, sich in die Schlacht zu stürzen. Man nennt sie die *monuments men.* Es ist eine Sondereinheit, die mit der Suche nach gestohlenen Kunstwerken beauftragt worden ist. Allesamt Kunstkenner. Bevor sie gewissermaßen auf freiem Feld an der Treibjagd teilnehmen, mussten sie alle in ihrem Bereich für den Geheimdienst tätig sein. Es sind Kunstprofessoren und Museumskuratoren in Uniform. James Plaut scheint ihr Leiter zu sein. Er übernimmt auch die Aufgabenverteilung:

»Nicht umsonst hat man unser Projekt ›Orion‹ getauft. Denkt daran, dass wir hier die Jäger sind. Rousseau, du übernimmst Görings Sammlung. Faison, du die von Hitler. Sawyer, Phillips und Wittman, ihr arbeitet an den Akten. Zögert nicht, Bruno Lohse hinzuzuziehen, den Münchner Kunsthändler, er ist bereit zur Zusammenarbeit. Sein Berliner Kompagnon Andreas Hofer auch und dessen visuelles Gedächtnis ist phänomenal. Ebenfalls Gisela Limberger, ja, Görings Sekretärin, sie kann uns von großem Nutzen sein.«

»Und Rosenberg, der ERR?«

»Den behalte ich mir vor.«

Die Soldaten sprechen über das, was sie gesehen haben. Mit eigenen Augen. Manche von ihnen waren bei der Befreiung der Lager dabei, haben den Gestank des Todes gerochen, Kinderleichen mit Schaufeln ausgegraben, in Asche gewühlt, sich erbrochen, Tränen vergossen. Aber was wissen sie von Deutschland? Wenn sie durch den Thüringer Wald fahren, entdecken sie fassungslos, dass Buchenwald dicht neben Weimar liegt, dass der Galgen mit den zehn Haken ganz nahe bei der Goethe-Eiche steht.

Haben sie etwa in Ravensbrück die Überreste von Elisabeth Pelletier de Chambure gefunden, Philippes Frau und Mutter von Philippine, die sich weigerte, Frankreich zu verlassen, als ihr Mann sich France libre angeschlossen hatte? Das einzige Shoah-Opfer aus der Familie der Rothschilds, und nicht einmal eine Jüdin.

München ist neben Wiesbaden, Marburg und Offenbach eine der vier wichtigsten zentralen Sammelstellen. Dorthin transferiert man insbesondere Hitlers und Görings Sammlungen, in den sogenannten Führerbau und das Verwaltungsgebäude, die ehemalige Parteizentrale. Hat nicht in einem dieser beiden Gebäude in der Meiserstrasse unser Regierungschef Édouard Daladier 1938 das verwünschte Münchner Abkommen unterzeichnet? Die hohen, holzgetäfelten Bibliotheken und die Marmorsäulen, eine Nazivariante des klassizistischen Stils, sind in einem einwandfreien Zustand. Offensichtlich war dieser Ort zu gut getarnt, um Bombenangriffen ausgesetzt zu sein.

Man lässt uns durch den Südeingang hinein bis zu einem Innenhof, in dem man uns eine Nummer zuteilt und uns anschließend in den Saal bringt, der unserem Land zugewiesen wurde. Da man mich in Frankreich geraubt hat, bin ich Französin. Mehrere Tage vergehen, bis die GIs mich holen kommen. Die Soldaten heben mich aus meiner Kiste und bringen mich in den großen Lichthof dieses merkwürdigen Gebäudes, der von einem Säulenumgang eingefasst ist. Ein großer, mit Büchern und Katalogen beladener Tisch steht im Zentrum. Etwa zehn Stühle sind im Halbkreis um ihn herum angeordnet. Auf jedem lehnt ein Meisterwerk, das zu diesem seltsamen Kolloqium geladen wurde. Vor allem die Ingres sind an diesem Vormittag gut vertreten: *Ruggero befreit Angelica, Père Desmarets, Der Herzog von Alba in Santa Gudula* und *Jupiter und Thetis.*

Man setzt mich ohne viel Federlesens auf dem letzten freien Stuhl ab und kippt mich gegen die Rückenlehne.

»Sachte, Männer!«, fährt Major Plaut dazwischen. »Oh, sachte, das hier ist keine Munition. Das hier ist ein Ingres, und eine große Dame, die beiden verdienen etwas Rücksichtnahme.«

Die Riege der Kunstkenner ist wieder vereint. Die Bruchstücke, die ich aus ihren Gesprächen aufschnappe, machen mir Hoffnung, Paris wiederzusehen. Außerdem kann ich mir nicht vorstellen, dass meine Familie mich aufgegeben hat. Sie sind vielleicht bereit, auf manche Gemälde zu verzichten, aber nicht auf dieses, nicht auf mich.

Édouard nimmt sich ein Beispiel an seinem Freund David Weill und schickt 20.000 Francs an Hauptmann Djordje Djordjevic und Slavko Uzicanin, zwei royalistische serbische Partisanen, die schon um die zwanzig in Frankreich gestohlene Gemälde wiedergefunden und den Behörden übergeben haben. Sie erklären, als Frankophile gehandelt zu haben, empört durch die Plünderungen, die sie erlebten. Aber wenn mein Enkel sich zu diesem Handeln entschließt, so tut er es vor allem aus Furcht, seine Kunstwerke demnächst auf dem freien Markt wiederzufinden, und das kann man ihm nicht verdenken. Man könnte meinen, er habe wie ich im Führerbau bereits die Clique der Geschäftemacher durch die Gänge streifen sehen, deren Gebaren und Sprache ganz und gar nicht zu der Strenge der *monuments men* passen. Ich würde es zwar nicht beschwören, aber einige unter diesen Kunstagenten sind bestimmt dieselben, die noch vor Kurzem den Juden, die aus Europa flohen, Kunstwerke für ein Spottgeld abgekauft haben. Bestimmte Männer schlagen bei jedem Krieg etwas für sich heraus.

Auf einmal erhebt sich hinter meinem Rücken ein Gemurmel: »Ich habe zwei Kassetten voll mit Rothschild-Schmuck gesehen? Will du einen Blick darauf werfen?« Das hätte ich lieber nicht gehört.

Der Lärm, der durch den hohen Raum noch verstärkt wird, bricht ab, als George Stout den Kreis betritt und sich dicht neben mich und meine Nachbarin, François Bouchers Ölgemälde *Pompadour*, stellt. Er ist Museumskurator in Harvard und übt seine Macht sehr zurückhaltend aus, wie man es bei denen erlebt, die über wirkliche Macht verfügen. Er ist der eigentliche Verantwortliche für die Sammelstellen:

»Meine Herren, wir haben in Deutschland an die fünfhundert gestohlene Kunstgegenstände wiedergefunden, vor allem in den bayrischen Salinen, in Klöstern und Pfarrhäusern. Da nun unsere Mission der Wiederbeschaffung geglückt ist, haben wir zwei Ziele: bewahren und zurückerstatten. Wir haben, was Personal und Material betrifft, die Mittel dazu. Die Mitarbeiter der Restaurationswerkstätten sind sehr fähige Leute. Ich verlasse mich darauf, dass Sie Beschädigungen und … Diebstähle verhindern. *Ein* Raubzug ist genug. Ja, Stewart Leonard, Sie möchten etwas sagen …«

»Verzeihung … Ich würde gerne wissen, ob ich befugt bin, Göring zu vernehmen.«

»Das hängt davon ab, ob es sich lohnt.«

»Es geht um das Prachtstück seiner Sammlung, für das er teuer bezahlt hat, denn er hat es gekauft, den *Christus und die Ehebrecherin.* Er hat sich hereinlegen lassen: Man hat es ihm als einen Vermeer angedreht, aber es ist eine Fälschung von van Meegeren …«

»Genehmigung erteilt, unter einer Bedingung: Dass Sie uns erzählen, was für ein Gesicht er gemacht hat, als Sie es ihm gesagt haben!«

Das Gelächter, das durch die Gänge hallt, lässt uns spüren, dass der Krieg endgültig hinter uns liegt.

Nach einigen Wochen des Wartens in München lädt mich ein großer amerikanischer Lastwagen, der von einer massiven Militäreskorte begleitet wird, zusammen mit siebzig anderen Bildern auf dem Vorplatz des Jeu de Paume ab, jenem Museum, von dem aus man uns fünf Jahre zuvor deportiert hat. Die Behörden hatten zwar drei Säle im Louvre requiriert, doch waren sie damit zu sparsam gewesen, wenn es nicht an ihrem Pessimismus lag, was die Effizienz der Bilderjäger betraf. Der Ausstellungsraum des Jeu de Paume beherbergt jetzt ausländische Malerei und Skulpturen. Man hat dort die Kommission zur Rückführung der Kunstwerke eingerichtet, Verwaltungszentrum und Annahmestelle zugleich.

Die Soldaten lehnen uns einfach gegen die Fassade, und da warten wir nun in den sonnigen Tagen des ersten Herbstes nach dem Kriegsende, dass unsere Familien uns nach Hause holen. Die Kunstwerke, die Frankreich gegen ihren Willen verlassen haben, kehren endlich nach einer allzu langen Abwesenheit zurück. Das Jeu de Paume ist unser Hotel Lutetia.

Auch das Museum findet zu einer Form der Erlösung, die die dunklen Jahre vergessen lässt.

In einem Zwiegespräch zwischen einem Journalisten und einem hohen Beamten wird eine Sichtweise formuliert, die ich so noch nicht in Erwägung gezogen habe:

»Sehen Sie, Vichy hat den Rothschilds im Grunde einen bemerkenswerten Dienst geleistet. Es kam zu keiner echten Konfiszierung oder Versteigerung. Somit wurde der Besitz nicht zerstreut. Die Werke, die in den Depots des Louvre versteckt waren, sind im großen Ganzen in einem guten Zustand. Es konnte ihnen kaum etwas Besseres passieren, als von Hitler gestohlen zu werden, denn das gab ihnen die Sicherheit, beschützt zu werden und leicht auffindbar zu sein. Ich sage Ihnen dies natürlich nur, um die Situation zu beleuchten, nicht damit Sie es in Ihrer Zeitung schreiben, Sie verstehen?«

Würden sie mir ein wenig Aufmerksamkeit schenken, sähen sie zum ersten Mal im Leben, wie ein Portrait die Augenbrauen hochzieht und anschließend die Achseln zuckt.

Eine Person hat es möglicherweise bemerkt, eine Frau in Offiziersuniform, die zu mir tritt und mir ein leises, verschwörerisches Lächeln schenkt, als sei sie froh, mich wiederzusehen; es ist Rose Valland, deren diskretes Heldentum im Dienst der Kunst ich erst jetzt begreife. Später sollte ich erfahren, dass sie als Konservatorin des Jeu de Paume penibel Buch führte, wer welches Bildnis wohin schleppen ließ. Sie gab diese Information an die Résistance weiter, was sie jederzeit das Leben hätte kosten können.

Aus Richtung der Tuilerien nähert sich im Laufschritt ein Mann, als befürchte er, ich könnte ihm im letzten Moment entwischen. Er ringt nach Luft und keucht und ist überglücklich, mich zu sehen. Die Familie in der Rue Laffitte hat ihn, Robert Antonetti, abgesandt, die Gemälde in ihrem Namen abzuholen. Er geht, um sie telefonisch zu benachrichtigen.

Cousin Philippe ist eigens aus Château Mouton angereist, um seinen geliebten Nattier in Empfang zu nehmen, ein Bildnis der Herzogin von Châteauroux, an dem er besonders hängt. Aber mein Urenkel Élie wird sein eigenes Portrait als junger Revolutionär von Laszlo nicht wiederfinden, das in Schloss Laversine gestohlen wurde: Hier an dieser Stelle wurde es von Messerstichen durchbohrt, zur gleichen Zeit wie fünfhundert andere Gemälde, die zur »entarteten« Kunst gezählt wurden, hier auf der Terrasse hinter dem Jeu de Paume, am 23. Juli 1943. Édouard ist da mit seinem Sohn Guy. Während sie die Formalitäten regeln, kommt eine vertraute Gestalt auf mich zu.

Es ist nicht die eines Mannes, sondern die einer ganzen Familie. Er bringt ein unsichtbares Gefolge mit, das nur ich allein erkenne. Ich nehme an, dass es sich um den Enkelsohn von Monsieur Auguste handelt; er hat wohl dessen Geschäfte übernommen. Ihr Umgang mit den Gemälden, denen, die man restauriert, und denen, die man aufhängt, scheint erblich zu sein. Das zeigt sich an der Art, wie sich dieser junge Mensch verhält, dem sein Vater und Großvater alles beigebracht haben, was er wissen muss. Er streift feierlich seine weißen Handschuhe über, befühlt die Leinwand an verschiedenen Stellen, nimmt die Rückseite in Augenschein, runzelt die Stirn, als er flüchtig die Swastika berührt, die mit schwarzer Tinte aufgestempelt ist. Ein prüfender Blick in die Runde, mehr aus Prinzip denn aus Vorsicht, dann tritt er dicht an mich heran, legt die linke Hand leicht an den Rahmen und flüstert mir ins Ohr:

»Sie haben uns schrecklich gefehlt, Madame la Baronne. Aber wir haben nie die Hoffnung aufgegeben, Sie wiederzusehen. Niemals. Willkommen zu Hause.«

Bald werden sie wieder zu mir in die Rue Florentin zurückkehren – das *Selbstbildnis* von Vigée-Lebrun, das *Bildnis der Henrietta Maria von Frankreich* von van Dyck, unsere teure *Pompadour* von Boucher und das *Mädchen mit Muff* von Reynolds, das ich seit vier Jahren nicht gesehen habe. Ein ganzer Posten trifft am 7. Mai 1946 aufgrund der Bemühungen des unentbehrlichen Monsieur Antonetti ein, darunter eine Kommode aus der Zeit Louis' XIV., eine große chinesische Porzellanschale, ein kleiner Krug aus Bergkristall, ein englisches Service und ein Koffer, der ein Tafelservice mit Rechaud enthält, dem die Suppenterrinen fehlen. Man nimmt alles entgegen und weiß doch, dass die Hoffnung, bestimmte Dinge wiederzusehen, illusorisch wäre.

Die Dienststelle für Güter und Interessen von Privatpersonen kann uns dennoch sechshundert der achthundert Archivkisten wiederbeschaffen. Die Schäden sind allerdings irreparabel, und der reibungslose Ablauf der Bankgeschäfte wird darunter leiden. Vieles ist zerstört oder verbrannt.

In der Avenue Rapp, wo die Kommission zur Wiedererlangung unter der Leitung unseres Freundes Carl Dreyfus residiert, stehen die Menschen in langen Schlangen an, mit Fotografien in der Hand, die sie als Eigentümer ausweisen sollen. Unsere Familie schickt lieber das Hauspersonal.

Sie kennen unser Silberzeug besser als jeder andere, denn schließlich haben sie es oft genug poliert. Es reicht, wenn sie einmal leicht mit den Fingerspitzen darüber fahren. Oder sich an ein gelbes Tuch erinnern, das in der linken Schublade einer Louis-XIV.-Kommode vergessen wurde und immer noch dort liegt. Aber keine der Zeichnungen, keiner der kleinen Silberlöffel wird je zurückkehren.

Die Bank lässt wissen, dass sie die Bewegungen der Effekten und Zahlungen vor 1938 nicht mehr im Detail rekonstruieren kann, da die Deutschen die Buchhaltungsbelege gestohlen, zerstört oder beschlagnahmt haben.

Ich habe mich vor dem Augenblick der Wiederbegegnung gefürchtet. Eines unserer ersten Familientreffen nach Kriegsende findet in der Rue Saint-Florentin statt. Es trägt ganz den Stempel der Improvisation, der in jenen Tagen alle Vorgänge und Abläufe prägt. Die Kinder wollen Frankreich für das danken, was es uns von unserer Sammlung zurückgegeben hat, vorausgesetzt, man kann den Staat wirklich von dem Vichy-Regime trennen. Sie gehen nicht ins Detail, was dies betrifft, es ist nicht der richtige Moment dafür. Die Kunstwerke wurden von den Deutschen geraubt, von den Alliierten wiederbeschafft und endlich nach Frankreich zurückgebracht. Dieses Ereignis gilt es zu feiern.

»Also, wir werden die *Lady Alston* von Gainsborough stiften und eine Elfenbeinstatue aus dem 12. Jahrhundert«, erklären Élie und Alain, die beiden Söhne meines Enkels Roberts.

»Meine Mutter, meine Schwestern Jacqueline und Bethsabée und ich«, lässt sich Guy vernehmen, »überlassen dem Louvre das *Bildnis der Marquise Doria* von …«

»Das ihm zugeschriebene …«

»… das van Dyck zugeschriebene Portrait, und wir werden darauf hinweisen, dass es im Gedenken an unseren Großvater Alphonse geschieht.«

Aber das ist nicht das einzige Ziel dieser kleinen Zusammenkunft. In den Vereinigten Staaten wird eine große Ausstellung mit einer etwas eigenwilligen Ausrichtung vorbereitet: Man will Werke zusammentragen, die französischen Sammlern von den Deutschen geraubt und von der amerikanischen Armee wiedergefunden wurden. Mein Urenkel Guy hat dieses wohlwollende Komplott gemeinsam mit John Walker, dem Kurator der National Gallery of Art in Washington, und Théodore Rousseau vom Metropolitan Museum of Art in New York geschmiedet. Aber es scheint undenkbar, solange sich die Versicherungspolicen nicht senken lassen.

»Wieviel?«

»Sechzigtausend Dollar.«

»Ich sehe nur eine Lösung«, wirft eines der Kinder in lässigem Ton ein, »nämlich auf Versicherungen zu verzichten!«

»Das kann nicht dein Ernst sein! Sie wollen den *Astronom*, ja, den Vermeer! Und das *Portrait eines Mannes* von Fragonard, die *Frau mit Blume* von Frans Hals, und dann noch …«

Zum ersten Mal, seit man mich wieder an die Wand gehängt hat, sind so viele Augenpaare von Rothschilds lange stumm auf mich gerichtet.

»Betty?«

»Nein, Urgoßmutter nicht!«, meldet sich einer der Jüngsten.

»Ingres gehört zu dem Posten, sie kennen die Geschichte

des Gemäldes. Wenn es uns schon schwerfällt, uns überhaupt von ihr zu trennen, will ich nicht einen Moment daran denken, sie ohne Versicherung ziehen zu lassen.«

Ich im Übrigen auch nicht, denn im Falle eines Missgeschicks würde mir auch die höchste Deckungssumme nicht mehr diese Form von Ewigkeit zurückgeben können. Doch das Risiko besteht nicht, denn im Kleingedruckten der von Guy herbeigebrachten Briefe steht etwas, das sie dazu bringt, das Vorhaben auf unbestimmte Zeit zu verschieben.

»Es handelt sich nicht nur um eine Reise von Washington nach New York und zurück! Da sie einen Teil der Kosten für den Transport und die Versicherungen übernehmen müssen, wollen sie diese amortisieren, indem sie die Ausstellung durch das Land schicken …«

»Unmöglich.«

Man muss einen Schlussstrich unter den Krieg ziehen, obwohl das besonders schwer ist. Diese unvorhergesehene Reise nach Deutschland, das Land meiner Herkunft, dieser Aufenthalt hat mir einen unauslöschlichen Stempel aufgedrückt, auch wenn mir meine Familie zweifelsohne das erniedrigende Hakenkreuz, das man mir auf den Rücken tätowiert hat, möglichst schnell abnehmen wird. Es ist noch zu früh, um im ganzen Ausmaß zu begreifen, was diese vier letzten Jahre mir angetan haben. Später einmal, vielleicht.

Einstweilen möchte ich am liebsten vergessen, was ich gehört habe, vergessen, was die Nazis aus meiner einst so schönen Muttersprache gemacht haben. Man wird warten müssen, bis das Deutsche sich von der Vergiftung erholt hat, bis man die Sprache wieder wird lieben können wie damals,

als sie noch die Sprache von Heine und Hölderlin war. Erst danach werde ich verstehen, was ich gesehen habe. Vorläufig richte ich mich wieder ein in der Welt der Lebenden, gewappnet mit einer erquickenden Überzeugung, dem Echo einer Rede von Bouvier, diesem exquisiten Genfer Moralisten: Wenn wir glauben, eine Reise gemacht zu haben, erkennen wir nicht, dass in Wirklichkeit die Reise etwas aus uns gemacht oder uns zunichtegemacht hat.

5

Im Louvre

Anderthalb Jahrhunderte sind seit meinem Tod vergangen, und ich hatte das seltene Glück, meine Familie nie verlassen zu müssen, wenn man von der Zeit in Neuschwanstein und im Salzbergwerk von Altaussee absieht. Mein Portrait wurde von einem ältesten Sohn an den nächsten weitergereicht, von meinem Sohn Alphonse an dessen Sohn Édouard, von diesem an Guy, und ich nehme an, dass ich eines Tages bei Guys Sohn David leben werde.

Unsere Familie ist großzügig, das können die französischen Museen bezeugen. Unsere Freigebigkeit übertrifft sogar alles, was man von Personen unseres Standes gewöhnlich erwartet; man muss nur die Spenden und Stiftungen der Rothschilds mit denen anderer französischer Familiendynastien vergleichen, um sich davon zu überzeugen. Die Leute machen sich keine Vorstellung von der Quantität und der Qualität dessen, was die Rothschilds auf die eine oder andere Art ihrem Land geschenkt haben: Gemälde, Zeichnungen, Möbel, Tapisserien, Kunstgegenstände … Es kusiert die Zahl von siebzig Millionen Kunstwerken, bei der die Gebäude noch nicht mit eingerechnet sind. Aber es fiel ihnen leichter, Frankreich unschätzbare Werte zu schenken, als mich zu Ausstellungen in die Welt zu entsenden. Dahinter stand keinerlei Kalkül, und nur ein Verrückter könnte die Absicht vermuten, man habe mein öffentliches Auftreten eingeschränkt, um mich noch begehrenswerter zu machen. Meine Familie wollte mich lediglich vor Schicksalsschlägen bewahren.

»Vorsicht mit Urgroßmutter!« warnt Guy jedes Mal lachend, wenn ein Besucher mir zu nahe kommt. Nur ein sehr gewitzter Beobachter könnte entscheiden, ob er eine mit einer großen Symbolkraft ausgestattete Ikone der Rothschilds schützen möchte oder ein Portrait von Ingres, das als eines seiner berühmtesten gilt.

Beides vermutlich.

Gewisse Personen, die ihn nicht schätzten, versicherten im Brustton der Überzeugung, Ingres habe mich regelrecht belagert, um die Erlaubnis zu erhalten, mein Portrait zu malen. Sie kennen ihn schlecht. In Wahrheit musste ich ihn bedrängen, bis er einwilligte.

Mein Mann und ich waren Monsieur Ingres zum ersten Mal auf einem Ball begegnet. Je häufiger er sich weigerte, Portraits zu malen, desto mehr Anfragen erhielt er. Er spielte den Bescheidenen, klagte aus Prinzip und scheute auch nicht vor einer emotionalen Erpressung zurück, wenn er nicht gleich drohte, sich ganz aufs Land zurückzuziehen. In Wahrheit hatte Jean-Auguste Dominique Ingres eine hohe Meinung von sich. Das war auch nötig: Die Kritiker hatten seine klassizistischen Werke lange verhöhnt und die dunkle Romantik eines Delacroix bevorzugt. Auch auf sein virtuoses

Geigenspiel war er stolz. Kein Zweifel, dass ich seiner Ansicht nach zur Kategorie der mondänen Damen gehörte. Er regte sich auf: »Ich bin doch 1841 nicht aus Italien zurückgekehrt, um Gesellschaftsportraits zu malen!«

Tatsächlich verwünschte dieser leidenschaftliche Anhänger der vollkommenen Geste die Portraits, weil sie so schwer auszuführen waren. Sie hielten ihn davon ab, sich ganz seinen monumentalen Allegorien zu widmen. Doch seit seinem großartigen Doppelerfolg, 1832 mit dem Portrait von Monsieur Bertin und zwei Jahre später mit dem des Grafen Molé, wollte alle Welt sich von ihm malen lassen. Er erklärte, die Auftraggeber seien hinter ihm her wie Schuldeneintreiber. Aus seiner Sicht war das Portrait als Genre seines Genies unwürdig, und Ausnahmen machte er nur für besondere Persönlichkeiten wie den jungen Herzog von Orléans, den Friedensstifter Algeriens und großen Kunstmäzen, dem er eine tiefe Bewunderung entgegenbrachte. Das Genre fiel für ihn unter die Kategorie der lästigen Pflichten für Notzeiten; diese Arbeit eines Galeerensklaven, wie er sie nannte, erinnerte ihn fatal an eine unerfreuliche Zeit, in der ein Auftrag auf den anderen gefolgt war und die Arbeit daran ihn davon abgehalten hatte, sich seiner wahren Bestimmung zu widmen. Von dem Tag an, an dem seine Portraits zu einer öffentlichen Gattung geworden waren, wurde seine Leidenschaft für historische Sujets weniger ausschließlich.

Von seinen Schülern verehrt und vergöttert, musste er übermäßig viel Zeit damit zubringen, sich lästiger Störenfriede und Bittsteller zu erwehren. Die scharfsinnigsten ließen sich von seiner gesellschaftlichen Strategie nicht täuschen. Nur die beharrlichsten gelangten unauffällig an ihr

Ziel, aber was tut das zur Sache. Man kann über Ingres sagen, was man will, ein Künstler wird immer an seinen Werken gemessen. Der Rest ist Klatsch. Sein erster Biograf, Eugène de Mirecourt, ging übrigens so weit, Ingres' Domestiken mithilfe von Geld zu Indiskretionen zu bewegen.

Ich hatte alles versucht, Briefe, Besuche, Körbe mit Wildbret. Der Belagerung müde, streckte er endlich nach zwei Jahren die Waffen; doch noch war kein Sieg errungen, denn es kam vor, dass er einen Auftrag annahm, ihn jedoch niemals ausführte. Ich möchte gerne glauben, dass meine Gegenwart, mehr noch als mein Geld oder meine Entschlossenheit, seinen Widerstand brach. Im Übrigen brachte er mehr Willensstärke auf, als er einige Zeit später ein ähnliches Ansinnen von James ablehnte.

Man hatte mich gewarnt, dass er keine Fristen einhielt. Und die Skeptiker behielten recht. Mein Portrait, 1841 in Auftrag gegeben und 1844 begonnen, wurde erst 1848 vollendet; Madame Vigée-Lebrun, Marie Antoinettes Lieblingsmalerin, war erst vor wenigen Jahren aus dem Leben geschieden. »Vollendet« ist freilich nicht das richtige Wort; Ingres musste partout diesen unentbehrlichen Hauch des Unvollendeten bewahren, das dem Werk seinen wahren Glanz verleiht. Bedauerlich, dass es immer noch Menschen gibt, die in den Schleifen an meinem Kleid einen nachlässigen Pinselstrich zu sehen meinen, denn genau darin erweist sich der wahre Könner.

Ingres fand die Pose gleich bei unserer ersten Sitzung. Wir sprachen über die jüngsten Ereignisse, also auch über den neuesten Einfall des Direktors der École des Beaux Arts, der die Medaillen, mit denen die Preisträger des Salon de Paris ausgezeichnet wurden, durch Porzellan aus der Sèvres-Manufaktur ersetzen wollte. Die Gesellschaft mokierte sich über diesen Vorschlag, der jedoch bei näherem Nachdenken gar nicht so dumm war.

Dies war die erste Station eines Kreuzweges, für ihn wie für mich. Wie oft unterbrach er die Arbeit, um sie erst nach Wochen, wenn nicht gar nach Monaten, wiederaufzunehmen! Böse Überraschungen traten dazwischen, insbesondere der Tod des Herzogs von Orléans, der uns beide tief betrübte, und so waren in diesem seltenen Fall beide verhindert, das Modell wie der Künstler. Ingres hatte mich ganz zuoberst auf die Liste seiner vordringlichsten Aufgaben gesetzt. Den Kopf vollenden! Das wiederholte er unablässig in seinen Briefen wie ein Besessener. Den Kopf von Madame Rothschild vollenden! Mein Kopf war lange weiß und leer geblieben, auch noch, nachdem Ingres in einer Ecke des Zeichenblatts mit großem Zartgefühl eine Studie meiner Hand angefertigt hatte, auf der man eine lange Lebenslinie erkennt. Meinen Kopf fürchtete er; er musste sich zunächst mit meinen Gesichtszügen vertraut machen, sich diese in allen Einzelheiten einprägen, bevor er sich an meine Augen wagte. Man könnte meinen, er habe die ganze Zeit über nur daran gedacht, obwohl er sich doch gleichzeitig die Comtesse de Haussonville aufgehalst hatte und dazu die Wandmalereien in Schloss Dampierre, die der Herzog von Luynes bei ihm in Auftrag gegeben hatte. Von da an brauchte ich ihn nicht mehr zu drängen. Nun war er es, der mich bestürmte in der Hoffnung auf eine zusätzliche Sitzung, die lange genug währen würde, um das Gemälde zu einem glücklichen Abschluss zu bringen.

Was erwartet man von einem großen Künstler, wenn nicht die Fähigkeit, das von einem Gesicht einzufangen, was im Wandelbaren des äußeren Erscheinungsbildes unveränderlich bleibt? Was er malt, das wird Bestand haben. Ein Portrait formt sich im Grunde um ein Antlitz herum. Das perfekte Oval eines Gesichts. Monsieur Ingres war von meinem besessen. Er hatte mit den Augen begonnen, dann die Haare mit wenigen Strichen angedeutet; es folgten Nase, Lippen und Wangen und schließlich das Kinn. In meinen Blick legte er ein wenig Ironie, ein wenig Melancholie. Ich erwartete nicht, dass er mir die Reinheit der Madonna Candelabra oder die seiner Heiligen Jungfrau in Anbetung der Hostie verleihen würde. Nur ein wenig Stolz in die Anmut und eine Spur Modernität in die Würde mischen.

Am Ende gibt er mir einen sanften, intelligenten Blick mit einem gewissen Etwas, einem seelenvollen Ausdruck, gerade ausreichend, um dem Betrachter das Gefühl zu verschaffen, dass ich ihm eine Privatangelegenheit, eine kleine Intimität anvertrauen werde. Der Kopf als Ganzes wurde erst fertig, nachdem man mir auf Ingres' Anweisung hin eine Frisur wie aus schwarzem Samt verpasst hatte, besetzt mit nach beiden Seiten herabfallenden weißen Federn; als er Rabenflügelreflexe auf meine Haare gesetzt hatte, was manche zu der Aussage veranlasste, ein gewisser van Dyck habe dort seine Spuren hinterlassen.

Ich war noch keine vierzig, als er mit meinem Portrait begann, und etwas darüber, als er es beendete. Momente hinterlassen stärkere Spuren als Daten, besonders im Gedächtnis einer Frau, die sich in der Lebensmitte bewegt. Nun, so bleibe ich künftig dieselbe bis in alle Ewigkeit.

Alterslos zu sein und nicht alt zu erscheinen, das ist ein Privileg, das ich Dorian Gray streitig machen könnte. Zumal ich existiere, im Gegensatz zu ihm. Wünschen wir uns Glück, damit keiner je daran denkt, uns zu erdolchen.

Als mein Portrait fertiggestellt, oder sagen wir besser geliefert worden war, erschien es mir harmonisch. Die Kraftakte und die Bravourstücke waren daraus verschwunden. Es war nicht ein Gemälde, sondern sofort ein Portrait, und mehr als das – bereits eine Person. Die Stofflichkeit der Seide verlangte nach Berührung und die glatte Haut nach Zärtlichkeiten. Behaupten zumindest diejenigen, die es für das intimste und warmherzigste aller Frauenbildnisse von Ingres halten.

Ist es mir ähnlich? Man erkennt den Ausdruck und das Temperament, einen Charakter und einen Willen, was viel wichtiger ist als der exakte Umriss der Lippen. Mein Lächeln strahlt eine schöne, reife Gelassenheit aus.

Mein Glück war ungetrübt, obwohl ich noch warten musste, bis ich nach Hause durfte, denn der Meister dachte nicht daran, mich einfach so gehen zu lassen. Zunächst zeigte er mich im Sommer 1848 in seinem Atelier. Louis Geoffroy war einer der Ersten, die mir einen Besuch abstatten durften, eine ganz besondere Gunst, zu der der Bekanntheitsgrad der *Revue des Deux Mondes* zweifellos das Seine beitrug. Ingres hatte mich mit Bedacht in einem separaten Raum ausgestellt, damit das Auge nicht durch das andere Gemälde abgelenkt würde, das der Kritiker an jenem Tag beurteilen sollte, die *Venus Anadyomene.* Die Tatsache, dass er bei sich eine Rothschild ausstellte, während gleichzeitig das Haus eines anderen Rothschild von Aufrührern geplündert wurde, zeugte von einem gewissen Mut.

»Sinnlich, sehr sinnlich«, wiederholte der Kritiker ein ums andere Mal, ohne dass ich gewusst hätte, ob er mit diesem Wort das Gemälde oder das Modell meinte; in solchen Augenblicken nimmt man es dem Französischen übel, dass es nicht präziser ist und uns sprachlich im Zweifel lässt. Man merkte Louis Geoffroy bei alledem an, dass ihm der Respekt vor dem Modell Zügel anlegte, wodurch ich zu der Auffassung gelangte, dass ihn wohl eher das Gemälde um seine Seelenruhe brachte.

Wie kommt es, dass ich jedes Mal, wenn er die so seltsam »orientalisch« anmutende Aura betonte, die von dem Gemälde ausginge und sich vor allem im hochgewölbten Bogen meiner Augenbrauen zeige, das Wort »semitisch« zu hören glaubte? Er betrachtete mich zweifellos als die Quintessenz des Jüdischen und der Rothschilds, eine gewissermaßen biblische Gestalt, Ingres' eigenen Turquerien entsprungen, aus Chassériaus *Toilette der Esther* gefallen oder eine von Delacroix' *Frauen von Algier.* Unglaublich, welche exotischen Phantasiebilder die solide literarische und künstlerische Bildung bei unseren Zeitgenossen hervorbringt, die sie dann auf uns übertragen: dichte Wimpern, zurückhaltende Anmut, matte Blässe, kohlschwarze, olivbraun umschattete Augen und nicht zuletzt ihr Schmuck. Nicht wenige von Balzacs Lesern werden geneigt sein, den Glanz des Orients nicht nur in Esther Gobsecks, sondern auch in meinen Augen zu entdecken. Noch ein kleiner Schritt und sie werden in meinem Bild eine Variante des *Türkischen Bades* sehen! Der Mythos von der bestrickend schönen Jüdin ist noch längst nicht am Ende.

Bewahren wir uns den Glanz, und überlassen wir das Elend den Kurtisanen.

Mein Dekolleté war schicklich; zudem hatte ich darauf geachtet, Hals und Handgelenk nur mit Perlen von Guillion zu schmücken und auf den angeblich so künstlerischen Schmuck von Fossin zu verzichten. Zurückhaltung ist das unverzichtbare Kriterium des guten Geschmacks. Nur Emporkömmlinge tragen Diamanten bei Sonnenlicht. Dieser Kritiker, davon bin ich zutiefst überzeugt, war auch von der Sinnlichkeit der anderen Gesellschaftsportraits des Künstlers bezaubert, doch darüber konnte er sich vor mir nicht äußern.

Er war deshalb nicht weniger von mir eingenommen. Vor dem Farbenreichtum von Ingres' Palette musste er die Waffen strecken. »Das ist *Monsieur Bertin* plus Farbe!«, rief Louis Geoffroy aus, um die Kraft, das Format und die Kühnheit der Ausführung besser beschreiben zu können.

Dank seiner wurde das Portrait sofort verstanden und von den ersten Betrachtern gut aufgenommen. Erst anschließend durfte ich zum ersten Mal nach Hause.

Ingres hingegen ging auf Reisen. Seine Frau, mit der er eine musterhafte Ehe geführt hatte, war 1849 gestorben. Er trauerte. Um dann mit 71 Jahren noch einmal zu heiraten.

Im Jahre 1867 ließ mich meine Familie zum ersten Mal ausgehen. Wir lebten noch in dieser Welt, James und ich, aber Ingres hatte uns soeben verlassen. Zuvor verbrachte er ein vergnügtes Alter – es hieß, er habe sich, wenn er die Treppe hinunterging, nicht einmal am Geländer festhalten müssen. Er wurde mit Ehrungen überhäuft, und 1855 erhielt er auf der Weltausstellung – ebenso wie sein Rivale Delacroix – ganze Säle zur Präsentation seiner Kunst. An einem Winterabend öffnete er weit die Fenster, nachdem ihn seine Freunde verlassen hatten, um den Rauch aus dem Zimmer zu vertreiben. Dabei zog er sich eine Erkältung zu. Er war sechsundachtzig und zeichnete immer noch. Seine Seele entfloh in die Kirche Santa Maria del Carmine in Florenz, in den Vorhof zum Paradies, als der ihm die Brancacci-Kapelle galt, in der Masaccio sein Genie hatte walten lassen.

Wir hatten kaum eine Wahl, da die École des Beaux Arts in aller Eile eine große posthume Hommage durchführen wollte. So fanden sich einhundertundfünfzig Gemälde ein, vierzig Zeichnungen und zahlreiche Menschen. Die Portraits wurden besonders aufmerksam zur Kenntnis genommen. Für mich war dies eine ganz neue Erfahrung, denn noch nie war ich dem Blick der Menge auf eine solche Art ausgesetzt worden. Jetzt aber bestaunten wildfremde Menschen mein Bildnis. Es wurde gelobt, aber kaum kommentiert.

»In wahren Historiengemälden wie in diesen Portraits, die zugleich Typen wie Individuen darstellen, findet sich die Physiognomie jeder unserer gesellschaftlichen Schichten durch charakteristische und mithin verallgemeinerte Merkmale wieder«, formulierte der Kritiker Amédée Cantaloube vor seinen einfältigen Zuhörern kühn.

Ein anderer Kritiker, und nicht der schlechteste, nämlich Charles Blanc, ging mit seiner Analyse noch weiter: »Dieses Portrait mit seinem Zierrat und seinen Juwelen lässt eine gefällige und zartfühlende Ausführung erkennen, ohne dass die dargestellte Person durch die Pracht ihrer Kleidung oder den natürlichen Reichtum ihrer Umgebung erdrückt würde. Als hätte man sie in ungekünstelter Haltung bei einer Salonplauderei überrascht, sitzt Madame de Rothschild auf einem mit granatfarbenen Samt bezogenen Kanapee … Das Seidenkleid, die Colliers, die Perlen, die Armbänder, die Diamanten und Federn, wenn auch im Stile Holbeins gestaltet, bereichern das Bild, ohne es zu überstrahlen.«

Und sein Kollege Galichon fällte das abschließende Urteil: »Eines der schönsten Frauenbildnisse von Monsieur Ingres.«

Das alles konnte ich in den Gazetten lesen. Warum blieb in meinem Gedächtnis nur ein bemerkenswertes Detail haften, die unermüdliche Anwesenheit meiner beiden treuesten Besucher, zweier homophiler Antiquitätenhändler, die die weltläufigen Pariser hinter ihrem Rücken »Sodom und Kommode« nannten?

Das nächste Mal ließ man mich für kurze Zeit zu zwei Pariser Ausstellungen in den Jahren 1874 und 1910 außer Haus. Ich lernte die Spezies der Museumsbesucher kennen. Man würde sie gerne an die Hand nehmen, aber nicht, um die Werke zu schützen (dies schaffen sie sehr gut allein) und schon gar nicht, um sie zu erklären (die sicherste Methode, ihr Geheimnis zu zerstören).

Hier schloss ich auch reichlich Bekanntschaft mit einem leider unvermeidlichen Gesindel, den Gift spritzenden Kritikern und Lohnschreiberlingen. Wenn sie nicht wissen, was sie von einem Bild halten sollen, dann unterstellen sie böse Absicht. Die brillante Formulierung ist ihre Lieblingswaffe, aber sie ist ein stumpfes Schwert. »Man hat jemanden vor sich, der am liebsten sklavisch die alten Meister kopieren möchte!«

Words, words, words. Man kann sich gar nicht genug hüten vor diesen Worten, die die Bedeutung von Kunstwerken erstarren lassen, und noch mehr dann, wenn der Niemand, der sie benutzt, glaubt, jemand zu sein, nur weil er sich dessen Worte angeeignet hat.

Ich habe Ingres über seine Arbeit sprechen hören, vor seinen Schülern und einigen seiner Freunde. Im Gegensatz zur Frau Hiobs, die in Georges de la Tours Bild den Kopf einziehen muss, befindet sich mein Gesicht genau im Mittelpunkt des Gemäldes. Der Maler hat mir über dem Kopf Luft und Raum zugestanden. Viel mehr als der Comtesse Othenin d'Haussonville, der Tochter des Herzogs de Broglie, oder Madame Moitessier. Ich vermute, dass er es getan hat, damit die Pracht meiner Robe den Betrachter nicht überwältigt.

»Nein, dieses Kleid! Hast du dieses Kleid gesehen! Das Kleid macht das Gemälde aus. Noch nach Jahrzehnten bauscht sich der Stoff. Allein die Verarbeitung der Seide ist schon ein Bravourstück ...!«

Die Betrachter sehen nichts anderes, allesamt, immer nur das. Sie haben nur Augen für das Kleid. Es stachelt die Phantasien und die Deutungslust an. Sicher, mein Kleid ist wunderschön. Es existierte vor dem eigentlichen Portrait, wurde bereits in die Vorarbeiten einbezogen. Als Ingres mich zu zeichnen begann, skizzierte er meine Robe mit Graphit auf liniertes Papier, wobei er einen Schwarzsteinstift und weiße Kreide benutzte. Als einzigen Hinweis schrieb er das Wort »hell« darauf. Es gibt nichts Besseres als Skizzen, um die Empfindungen zu ordnen.

Im Sitzen trägt eine Frau eine solche Toilette nicht auf dieselbe Weise wie im Stehen. Wenn sie Platz nimmt, gestaltet sie aus dem Kleid eine Idee, die sich um den Körper herum bewegt; hat sie ihre Haltung gefunden, lässt sie sich von ihrer Toilette umhüllen, als handele es sich um die Überreste einer verlorenen Zivilisation. Meine ist für sich genommen schon ein schillerndes Ambiente.

Ingres schenkte der Darstellung der Stoffe eine solche Aufmerksamkeit, dass sich sein ganzes Genie in die Kunst des Faltenwurfs zu flüchten schien. Welche Virtuosität in den Schleifen aus Seide und Gaze, in der Fülle des weit geschnittenen Rocks und der Darstellung der doppelreihigen Perlenkette! Was habe ich nicht alles über dieses Ballkleid zu hören bekommen! Manche erfinden ganze Geschichten darüber, zwei Lager stehen sich gegenüber, man traut sich nicht, Theorien zu entwickeln. Louis Geoffroy hat damit angefangen, er hat diese ganze Geschichte 1848 ins Rollen gebracht. Anderthalb Jahrhunderte sind vergangen, eine lange Zeit; und dennoch kommt heute wieder einer daher, an der Spitze einer Touristenhorde, führt das große Wort und plappert diesen Zeitungsartikel nach, als sei er gestern erst erschienen:

»Ursprünglich war das Kleid gemäß dem Wunsch von Madame Rothschild blau. Aber als er das Gemälde fertiggestellt hatte, war Ingres mit der Wirkung unzufrieden. Und ohne irgendjemandem ein Sterbenswörtchen zu verraten, änderte er die Farbe zu der, die wir heute kennen. Seine Auftraggeberin war entrüstet und forderte ihn auf, die Ursprungsfarbe wiederherzustellen …«

»Und wie hat er reagiert?«, wirft einer seiner Zuhörer ein, der die Reaktionen der Umstehenden bemerkt hat und sich zum Wortführer der Gruppe aufschwingen will.

»›Madame‹, hat ihr der Künstler mit bewundernswertem Gleichmut geantwortet, ›ich male für mich und nicht für Sie. Ich würde das Portrait lieber behalten, als etwas daran zu ändern.‹ Großartig, nicht?«

»Großartig!«

»Er hatte natürlich recht. Da ein Künstler nur dem gehorcht, was sein Instinkt ihm befiehlt, hat er immer recht. Die Brüder Goncourt mögen seine »bedauerliche Schwäche für die Farbe Rosa« verspottet haben, er hat recht behalten. Sehen Sie, wie dieser Farbton dem Gemälde insgesamt eine warme Tönung gibt? Wenn Sie näher treten, werden Sie allerdings feststellen, dass in diesem Blau auf der Höhe des Oberteils ein Rest des alten Kleids zu erkennen ist wie eine Erinnerung an eine geheime Schlacht, die nach hartem Ringen gewonnen wurde.«

Eine Schlacht! Darüber sollte man mit einem Lächeln hinweggehen und die Dinge mit, sagen wir, einem gewissen Gleichmut nehmen. Künstler verwenden die Farbe nach der Erinnerung und große Künstler allemal. Ingres musste meine Toilette nicht erfinden, aus dem einfachen Grund, weil es sie gab. Ein Bericht im *Journal des dames et des modes* vom März 1873 bezeugt das. Der Journalist, der sich an jenem Abend zu einem Konzert im Haus der Herzogs von Nemours aufhielt, bemerkte meine Robe, die er ganz im Stil seiner *Revue* beschrieb: »… aus rosenfarbenem Taft, in ganzer Länge mit Tüllrüschen besetzt, die vier Borten bilden …, flaches Oberteil, dekolletiert, vorne mit spitz zulaufenden und mit kleinen Diamanten besetzten Rüschen verziert …, kurze Ärmel und zu blumigen Knoten geschlungene Seidenbänder auf der Schulter, die auf den Ärmel fallen …«

Es war in der Tat eine Abendtoilette in einem für die Zeit sehr modischen Farbton, die das *Lady's Newspaper* »afrikanische Rose« nannte. Die Farbe gefiel mir, ich machte sie zu der meinen, so wie ich mir das Gedicht des guten Théophile

Gautier mit dem Titel *À une robe rose* aneignete, auch wenn ich nicht weiß, ob meine Robe ihn dazu inspiriert hat:

Zart wie ein Bienenflügel
Frisch wie das Herz der Teerose
Gaukelt sein Stoff kirschrot
Kosend um deine Schönheit.

Das Kleid ist unzweifelhaft die Attraktion dieses Gemäldes, aber Monsieur Ingres besaß die Liebenswürdigkeit, so zu malen, dass es mich nicht überstrahlt und dass seine Pracht durch meine Gesichtszüge und meine Haltung sublimiert wird. Es zieht den Blick auf sich, aber es absorbiert ihn nicht. Man wird nie sagen können, dass das Kleid der Baronin Rothschild das Gegenstück zum Schal der Comtesse de Tournon ist, den er erfinden musste, um von ihrer Hässlichkeit, ihren allzu hochgewölbten Augenbrauen, ihrer hervorspringenden Nase und ihrer Warze abzulenken.

Die große Werkschau anlässlich des hundertsten Todestages von Ingres im Jahre 1967 fand nicht im Louvre, sondern im Petit Palais statt. David und Delacroix dagegen, das sollte man erwähnen, wurden mit allen Ehren bedacht. Rot getäfelte Säle und große Galerien.

Eines Vormittags hebt sich ein seltsamer Fotograf von der Menge der Besucher ab. Seine Leica am Umhängeriemen ist ausgesprochen diskret, er selbst ist es weniger. Er scheint aufgebracht, wenn nicht gar in einem Zustand andauernder Gereiztheit. Er ist mir schon am Abend zuvor aufgefallen, weil er der Einzige war, der in der ruhigsten Stunde des Tages zwischen den Bildern umherspazierte und seinen faltbaren Sitzstock immer vor demselben Bild abstellte, um sich mit der Nonchalance eines Golfspielers daraufzusetzen. Dann zog er sein Skizzenbuch hervor und machte sich mit ungetrübter Zufriedenheit ans Werk. Doch genau in diesem Moment scheint ihn wieder der Groll auf die ganze Welt zu ergreifen, was er seinem Begleiter sogleich mitteilen muss:

»Sieh sie dir an! Nun sieh sie dir doch an!«

»Schon gut, Henri. Sie haben dir doch nichts getan …«

»Sieh dir den an, der vor diesem wunderbaren Ingres steht, es ist immer dasselbe …, er pflanzt sich vor ihr auf, starrt sie ein paar Sekunden lang an und dann, siehst du, geht er plötzlich auf die Cartouche zu. Jetzt will er es wissen! Und warum, Monsieur, sagen Sie uns warum!«

»Henri!«

»Wozu soll es gut sein, dass Sie so hastig auf die Erklärungen zusteuern, auf die Untertitel? Ich will es Ihnen sagen, Monsieur: Weil man nicht mehr weiß, wie man etwas betrachtet. Man sieht, aber man betrachtet nicht mehr. Das ist die Krankheit unserer Zeit: Man will i-den-ti-fi-zie-ren. Ich will Ihnen sagen, was Sie erfahren, wenn Sie dieses Messingschild lesen: Das Gemälde misst 141,9 Zentimeter in der Höhe und 101 Zentimeter in der Breite (das hätte man sich denken können), es trägt den Titel Baronin James de Rothschild (nein, James war nicht ihr Vorname), es handelt sich um Leinwand, die auf Holz aufgezogen wurde (Sie wissen doch hoffentlich, was das bedeutet), es trägt am unteren Rand links die Signatur *J. Ingres pinxit 1848* (nehmen wir an, das Lateinische ist Ihnen vertraut), und es stammt aus einer Privatsammlung (die Versicherung verbietet uns zu sagen, welche). Und nun? Nun gar nichts. Sie werden mit dem Gefühl weitergehen, Rothschild persönlich begegnet zu sein, und Sie werden das Wesentliche verpasst haben …«

Der Fotograf unterstreicht seine Worte mit ausholenden Gesten, sodass man ihn von Weitem für einen Orchesterdirigenten oder einen Wahnsinnigen halten könnte:

»… die deutlich erkennbare Unterteilung der Komposition in zwei Hälften mit einer vollkommenen Schmucklosigkeit oberhalb der Horizontlinie und einer außerordentlichen Komplexität darunter, die unzweifelhaft venezianische Herkunft der Stoffe, das frische Kolorit …«

Der Besucher, ein kleiner Mann von olympischer Gelassenheit, ist von diesem Ausbruch sichtlich betroffen. Er sagt nichts, tritt von dem Schild zurück, ohne es gelesen zu haben, kehrt zu mir zurück, fasst mich ins Auge und fühlt sich dann seinerseits bemüßigt, einen Kommentar zur Komposition abzugeben:

»Das behält man, nicht wahr, das wird im Gedächtnis haften bleiben.«

»Es gibt nur eine Methode, das herauszufinden – bei einem Foto wie bei einem Gemälde.«

Kaum hat er das ausgesprochen, macht »Henri« Anstalten, mich zu packen, und wäre sein Freund nicht eingeschritten, wäre es ihm auch gelungen.

»Sehen Sie her, Monsieur, Sie stellen sie einfach auf den Kopf, Sie schütteln, und wenn die Elemente nicht herausfallen, heißt das, die Komposition ist in Ordnung und wird haften bleiben.«

Der kleine Mann blickt mich an, und anstatt den Zorn der Wärter auf sich zu ziehen, indem er mich anfasst, verdreht er den Hals, um mich verkehrtherum zu betrachten. Ich weiß nicht, was er gesehen hat, aber ich weiß, was er nicht gesehen hat: den Spaßvogel von Fotografen, der hinter seinem Rücken ein Foto von dieser skurrilen Szene macht, und zwar mit einer so raschen Wendung des Oberkörpers und einer so flinken Bewegung, dass nicht einmal sein Freund etwas von diesem Geniestreich mitbekommt, den er mit der Wendigkeit eines Zitteraals ausgeführt hat.

Um die zwanzig Jahre vergingen danach, bis man mich zum ersten Mal auf eine weite Reise schickte, »freiwillig« diesmal. Es war das Jahr 1985, das Ziel hieß New York. Ein Erlebnis gewiss, aber diese Museumsvölkchen gleichen sich überall auf der Welt. Wissen die Liebespaare, deren Lippen sich heimlich suchen und finden, denn wenigstens, vor wem sie ihr Spiel treiben? Der Ausstellungsraum ist ihr Theater. Wenn sich ein Wärter nähert, tun sie, als würden sie sich für die Bilder interessieren und unterdrücken ihr Kichern, als sei er die Verkörperung der strafenden Mächte. Doch diesmal nimmt das verliebte junge Mädchen, eine Studentin wahrscheinlich, mich immerhin zur Kenntnis:

»Hast du gesehen, das ist das französische Bild, über das Professor Rosenblum gesprochen hat …«

»Bist du sicher?«

»Ja doch, dieses Kleid, dieser Blick und da oben rechts das Logo und der Name.«

Nun ist es schon so weit, dass sie unser Wappen für ein Logo halten, wie man es anscheinend in einer Ecke des Fernsehbildschirms sieht. Die Signatur des Auftraggebers ist eine Tradition des Nordens, die mindestens bis ins 16. Jahrhundert zurückgeht, vor allem bei Fürsten oder Adligen; Ingres hatte umso weniger dagegen einzuwenden, als sie ihm, der das Tiefgründige verabscheute, erlaubte, auf das Flache hinzuweisen.

Man spricht also über mich an der Universität von New York, über mich als ein Portrait, das eine natürliche, geschmeidige Grazie verströmt, das auf einer Höhe mit den Fürstenportraits des Barock oder der Renaissance angesiedelt ist, eine Ikone aristokratischer Anmut, die in unserem Wappen den materiellen Reichtum des 19. Jahrhunderts spiegelt, ein prunkvolles Bild der Opulenz, aber ich weiß nicht, ob ich mich darüber freuen soll.

In den vier ersten Monaten des Jahres 1999 bewohnte ich die National Gallery in London. Diese Ausstellung war Ingres' Portraitkunst vorbehalten, die von der Auswahlkommission als der Teil seines Werkes betrachtet wurde, der das 19. Jahrhundert am getreuesten widerspiegelt. Anschließend setzte ich meine Reise nach Washington in die National Gallery of Art fort, begab mich dann jedoch nicht mehr in das New Yorker Metropolitan Museum of Art – die Familie trennt sich ungern zu lange von mir.

Von London bewahre ich eine sehr markante Erinnerung. Ich muss sogar gestehen, dass mich eine panische Angst ergriff, als ich erfuhr, ich könne Gefahr laufen, jeden Moment einem Psychopathen in die Hände zu fallen, der noch nicht identifiziert war und der sich damit einen Ruf gemacht hatte, dass er Werke von Constable mit dem Messer zerschnitt.

Diesen Herrn hier vor mir kenne ich jedoch bereits. Es ist nicht das erste Mal, dass er mir schmeichelt. Genau genommen erscheint er fast täglich. Trotz seines Fotoapparats, von dem er unmäßigen Gebrauch macht, hat er nichts von einem

Touristen. Ich muss ihm nur einmal zuhören und verstehe sofort, dass er Kunsthistoriker ist, Franzose, und sein Name lautet Daniel Arasse. Offenbar hat er lange an der Sorbonne gelehrt und zahlreiche Publikationen vorzuweisen. Heute Vormittag wirkt die Person, die ihn begleitet, recht verwirrt von seinem unruhigen Hin und Her zwischen den Gemälden. Vor allem Ingres' Portrait der Madame Moitessier scheint er millimeterweise studiert zu haben. Arasse interessiert sich leidenschaftlich für Details. Ich habe ihn beobachtet, er kann Stunden vor einem Gemälde verbringen und darauf warten, dass die Malerei lebendig wird, dass ihre Kraft sich seiner bemächtigt und seine Gefühle in Wallung bringt. Wenn er vor Kunstwerken steht, glaubt er an die Tugend des Schweigens und der Intimität. Er ist einer von denen, die Diaaufnahmen aus der Tasche ziehen und sie vergleichen. Aber was sucht er? Das Detail, immer das Detail. Gott weiß, was er bei mir finden wird; bei Madame Moitessier scheint er schon fündig geworden zu sein.

»Sehen Sie her, kommen Sie näher, da im Vordergrund, auf der Höhe der Knie, das heißt in senkrechter Linie unter ihrem rechten Auge, das uns anblickt, was ist das?«

»Ein Fleck?«

»Ja, richtig, ein Fleck! Ein großer Fleck auf dem Kleid von Madame Moitessier!«

»Sind Sie sicher, dass es sich nicht um einen Schatten handelt?«

»Aber ein Schatten wovon? Es gibt keine Lichtquelle. Nein, es ist ein Fleck, der als solcher gemalt wurde. Ich habe keine Erklärung dafür, wohl aber eine Hypothese: Ingres verehrte diese Frau, eine der schönsten Frauen von Paris; er hat ihre allzu vollkommene Schönheit absichtlich befleckt, um seinem Begehren Ausdruck zu verleihen, wer weiß …«

Weit hergeholt zweifellos, aber der Interpret hat jede Freiheit. Mit gefällt die Art und Weise, wie dieser Kunsthistoriker sich ein Werk zu eigen macht und sich gleichzeitig auf das Prinzip der Ungewissheit beruft. Aber seit sie Daniel Arasse darüber reden hörten, haben die Besucher nur noch Augen für den Fleck auf dem Kleid von Madame Moitessier, der bei all seiner Mattheit nun so offensichtlich ins Auge springt wie das Band am Hals der Olympia.

Sollte Ingres eine versteckte Anspielung in meinem Portrait untergebracht haben, wird kein Kunsthistoriker sie je entdecken. Kein noch so großer Scharfsinn wird dieses Geheimnis entschlüsseln. Man braucht dazu wesentlich mehr als ein außergewöhnliches ikonografisches Gedächtnis oder eine untrügliche Gelehrsamkeit. Erforderlich wäre diese seltene Fähigkeit zur Empathie, wie sie von Generation zu Generation bei meinen teuren Bilderhängern und Restauratoren, den Augustes, weitergetragen wurde. Ich weiß, dass bei meiner Rückkehr nach Paris der gerade amtierende Auguste mit mir sprechen, mir zuhören wird. Wer sagt, dass das Detail nicht in dieser Komplizenschaft steckt?

Diese drei umkreisen mich schon seit einer Weile. Sie studieren mich; etwas an mir fasziniert sie. Drei Männer, deren Äußeres und Sprache darauf hindeuten, dass ihnen die Kunstgeschichte vertraut ist. Ihr diskretes Gemurmel kann ich nicht verstehen, bis sie endlich näher treten.

»Das geht so nicht. Ihre Erläuterungen sind für mich nicht ausreichend. Es gibt da noch etwas, mit dem man sich befassen müsste«, beharrt der Älteste von ihnen, wobei er mit einer ausladenden Armbewegung auf die Bildmitte weist.

»Unser Freund hat recht. Ob man näher herangeht oder sich entfernt, das Problem ist immer dasselbe …«

»Aber wie ist das möglich?«, fährt der Dritte fort. »So etwas gehörte sich nicht und gehört sich immer noch nicht. Also wie …«

Gott, dass sich diese Engländer aber auch immer so umständlich ausdrücken müssen! Ich muss mich eine gute Viertelstunde gedulden, bis ich endlich verstehe, was sie so beunruhigt: meine Pose. Meine Haltung. Es stimmt, dass ich die Beine übereinandergeschlagen habe und dass dies für eine Dame meines Standes ungehörig war – seinerzeit. Man sieht meine Beine nicht, aber da ich meinen Ellenbogen auf dem Knie abstütze, damit mein Kinn leicht auf der Hand ruhen kann, ist es offensichtlich, dass sie unter dem Kleid gekreuzt sein müssen.

Ich höre manchmal, dass meine Haltung derjenigen der Madame d'Épinay auf dem Pastellgemälde von Jean-Étienne Liotard ähnelt; in der Tat sitzt sie ihm gegenüber und legt die Fingerspitzen leicht an das Kinn, aber sie stützt den Ellenbogen auf der Sessellehne ab, was trotz ihres maliziösen Lächelns alles ändert …

Ich habe die Hand unter das Kinn gelegt, auf die Gefahr hin, dass manche glauben könnten, ich hielte meine Maske fest, damit sie sich nicht vom Gesicht löst. Was die Position meiner Beine betrifft, so könnte man meinen, dass sie das Farbenspiel der Seide besonders gut zur Geltung bringen soll. Aber das ist nur eine Frage des Blickwinkels: ein Schritt zur Seite und die Perspektive ändert sich.

Wie sitzt man einem Künstler Modell? Die Pose ist umso schwerer zu finden, je anstrengender die Sitzung verläuft. Er suchte sie für mich, anfangs nur verstohlen, während er zeichnete. Er soll, so erzählte man sich, die geniale Gabe besessen haben, seinem Modell eine Haltung zu geben, die dessen innerstem Wesen entsprach. Ich hörte, wie er mit lauter Stimme die Formel suchte, die eine Person erfasst. Um sich in Stimmung zu bringen, erzählte er mir, wie es ihm mit Monsieur Bertin ergangen war, dem mächtigen Herausgeber des *Journal des débats*. Sie hielten sich beide im Haus der Familie Bertin unweit von Paris auf. Das Modell erschien ihm bereits durch seine Korpulenz wie eine Art bürgerlicher Buddha, aber das genügte ihm noch nicht. Während der Kaffeestunde plauderten sie miteinander. Bertin wollte ihn unbedingt von seinen politischen Ansichten überzeugen, beugte sich vor und stützte dabei die Hände auf die Knie, große Bauernpranken mit dicken Fingern. Hände, denen man zutraute, jeden Moment ihre Krallen auszufahren. Ingres war wie gebannt. Aus der Position der Hände ergab sich für ihn das gesamte Bild. Er hatte sein Portrait.

Aus Ungeduld schlug ich die Beine übereinander, auch wenn das in meiner Welt nicht üblich war. Niemand hätte darin eine verborgene Lust am Verstoß gegen die Etikette vermutet, abgesehen vielleicht von dieser Amerikanerin, Aileen Ribeiro, einer Expertin für die Geschichte der Mode, die ich neulich zu dem Kurator, der sie begleitete, etwas sagen hörte, was mir durchaus nicht missfiel:

»Madame de Rothschild steht, wie Madame de Senonnes, am Rande der klassischen Aristokratie. Durch ihre Haltung manifestieren beide eine offene Sexualität, im Gegensatz zu

Madame de Broglie und Madame de Haussonville, die überaus tugendhaft, distanziert und würdevoll wirken, äußerst nobel, aber auch sehr verklemmt.«

Man sollte wohl präzisieren, dass die schmachtende Madame de Senonnes eine ganze Generation von Bewunderern um sich scharte, was ihren Ruf als erotische Frau sehr gefördert hat; vor allem die Surrealisten und Monsieur Aragon mit seiner barbarischen Lust, ihr die Brüste zu zerkratzen, begeisterten sich für die erotischen Verlockungen ihrer Schilddrüse, die als ebenso betörend galt wie der Kropf der zu Jupiters Füßen knienden Thetis. Im Fall der Comtesse d'Haussonville, deren geneigtes Haupt und nachdenklich melancholischer Blick an die mazedonische Prinzessin aus *Antiochus und Stratonike* gemahnte, wurde der schelmische Blick als eine Form des Widerstands gegen die Strenge ihrer protestantischen Erziehung gedeutet. Die schimmernde Blässe meiner Arme und Hände reichte aus, um Théophile Gautier in einen Taumel des Entzückens zu versetzen.

Mein Portraitist hatte mit meiner Pose nichts Derartiges im Sinn. Er verstand sie eher als eine Einladung, sich in eine geistreiche Salonplauderei verwickeln zu lassen; einige behaupteten sogar, die Sitzungen hätten in aller Eile in den Tanzpausen eines Balls stattgefunden und Ingres habe mich am Arm in ein Nebenzimmer gezogen, um mich dort zu malen, während er mich in ein angeregtes Gespräch verwickelte. In Wahrheit fanden die Sitzungen in einem Boudoir der Rue Laffitte statt, aber er kümmerte sich nicht um das Gerede. Darf eine schöne Frau nicht zu einer List greifen, wenn sie nicht aus Stein ist? Er sah in meiner Haltung nichts als Ungezwungenheit und Gewandtheit und achtete nur darauf, dass ihre natürliche Eleganz gewahrt blieb. Mein Lächeln dünkte ihm so verführerisch, dass er die Güte hatte, keinen Spiegel hinter meinem Nacken zu platzieren, und verzichtete so auf einen Kunstgriff, der einen verborgenen Ort sinnlicher Genüsse enthüllen sollte. Ingres war weit entfernt davon, sich vorzustellen, dass man eines Tages in meiner Haltung eine …, wie soll ich sagen …

»Eine Provokation! Das ist offensichtlich! Man muss dieses Portrait unter der Lupe der Provokation betrachten; eine Grande Dame der jüdischen Aristokratie, befreit von den Zwängen ihrer gesellschaftlichen Stellung, durch die Macht ihres Namens frei in ihrer Haltung …«

Fort sind sie. Provokation? Warum auch nicht. Sie können mich sogar als Kurtisane sehen, das ist mir gleich. Ein Portrait gehört weder seinem Urheber noch seinem Modell, weder dem Auftraggeber noch dessen Erben. Ein Portrait gehört dem, der es betrachtet. Ihm steht es frei, daraus zu machen, was er will. Alles, was er will. Man glaubte in meinem Lächeln eine Art Flehen zu entdecken und in meinem Blick eine zärtliche Bitte; man meint aus meinen Lippen einen Ruf zu vernehmen, man möge doch meinen Namen mit all seiner Berühmtheit vergessen und nur noch an mein Herz denken, an all die Qualen und Schmerzen unter den Perlen, der Seide und der Spitze, mit denen ich geschmückt bin; diese Leute wären imstande, einen Schatten unter meiner Nase zu deuten und darin eine sündige Absicht des Modells zu entdecken. Wenn ich ihnen zuhöre, komme ich mir vor wie Mrs. Abington im Damensitz auf ihrem Stuhl, die, den Unterarm auf die Rücklehne gestützt und am Daumen lutschend, mit laszivem Blick Reynolds hinter seiner Staffelei fixiert.

Ich bin seit einem Jahrhundert oft genug vom Blick der Männer durchbohrt worden, um zu wissen, dass er einem Frauenportrait mit den gewagtesten Phantasien Gewalt antun und gleichzeitig scheinbar harmlos und selbstbeherrscht den Liebhaber spielen kann. Den Kunstliebhaber, versteht sich.

Ich träumte davon, dass Ingres mich auf der Leinwand erbeben lassen würde, und ich bin überglücklich.

Woran fehlt es ihnen allen? An ein wenig mehr Mitgefühl für den Künstler und sein Modell. Dann würden sie erkennen, dass der eine und das andere in einem geheimen Einvernehmen stehen, von Zwängen und Verpflichtungen befreit, und dass die ästhetischen Entscheidungen des einen, verbunden mit der unabhängigen Haltung des anderen allen, die Augen haben, zeigen können, was Freiheit ist. Das erfordert eine andere Anstrengung, als in Ingres' *Jupiter und Thetis* nach dem Hinweis auf eine Fellatio zu suchen.

Und nun finde ich mich im Allerheiligsten wieder, dem größten und schönsten Museum der Welt, auf jeden Fall dem, das mir am teuersten ist. Im Louvre möchte ich meine Tage beenden, sollte sich meine Familie einmal von mir trennen müssen.

Endlich eine große Ingres-Retrospektive in Paris. Die erste seit vierzig Jahren. Achtzig Gemälde und einhundertvier Zeichnungen werden im Frühling 2006 in der Hall Napoléon des Louvre gezeigt, und das ist auch das Mindeste. Man hat mich in die vorletzte Abteilung des chronologischen Parcours gehängt, aber die klugen Kuratoren besaßen das Zartgefühl, mich in einen separaten Raum zu hängen, der zu diesem Anlass »Gesellschaftsportraits« getauft wurde. Ich befinde mich dort in einer Ecke zwischen der Prinzessin de Broglie und der Comtesse d'Haussonville, die sich zum ersten Mal seit einem Jahrhundert in Paris zeigen (wird man sie überhaupt wiedererkennen?) sowie Madame Moitessier, der man viel Ehre erweist, da sie gleich doppelt vertreten ist – stehend in Schwarz, aus dem Jahr 1853, und sitzend in geblümter Seide, fünf Jahre später – und überdies illustriert diese letzte Version auch noch die Einladung zur Vernissage. Sie haben alle vier zu diesem Anlass den Atlantik oder den Ärmelkanal überquert, während ich nur über die Seine und ein Stück an den Quais entlangreisen musste.

Wenigstens können wir während der dreimonatigen Ausstellung miteinander plaudern. Diese Nachbarschaft gefällt mir weitaus besser als mein Gegenüber; nicht die Skizzen und Zeichnungen meine ich, die zu klein sind, als dass ich sie erkennen würde, sondern eine gewaltige schwarz-weiße Reproduktion des *Goldenen Zeitalters* aus Schloss Dampierre, ein so trüber Anblick, dass dagegen das, was ich in der Ferne im Hintergrund, im Saal der »Gegenreformation«, wahrnehme, geradezu hell erstrahlt; es ist eine *Heilige Germana von Pibrac*, die eigens aus der Kirche von Montauban gekommen ist, der Ingres sie vermacht hatte, und dichter bei mir, auf der rechten Seite, die *Quelle* in ihrer leuchtenden Schlichtheit.

Es ist mein bislang sechster Ausflug in ein Museum, wenn man die unselige deutsche Episode nicht mitzählt. Mich durchrieselt ein seltsames Gefühl, als hätte ich diese Augenblicke schon einmal erlebt. Die ersten Reaktionen, die ich bei dieser Retrospektive auffange, sind mir vertraut. Ich habe sie schon vernommen, wenn auch zuweilen in anderen Sprachen: Kann es sein, dass sich der Blick und das Urteil weniger weiterentwickeln als man behauptet?

So sagt beispielsweise dieser Amerikaner im Hawaiihemd, dessen gelangweilte Frau mich durch ihre Sonnenbrille hindurch begutachtet, nichts anderes als der Vicomte de Beaumont-Vassy, als er mich an der Wand des Salons in der Rue Laffitte entdeckte: Der eine wie der andere sind von dem harmonischen Gesamteindruck überwältigt, obwohl das Nebeneinander der beiden Rottöne, das Kirschrot des Kleides und das Granatrot des Kanapees sie verblüfft. Und doch trennt sie eine Welt.

Heute Vormittag glaubte ich mich in das Jahr 1848 und in Ingres' Atelier zurückversetzt, zurück zu dem Tag, da der Kritiker Geoffroy mir seine Aufwartung machte; eine Amerikanerin namens Carol Ockman, die vom Strukturalismus ebenso besessen schien wie von der Psychoanalyse, erklärte ihren Studenten, die sich um sie geschart hatten:

»Es ist ein bezauberndes Bildnis, und gleichzeitig die stereotype Darstellung der exotischen und mit Sinnlichkeit aufgeladenen Jüdin.«

Im Grunde weiß ich nicht, was ich mehr verabscheue, wenn ich dem Blick der großen Masse, in diesem Fall über fünftausend Menschen täglich, ausgesetzt bin: die Ignoranz der durch die Gänge hastenden Besucherscharen oder die Tyrannei der Kultivierten, die sich als Elite gebärden.

Eine junge Fremdenführerin zeigt mich einer Gruppe von Provinzlern. Ich liebe ihre Sanftmut und Geduld, das Geschick, mit dem sie die Komposition des Bildes erläutert, den neutralen Hintergrund und die nach unten gerückte Sitzposition, auch wenn sie bei der Beschreibung des fließenden Tafts, der auf dem dunklen Untergrund des granatfarbenen Bezuges aufscheint, den Begriff einer »texturellen Abstufung« verwendet, der mir in den Ohren wehtut.

Museen werden von merkwürdigen Leuten bevölkert. Das Schauspiel findet nicht immer an den Wänden statt. Unvorstellbar, was ein Gemälde im Laufe eines Lebens überall auf der Welt zu sehen und zu hören bekommt. »Man könnte meinen, sie spricht« ist ein internationaler Gemeinplatz, den ich mit einer gewissen Geduld hinnehme, seit ich ausgestellt werde. Ich könnte eine ganze Liste von Klischees anlegen, die ich an den privaten und öffentlichen Wänden hängend ertragen musste: Man riecht das Vorbild von weitem ... hier finden alle Auffassungen von der Malkunst ihren Ausdruck ... man gibt ihm Schlamm, und er macht daraus Fleisch ... eine Haut à la Ingres ... ein Effekt, der dem Meister keine Schande macht ... sie reflektiert das Licht nicht ... ein Portrait ist kein Strafprotokoll ... man bekommt Lust, sie zu streicheln ... sie ist geradezu in seinen Pinsel gekrochen ... er hat das Gemälde nicht zu Ende gebracht...

Wenn sie wüssten...

Dieser Kunststudent, der mit entschlossenen Schritten auf mich zueilt, ist aus Montauban angereist. Er hat wohl einige Zeit in den Archiven des Ingres-Museums verbracht; die Skizzen zu meinem Bildnis bergen für ihn kein Geheimnis mehr. Er muss nur noch die Sitten und Gebräuche der Gesellschaft jener Zeit besser kennenlernen. Will er damit die junge Frau beeindrucken, die ihn begleitet? Wie auch immer, er hält es für angebracht, vollmundig zu erklären:

»Ingres hat sie zuerst nackt gemalt, dann hat er sie angezogen. Unglaublich, nicht? Wie mutig sie gewesen sein muss!«

Misstrauisch verlangt die junge Frau nach präziseren Angaben, die sie nicht erhält, aus gutem Grund. Ingres hat immer Aktskizzen angefertigt, bevor er eine Person bekleidet malte. Zeichnungen mit einem harten, spitzen Bleistift, mit sehr wenigen Korrekturen, auf einem feinkörnigen Papier. Es waren Modelle, deren Silhouetten unseren ähnelten, die nackt an unserer Stelle posierten. Das weiß man, auch wenn man nicht darüber spricht. Es ist gut, etwas im Unklaren zu lassen, besonders wenn die Formen vorteilhaft sind. Es schadet nichts, wenn man lange Zeit später immer noch glauben mag, dass Caroline Murat als Modell für die *Große Odaliske* diente.

»Er schmeichelt ihr, er verschönt sie, so viel ist sicher«, nimmt der Student den Faden wieder auf. »Sie hätte nichts anderes zugelassen. Die Körperformen sind wenig schattiert …«

Seine Freundin betrachtet die Bildmitte aus der Nähe und tritt dann kopfschüttelnd zurück. Mit der Selbstsicherheit derer, die vorgeben, nichts zu wissen, wirft sie ihm ihre Worte an den Kopf:

»Du verstehst mehr von der Malerei als von den Frauen. Sieh dir ihr linkes Handgelenk an, dieses dicke Gelenk, das ist das Leben, das Leben mit all seinen Mängeln. Wenn er gewollt hätte, wäre das Handgelenk zart. Er hätte ihr ebenso schöne Hände geben können wie der anderen da, wie heißt sie gleich …, Molé? Aber das hat er nicht.«

Sie hat recht, dass dieses Gelenk mir nicht zum Vorteil

gereicht, aber ich habe nichts gesagt, denn es ist wahrheitsgetreu dargestellt; ich fürchtete, dass Ingres die Anatomie womöglich der Arabeske opfern könnte, wie er es bei Madame de Senonnes getan hatte, der er einen unproportioniert langen rechten Arm gab, dessen gekrümmte Linie das Bild dominiert. Dem Studenten verschlägt die Bemerkung seiner Freundin die Sprache. Er kann ihr nur noch stumm in den nächsten Saal folgen. Beim Gehen vergessen sie auf der Absperrung, die mich schützen soll, einen weinroten Kaschmirschal. Mademoiselle! Mademoiselle! Zu spät, sie hört mich nicht. Durch ein rätselhaftes Zusammentreffen, das ich nicht verstehe, passt der Schal farblich zu meinem Kleid. Man könnte meinen, sie hätte ihn absichtlich vergessen.

Der Wärter, der ihr kleines Spiel belauscht hat, tritt dicht an mich heran und starrt mich zum ersten Mal so konzentriert an, dass er die Hinterlassenschaft zu meinen Füßen nicht bemerkt. Als wolle er mich mithilfe des unvollkommenen Handgelenks endlich verstehen. Er wird nicht erfahren, dass ich ihn im selben Augenblick auch ansehe: Ich bemerke erstmals ein schwaches Glimmen in seinen Augen, die Müdigkeit unter den gesenkten Lidern, das Achselzucken verbunden mit stoßweisen Seufzern, die seine Verfassung verraten; man kann sie nur als unsägliche und unentrinnbare Langeweile bezeichnen. Wer wird je die Einsamkeit des Museumswärters ermessen, der sich so gut auf die Überwachung von Menschen versteht, dass er die Gemälde nicht wahrnimmt. Wenn mich ein Psychopath mit dem Messer aus der Leinwand herausschneiden würde, um mich zu seiner alleinigen Verfügung zu haben, würde er mein Fehlen im Rahmen nicht bemerken, falls gleichzeitig auch nur das leiseste, verräterische Zischen eines Blitzlichts ihn mahnend auf den Plan ruft.

Im Museum tuscheln die Bilder miteinander. Insbesondere bei Nacht. Am Tag ist es schwieriger, weil man immer und überall kleine Grüppchen von Besuchern antrifft, die ein unstillbares Redebedürfnis befällt, sobald sie vor einem Gemälde stehen. Der Blick, den wir auf die Bilder richten, erhellt sie; er trägt das Licht bis zu der bemalten Leinwand. Ich habe einmal einen Besucher, einen Professor mit einem vollkommen glatten Schädel, zu seinem Begleiter sagen hören, dass man in diesem Fall den Blick *lampadophoros* nennt. Ich hatte dieses Wort, das ihm in diesem Moment eingefallen zu sein schien, noch nie gehört; es hat einen schönen, vollen Klang.

Der Mann sprach von Manet, aber mich dünkt, man kann seine Erfindung auch auf andere anwenden.

In der Nacht löscht man uns.

Jetzt, und erst jetzt, beginnt unter uns ein stummes Kolloquium. Die Wände fangen an zu vibrieren. Denn die Bilder haben ein Gedächtnis, und das der Portraits ist noch genauer. Manche Dinge erfährt man nicht aus der Erinnerung der Menschen, sondern aus der Erinnerung der Portraits.

In der Nacht hört man das Parkett knacken. Angestellte mit Taschenlampen und die wachhabenden Feuerwehrleute machen ihre Runden. Sie haben ihren Geruchssinn ganz auf Rauch und Feuchtigkeit ausgerichtet, fürchten aber das Wasser mehr als das Feuer. Ihr undefinierbares, feines Gespür, verbunden mit Instinkt und Erfahrung, wird den Rauch- und

Bewegungsmeldern, die mit dem Zentralcomputer verbunden sind, immer überlegen sein.

Die Nacht ist die günstigste Zeit, der Malerei zu lauschen.

Heute Morgen bin ich noch ganz benommen von dem Albtraum, aus dem ich gerade erst aufgetaucht bin. Schwarz gekleidete Männer haben mich als Einzige der Damen aus der guten Gesellschaft abgehängt, in das vierte Untergeschoss des Museums verschleppt, das von gepanzerten Türen geschützt ist und aus dem kein Schrei je dringt, und mich einem unbekannten Schrecken ausgeliefert. Aglae, dieses Monstrum, von dem die Techniker neulich untereinander sprachen. Aglae, der Star des Laboratoriums für Forschung und Restaurierung, wird meinen Augenhintergrund untersuchen. Aglae, der einzige Teilchenbeschleuniger, den jemals ein Museum sein eigen nannte. Aber was hoffen sie denn zu beweisen? Dass ich nicht von der Hand Ingres' stamme? Dass sich unter mir junge Nackte aus dem Goldenen Zeitalter tummeln? Dass die Änderungen des Künstlers alles infrage stellen? Dass mein Kleid nun doch blau war?

Ich kenne alle Blicke, die des Professors, der mich eingehend mustert und sich dabei Notizen macht, den des Japaners mit dem Audioguide im Ohr, der unablässig den Kopf schüttelt, den des Erotomanen, der ehrlich überzeugt davon ist, dass ich nur Augen für ihn habe, den des gelangweilten Dandys, der mich einzigartig nennt, während er gleichzeitig mit einer anderen Frau telefoniert, den des Besessenen, der sich hinter dem Stoff meinen *Ursprung der Welt* vorstellt, den des Wärters aus Martinique, der mir am Morgen bei Arbeitsbeginn einen guten Tag wünscht und sich am Abend, wenn er geht, von mir verabschiedet, den der Fremdenführerin, die mich mit einem Augenzwinkern begrüßt, als wolle sie ihre Gruppe von einer Komplizenschaft in Kenntnis setzen, die vor anderen Wänden entstanden ist, und den des Besuchers, der mich so oft betrachtet hat, dass er mich nicht mehr sieht. Ich habe all diesen Blicken standgehalten und sie alle ertragen. Aber es gibt noch einen unbekannten Blick, der mich schon im Voraus in Angst und Schrecken versetzt – den von Aglae.

Chardin sagt, dass man sich der Farben bedient, dass man aber mit Gefühlen malt.

Die Techniker des Laboratoriums für Spektrografie werden nie etwas Bedeutendes herausfinden: Sie sind Grabschänder, denen die verborgene Wahrheit der Dinge für immer verschlossen bleiben wird. Denn diese ist weit, unendlich weit entfernt von einer wissenschaftlichen Erklärung. Hoffen sie immer noch, ein Bild unter dem Bild zu finden, den Sarg eines Kindes unter dem *Angelus*?

An diesem Vormittag, noch vor der offiziellen Eröffnung der Ausstellung, sind die Journalisten im kleinen Kreis geladen. Sie sind weniger redselig und weniger flegelhaft, als ich befürchtete. Haben sie womöglich ihre Grenzen erkannt? Es ist ganz offensichtlich kein Tag für affektierte Spötteleien. Während sie sich an mir vorbeischieben, lässt einer von ihnen ein Buch mit weißem Umschlag und feinem blauem Rahmen zu Boden fallen, das sein Begleiter sogleich aufhebt:

»Der neue Chevillard! Du hast ihn schon?«

»Das sind gebundene Druckfahnen, wie du weißt. Wenn

das so weitergeht, werden sie bald die Neuerscheinungen vom Herbst an Ostern in Umlauf bringen!«

»Ein komischer Buchtitel, *Démolir Nisard*. Nisard vernichten!«

»Es ist urkomisch, du wirst sehen. Ein furioses Zerstörungswerk. Ah, welche Verwüstungen ein ordnungsliebender Verstand anrichten kann! Der gute Mann geht letzten Endes an seiner eigenen Dummheit zugrunde. Es ist umso drolliger, als niemand ihn kennt, diesen Nisard ...«

Doch, ich. Auf die Gefahr hin, Herrn Chevillard sein spaßiges Massaker zu verderben, muss ich der Wahrheit zuliebe sagen, dass ich an Monsieur Nisard beste Erinnerungen habe. Er war bereits ein bekannter Journalist und Professor der Beredsamkeit am Collège de France und ersuchte um Unterstützung für seine Kandidatur an der Académie Française, in die er nicht lange danach auch aufgenommen wurde. Als Nachfolger von Léopold Thibaut, der sich um unsere Kinder gekümmert hatte, seit sie in das Collège Bourbon eingetreten waren, wurde Désiré Nisard bei uns als Hauslehrer angestellt. Er brachte ihnen zwischen zwei Reitstunden in der Halle an der Chaussée d'Antin und ihren Privatstunden Englisch und Deutsch bei.

Ich hatte es mir zur Regel gemacht, an den Unterrichtsstunden meiner Söhne und meiner Tochter teilzunehmen, nicht nur aus Anhänglichkeit. Ich lernte gemeinsam mit ihnen, weil ich mich fortbilden und meine Kenntnisse erweitern wollte: Meine Kinder profitierten von dem Wissen ausgezeichneter Lehrer, die sich wiederum selbst dabei weiterbildeten. Albert Cohn beispielsweise, der Hebräisch lehrte, dieses unglaubliche Sprachgenie, den wir mit uns auf Reisen nahmen und der als Einziger am Persischunterricht von Sylvestre de Sacy am Collège de France teilnahm. Von Monsieur Nisard wiederum erwartete ich, dass er mir half, mein Französisch zu vervollkommnen; nichts ist demütigender, als in der angenommenen Sprache nach Worten zu suchen, denn dies gibt einem unweigerlich den Anschein, minderbemittelt zu sein.

»Dieses Portrait hat einen Akzent. Hör mal, diese Frau hat einen deutschen Akzent …« Kürzlich hat wahrhaftig jemand etwas Ähnliches vor mir geäußert. Solange ich das Französische nicht fehlerlos beherrschte, fürchtete ich den Tag, an dem ein Mann oder wohl eher eine Frau, vom Alkohol beschwingt und gekränkt von unserem Erfolg, meine ungelenke Verwendung eines Wortes korrigieren und mir beim Diner über die Tafel hinweg entgegenschleudern würde: »Was wollen Sie denn in unserem Land?«

Über Désiré Nisard kann ich in Kenntnis der Sachlage sprechen; es ist nie zu spät, eine Schuld abzutragen. Er verstand es, uns vergessene Worte nahezubringen: So machte er uns mit den *Agelasten* vertraut, womit Rabelais jene bezeichnete, die nicht lachen können und von einer extremen Form der Ernsthaftigkeit befallen sind – wir kannten solche Menschen durchaus, die auf manchen unserer Diners lasteten wie Blei.

Monsieur Nisard bereitete Alphonse, unseren ältesten Sohn, auf sein Bakkalaureat vor. Weiß er das wenigstens, dieser Chevillard?

Zwei neue Besucher nähern sich, zwei der nahezu vierhunderttausend, die diese Ausstellung anzieht. Sie stellen sich vor mein Portrait und haben offenbar die Absicht, sich so bald nicht mehr von der Stelle zu rühren. Vermutlich ertragen sie nicht den Mangel an Lebensart, der die anderen, eiligen Besucher kennzeichnet, die ständig im Wege stehen. Die beiden Neuankömmlinge studieren mich aufmerksam, ob es den anderen nun behagt oder nicht; an dem wenigen Platz, den sie zwischen sich und mir lassen, kann man ablesen, dass sich vor ihnen niemand vorbeischlängeln darf, nicht einmal die zierlichste Japanerin. Sie suchen den Aufbau, die Zeichnung unter der Farbschicht, aber sie werden sie nicht finden. Sie berauschen sich an Ingres' großartigen Worten, die Zeichnung sei die Ehrlichkeit der Kunst – natürlich, aber auch ein Künstler beginnt mit Linien, vielen Linien, und am Ende sind es wieder Linien.

Sie suchen in einem Merkmal den Widerhall der verfeinerten Sinnlichkeit seines Meisters Raffael, den er nach eigenen Aussagen leidenschaftlich bewunderte – »ein durchtriebener Bewunderer« verbesserte Baudelaire, und diese Einschränkung hielt Ingres davon ab, in Lähmung zu verfallen und in seiner jugendlichen Bewunderung für den klassizistischen Historienmaler Jacques-Louis David zu erstarren. Man verlegt Ingres' Geburtsstunde immer in sein berühmtes Atelier, dabei wurde er im Grunde dreimal geboren: in Montauban, in Toulouse und in Rom.

Diese beiden nun gehören sicherlich zu der Spezies, die sich weniger für die Bilder als für die Art und Weise interessiert, wie Menschen sie gesehen haben. Seit einer halben Stunde diskutieren sie vor mir über mich, als wäre ich nicht vorhanden, und hindern alle anderen Kunstliebhaber daran, dem Gemälde ihre Verehrung zu erweisen. Am Ende des Disputs, bevor sie sich trennen, kehren sie zum Ausgangspunkt zurück:

»Er hat sie um ihrer selbst willen gemalt.«

»Sie haben überhaupt nichts begriffen. Er hat sie um dessentwillen gemalt, was sie repräsentiert.«

Man wagt es nicht, seine Lieblingsbilder in den Tod mitzunehmen: Diese Handlung würde die Meisterwerke für immer dem Blick der anderen Menschen entziehen. Von den Sammlungen, die ich für meinen Mann und meine Kinder zusammengestellt habe, hätte ich nichts behalten wollen, abgesehen vielleicht von zwei Portraits, meinen liebsten, den beiden Frauenbildnissen, die beide das Antlitz einer Mutter darstellen, der Mutter Rembrandts und der Mutter Holbeins. Gibt es ein rührenderes Beispiel für die Anhänglichkeit eines Sohnes als diese Gaben von zwei Söhnen, die große Künstler geworden sind?

Manche Museen geben den Besuchern das Gefühl, sich an einem besonderen Ort aufzuhalten, ein wenig wie in Notre-Dame, wo die Orgel sieben Sekunden nachhallt, zwei oder drei Sekunden länger als anderswo.

Welche Eigenschaften bleiben uns von den berühmten Menschen jener Zeit in Erinnerung? Diejenigen, die von Malern festgehalten wurden, oder diejenigen, die Disdéri, der Fotograf von Kaiser Napoleon III., einfing, in dessen Atelier am Boulevard des Italiens wir alle eilten?

»Ein gutes Bild reift wie guter Wein. Sieh dir diese Schönheit an, die durch die Zeit nur noch reizvoller geworden ist«, murmelt ein Großvater seiner Enkelin zu.

Louis Geoffroy, mein erster Kritiker, war überzeugt, dass mein Bildnis, wenn es erst Patina angesetzt hätte, dem Vergleich mit Tintorettos Meisterwerken standhalten würde, während mich Théophile Gautier in die Nähe bestimmter Werke von Tizian rückte und, wenn ich mich recht entsinne, Charles Blanc von Holbein sprach. Es muss ihnen gutgetan haben, bei alten Meistern Ähnlichkeiten mit Ingres zu entdecken. Doch was bedeuten solche Bezüge, da es um ein nicht mitteilbares Gefühl geht, das aus dem Blickwechsel zwischen Modell und Betrachter erwächst? Nur dieses in Worten nicht auszudrückende Gefühl lässt ein Bildnis in die Erinnerungen eingehen und sich in die Maserung der Zeit einschreiben.

Die Sinnlichkeit der *Madame de Senonnes* ist beneidenswert, nicht aber ihr Schicksal. Ihr Portrait blieb nur von 1814 bis 1852 im Besitz ihrer Familie, danach verkaufte es eine Witwe für 120 Francs an einen Kunsthändler aus Angers, der es ein Jahr später an das Musée des Beaux Arts in Nantes für 4.000 Francs weiterverkaufte.

Ich habe meine Familie nie verlassen, und so wird es bleiben, solange es einen Rothschild gibt.

Gestern ist die Ausstellung zu Ende gegangen. Am Morgen des 18. Mai 2006 sind die Packer und Spediteure des Hauses André Chenue am Werk. Monsieur Auguste ist sehr früh eingetroffen. Wie gewöhnlich streift er seine Kardinalshandschuhe über, nachdem er mich mit einem Lächeln und einem respektvoll wie ironisch gemurmelten »Meine Verehrung, Madame la Baronne« begrüßt hat, und beginnt, meinen Rücken zu inspizieren. Er fürchtet stets, die Etiketten früherer Ausstellungen, wie jener in der National Gallery oder in Ferrières, könnten sich ablösen; dann streicht er, wie es das Ritual will, über die Marke seines illustren Kollegen Haro, Rahmenmacher und Restaurateur aus der Rue Bonaparte, über dessen Verkaufsräumen *Au génie des arts* stand und bei dem Ingres meinen Keilrahmen kaufte.

Durch den Saal »Gesellschaftsportraits« hallen Werkzeuggeräusche. Man nimmt mich von der Wand ab und hinterlässt an meiner Stelle ein helles Rechteck, das sich schwach vom Hintergrund abhebt. Der Spot leuchtet noch immer, aber er beleuchtet meine Abwesenheit. Nur die Comtesse d'Haussonville hängt noch; sie widersteht mit all der Kraft ihres berühmten Lächelns, als habe sie über uns andere triumphiert, von denen nur noch aus ihren Halterungen gelöste Beschriftungen übrig sind. Für die Spediteure jedoch wird sie nie etwas anderes sein als die Nummer 158.

Zwei Museumstechniker ziehen sich ihre Handschuhe aus aufgerauter weißer Baumwolle über, heben mich vorsichtig von dem Tisch, auf den man mich gelegt hat, und tragen mich in Schräglage bis zur Registratur. Man wickelt mich ein und deponiert mich in einer Holzkiste. Auf einem Etikett, das auf dem Deckel angebracht ist, vermerken die Spediteure meinen Namen und meine Maße, und darüber hinaus mit noch nie da gewesener Präzision: »Der Gesamtwert des Frachtguts beträgt 46.000.000 Euro.«

Und nun liege ich im Keller des Museums, einer unterirdischen Stadt, die so weitläufig ist, dass viele Angestellte mit elektrischen Wägelchen unterwegs sind. Die schweren Türen des Tresors fallen hinter mir und einigen anderen zu, scharf beobachtet von den Experten der Versicherungsgesellschaften. Die Spediteure sind essen gegangen.

Seit meinem Aufenthalt im Salzbergwerk von Altaussee ist mir nicht mehr so kalt gewesen. In dem Augenblick, als ich das Museum verlasse, reißt ein Angestellter mein Etikett ab. Ich habe keine Identität mehr, ich bin nur noch eine Nummer. Man darf nicht wissen, was sich in der Kiste befindet. Während der kurzen Wegstrecke vom Quai du Louvre bis zur Île Saint-Louis genieße ich endlich einmal die flüchtigen Freuden der Anonymität.

6

Hôtel Lambert

Le jour viendra – der Tag wird kommen. Das Motto und das Wappen der Czartoryskis begrüßen uns, als sich die großen Tore zum Haus Nummer 2 in der Rue Saint-Louis-en-l'Île öffnen. Das ist das Zeichen, dass wir endlich nach Hause zurückgekehrt sind. Seit dem Tod von Marie-Hélène wohnt Guy nicht mehr ständig im Palais Lambert; er hat sich in eine Ecke der Domäne von Ferrières zurückgezogen. Hierher kommt er nur, um Empfänge zu geben. Das muss erst gestern Abend wieder der Fall gewesen sein, nach den Fliedersträußen und Pfingstrosen zu urteilen, die er verteilen lässt, weil sie zum Farbton meines Kleides passen; er tut das auch, wenn ich nicht da bin, was noch rührender ist. Ich kann mir das Erstaunen der Gäste sehr gut vorstellen, wenn sie die Bibliothek betreten:

»Wie, Betty ist nicht da?«

»Nein, sie ist ausgegangen …«

Man lehnt mich in einer der Nischen des Innenhofes gegen die Wand, damit ein würdiger Rahmen für die Rückkehr vorbereitet werden kann. Zwei Möbelpacker unterhalten sich, während sie mich bewachen:

»Ich habe sie bei Google eingegeben: Rothschild hat 7.780.000 Einträge!«

Das entlockt seinem Kameraden einen bewundernden Pfiff. So sieht er aus, der Geist des kommenden Jahrhunderts. *O tempora! O mores!* Nachdem sie meine Kiste mit einem Akkuschrauber geöffnet haben, nutzt der Sachverständige der Staatlichen Museen die Gunst der Stunde und inspiziert mich auf Knien:

»Das Objekt scheint mir in ausgezeichnetem Zustand zu sein, seit gestern gab es keine Veränderungen …, eine Kleinigkeit abgeblättert am Rahmen, ein oder zwei geringfügige Mängel hier oder da.«

Die Spediteure tragen mich in Guys Wohnung, die auf einer Seite an den Garten grenzt, auf der anderen vom ersten Stock auf den Hof blickt; dort lebe ich, ganz am Ende einer Zimmerflucht, deren Vorhänge in Material und Farbe auf mein Kleid abgestimmt sind, in dieser warmen Bibliothek, die man »Liebessalon« nennt und in die man nur gelangt, nachdem man diesen prachtvollen Tunnel durchschritten hat, der mir als unsichtbarer Rahmen dient. Als man mich zwischen Regale mit Buchattrappen hängt, bin ich wieder in dem familiären Umfeld angekommen, das mir seit 1975 vertraut ist.

Bücher umgeben mich, Buchattrappen zur Rechten, echte Bücher zur Linken, Werke von Pascal und de Bossuet, *Le cabinet des fées* und die Gesamtausgabe der Werke Goethes in der deutschen Originalfassung, ein Foto von Marie-Hélène auf einem runden Tischchen, meine einzige Rivalin in diesem Zimmer. Auf der anderen Seite des Ganges, hinter der Kommode von Jean-François Oeben gleich rechts und dem Cembalo von Marie Antoinette, den königlichen Möbelstücken, dem *Alten Rathaus von Amsterdam* aus den 1640er Jahren von dem berühmten Saenredem, erkenne ich von ferne zwischen dem Emaillensalon und dem Pietra-Dura-Kabinett ein Porzellanportrait, den *Erasmus* von Jean Pénicaud II, der mir unablässig zuruft: »*In minimo maximum!*«

Jeder sieht den Weltuntergang, wo er kann. Auf einem Ball bei der Prinzessin von Sagan gegen Ende der 1880er Jahre war eine Unruhe unter den Bediensteten zu einem regelrechten Aufstand ausgeartet. Sie bildeten auf dem ersten Absatz der Freitreppe ein Spalier der Schande und überschütteten ihre Herrschaft mit Spötteleien, Beleidigungen und Anzüglichkeiten. Die Stadtpolizei musste einschreiten. Einige der schockierten Gäste glaubten darin das Ende ihrer Welt zu erkennen, obwohl es doch nichts weiter war als die Vollendung ihres Niedergangs.

Ich brauche mehr dazu. An Zeichen hat es seither nicht gefehlt. Heute früh hat mich eines tief angerührt. Es war nur ein leises Geräusch, das von Packpapier, welches man zusammenfaltet, bevor man es mit Seidenpapier auslegt. Schon seit einigen Tagen sind die Möbelpacker im Haus. Heute packen sie das grüne Sèvres-Porzellan ein; morgen die Stücke aus Bergkristall, dann alle unsere Sammlungen, die auf Betreiben der Urenkel unter Guys Kindern aufgeteilt werden sollen. Eine Aufteilung ist immer ein trauriges Ereignis, selbst wenn sie sich, wie diese, auf den engsten Familienkreis beschränkt. Man tröstet sich mit der Vorstellung, die Objekte würden eines Tages anderswo wieder zusammenfinden – aber es wird ihnen dieser geheimnisvolle Glanz fehlen, den der *genius loci* verleiht. Jeder Zerstreuung wohnt ein Hauch von Melancholie inne, denn das griechische Wort dafür ist *diaspora.* Das Haus ist mir noch nie so bedrückend vorgekommen wie in diesen letzten Junitagen des Jahres 2007, in denen es sich nach und nach auflöst.

Das Hôtel Lambert ist verkauft. Die Verhandlungen über die Transaktion fanden in allergrößter Geheimhaltung statt, wenige Wochen, bevor Guy im Alter von achtundneunzig Jahren starb. Wenige Tage vor seinem Tod am 12. Juni 2007 unterzeichnete er den Kaufvertrag, den ihm der Notar nach Ferrières an sein Krankenlager brachte. Eine Summe von 60 Millionen Euro wechselte den Besitzer.

Mit Guys Tod ist etwas endgültig zu Ende gegangen, das spüre ich. Er war ein Gaullist der ersten Stunde, der für die Befreiung Frankreichs gekämpft hatte. Und er spielte eine Rolle in Frankreichs Fünfter Republik, war ein Vertrauter von Georges Pompidou, der in seiner Bank gearbeitet hatte. Als Mitterand Präsident wurde, hatte dieser nichts Eiligeres zu tun, als die Banque Rothschild zu verstaatlichen. Kein Wunder, dass Guy sich mehr auf seinen Rennstall konzentriert und ihn zu großen Erfolgen gebracht hat. Die Pferde, seine große Passion aufs Ende zu, wie seinerzeit bei meinem Mann … Aber zuvor veröffentlichte Guy in *Le Monde* noch eine Protestnote, die vielen Zeitgenossen die Augen über die Verstaatlichungsmaschinerie geöffnet haben soll. Die Anklage gipfelte in den Worten: »Jude unter Pétain, Paria unter Mitterand, mir reicht's. Zweimal in seinem Leben auf Trümmern aufzubauen, das ist zu viel. In den Zwangsruhestand versetzt, trete ich in Streik.« Seine Bescheidenheit hat Guy sich immer bewahrt, so etwas wie Personenschutz hat er nie verlangt.

Wer ist der nächste Eigentümer des schönsten Stadtpalasts von Paris, der sich noch im Privatbesitz befindet? Der Staat hätte ihn zu einem Museum umgestalten können, auf das die Île de la Cité, Paris und ganz Frankreich stolz gewesen wären, denn dieser prachtvolle Ort, dessen Steine mit Geschichte durchtränkt sind, hätte ohne jeden Zweifel bei der Öffentlichkeit noch mehr Zuspruch gefunden als das Hôtel Camondo; aber der Staat kauft nicht mehr, er hört nicht auf zu verkaufen, man könnte meinen, er will alles loswerden.

In letzter Zeit habe ich einige Besucher Russisch sprechen hören, andere Arabisch. Einer von ihnen verweilte länger. Er wurde von seinen Kindern und drei französischen Experten begleitet, einem für die Möbel, einem zweiten für die Gemälde, einem dritten für die Tapisserien. Seltsamerweise schien das älteste seiner Kinder ebenso gut über die Kunstgegenstände unterrichtet zu sein wie die Experten. Dieser Mann wollte offenbar nicht kaufen, um wieder zu veräußern oder um zu spekulieren, sondern um mit seiner Familie das Haus zu bewohnen. Ich hörte, dass die Kosten der Instandsetzung so hoch waren wie der Kaufpreis. In wenigen Tagen wird es so weit sein, das Hôtel Lambert wird ihm gehören, dem ehemaligen Premierminister und Bruder des Emirs von Quatar, Scheich Abdullah bin Khalifa al-Thani. Wenigstens wird das Gebäude keine leere Hülle sein: Der Name des Innenausstatters Alberto Pinto wurde genannt, obwohl die Klassifizierung dieses einzigartigen Gebäudes mit seiner Hanglage, das für Prunk und Prachtentfaltung besser geeignet ist als für die Bequemlichkeiten eines Wohnhauses, bauliche Veränderungen einschränkt.

Es ist an der Zeit, sich zurückzuziehen. Morgen werde ich mich auf den Weg machen.

Gemäß der Tradition werde ich bei dem ältesten Sohn des französischen Zweigs der Familie leben, bei David, der sich, ähnlich wie damals mein Mann im goldenen Zeitalter der Rothschilds, zugleich als Familienoberhaupt und Kopf des Bankhauses etablieren konnte. Keine Nostalgie, kein Bedauern. Man muss ein neues Kapitel aufschlagen können. Immerhin waren wir, anders als in Laffitte und Lafite und erst recht in Ferrières, nur ein Wimpernschlag in der Geschichte dieses Palais. Er gehörte den Rothschilds kaum dreißig Jahre, ein Stäubchen im Zeitgeschehen. Seine Geschichte ist nicht die unsere. Selbst der große Bourgeois Lambert, dessen Name auf dem Frontgiebel steht und der es 1639 errichten ließ, der den Architekten Le Vau mit dem Bau und Le Sueur sowie Le Brun mit der Ausgestaltung des Interieurs betraute, selbst dieser Lambert ist in den Räumen nicht mehr präsent, auch wenn man seine Initialen NLT an den Wänden findet. Ebenso wenig die Generalsteuerpächter und die Matratzenfabrikanten, die auf ihn folgten, und auch nicht die Marquise du Châtelet, die dort ihren Salon führte.

Eine illustre polnische Adelsfamilie ist für immer die Seele des Palais geblieben. Fürst Adam Czartoryski und die Fürstin, eine geborene Anna Sapienha-Kodenska, haben es 1848 gekauft und es vor dem sich abzeichnenden Verfall gerettet; sie haben aus ihm das lebendige Herz der polnischen Emigration in Paris gemacht, den führenden kulturellen und politischen Treffpunkt, und ihre Nachkommen setzten das Werk fort, bis Guy und Marie-Hélène das Gebäude 1975 übernahmen.

Nun ja, Marie-Hélène war bei diesem Erwerb wohl die

treibende Kraft gewesen. Nachdem er sie in mühevollen Jahren davon überzeugt hatte, dass sie Schloss Ferrières aufgeben müssten, überzeugte sie ihn nun wesentlich schneller von den Vorzügen dieses Gebäudes. Sie sah sogleich, dass die einzelnen, in sich geschlossenen Appartements für das Zusammenleben mehrerer Generationen gut geeignet waren: Guys Sohn David hatte geheiratet, und Edouard stand schon an der Schwelle zum Erwachsenenleben. Die Verhandlungen wurden dann schwierig, Als mein Bildnis gemeinsam mit Vermeers *Astronom* im Salon d'amour hing, stellte Guy sich einmal vor mich hin und sagte: In Wahrheit siehst du immer anders aus, ganz so, wie eine lebende Frau. Dein Lächeln ist ein anderes, je nachdem ob du im Schloss Ferrières oder hier oder in der Rue de Coucelle hängst. Diese Worte, diese Einsicht, dass ich, auf andere Weise noch unter ihnen bin, hat mich tief getröstet.

Wie es sich fügt, kannte ich die Czartoryskis gut; ich habe ihnen sogar meinen Klavierlehrer Frédéric Chopin vorgestellt, der begierig darauf war, Landsleute kennenzulernen. Sie ließen sich nicht lange bitten und veranstalteten musikalische Soireen, obwohl die Herkulesgalerie nach ihrer Restaurierung durch Delacroix eine beklagenswerte Akustik aufwies. Der neugierige Historiker, der eines Tages in meinen Papieren stöbern wird, findet dort sicherlich meine Korrespondenz mit Marguerite d'Orléans, der Tochter des Herzogs von Nemours und der Fürstin Czartoryska, ihre Dankesbezeugungen nach jeder meiner Zuwendungen für Saint-Casimir, ihre Stiftung für polnischen Waisen. Fast ein Dreivierteljahrhundert später stellte Alexis de Rédé, diese Erscheinung aus einer anderen Zeit, der extravagante

Ästhet, dem die Czartoryskis seit 1947 eine Etage ihres Palais vermietet hatten, ihnen meinen Urenkel vor. Der Lauf der Zeiten hält für den, der die Seinen gerne als Gefolge hinter sich wähnt, eigenartige Überraschungen bereit. Kein Zweifel, in der historischen Chronik der Hauptstadt haben sich allein die Czartoryskis in jeden einzelnen Stein dieses Hauses eingeschrieben.

Nachdem alle Sammlungen ausgeräumt wurden, zeigt sich das Hôtel Lambert in seinem ursprünglichen Zustand, nur noch mit Fresken geschmückt und von den üblichen Geistern bevölkert. Die Herkulesgalerie, sein Glanzstück, weil sie die Spiegelgalerie vorwegnimmt, wirkt wieder wie das gelungenste Beispiel eines repräsentativen Raums, weniger zum Tanzen geeignet als zur Bekräftigung des gesellschaftlichen Rangs. Das Genie des Architekten erwies sich im kunstvollen Spiel der Proportionen, auch wenn ihm der Mangel an Platz und die Lage des Hauses auf der Spitze der Insel, in der Form eines Schiffsbugs, seine Aufgabe sehr erschwerten.

Welche Spuren werden wir in diesen Mauern hinterlassen? Die flüchtige, wahrhaft grandiose, aber ausschließlich weltliche Erinnerung an Diners von der Raffinesse einer vergangenen Zeit, unter dem Deckenfresko in Le Bruns Großer Galerie oder unter dem Blick des letzten Vermeer in Privatbesitz, dem *Astronomen*, den wir 1985 dem Louvre überlassen haben. Die Erinnerung an unbeschreiblich pompöse Feste, bei denen das höchste Pläsir gelegentlich darin bestand, bestimmte Personen nicht einzuladen.

Man sollte diese Abende jedoch nicht auf die Geltungssucht und Eitelkeit einer Klasse reduzieren, sondern sie als Inszenierungen einer einzigartigen Kunstsammlung in einem einzigartigen Gebäude betrachten. Eine Reminiszenz an eine glanzvolle Epoche, das Grand Siècle, die in gewöhnlichen Zeiten leicht verloren geht.

Am Abend seines Lebens empfand Guy im Übrigen keinerlei Sehnsucht nach der Vergangenheit. Als er vor einiger Zeit einen Schriftsteller empfing, der es sich, aus welchen bizarren Gründen auch immer, in den Kopf gesetzt hatte zu sehen, was meine Augen sehen, hörte ich ihn im Vertrauen sagen:

»Diese Zeit ist abgelaufen, und das ist gar nicht schlecht. Die einzige Sehnsucht, die ich verspüre, ist die nach dem Ferrières meiner Kindheit, denn das ist ein Bild voller Leichtigkeit, Unbeschwertheit und Glück in einer märchenhaften Umgebung. Die Vergangenheit ist vergangen, die Traditionen müssen angepasst werden.«

All das ist nun vorüber. Unnötig, sich zu einem stummen Protest aufzuschwingen, diese Welt hatte ohnehin nur noch eine Galgenfrist.

Das Hôtel Bollioud de Saint-Julien in der Rue Laffitte 17, in dem meine Eltern lebten, wurde zunächst als osmanische Botschaft genutzt und dann im Jahre 1899 abgerissen. Den Stadtpalast in der Rue Berryer 11 schenkte meine Schwiegertochter Adèle in einem Moment des Zorns dem Ministère des Beaux Arts unter der Bedingung, daraus ein Kunstmuseum zu machen, was auch geschah, denn es beherbergt unter dem Namen »Stiftung Salomon de Rothschild« die *Fondation nationale des art graphiques et plastiques*. Unser Palais in der Rue Laffitte wurde 1967 abgerissen, das in der Rue Saint-Florentin 1948 an die amerikanische Botschaft verkauft, die auf der anderen Seite des Platzes residiert und darin ihr Konsulat untergebracht hat. In Nathaniels Palais in der Rue du Faubourg Saint-Honoré 33, ist inzwischen der Cercle de l'Union interalliée untergebracht; im Hôtel de Pontalba in der Nummer 41, das Edmond gehörte, befindet sich die Residenz des amerikanischen Botschafters. Gleich dahinter, in der Avenue de Marigny 23, dem Palais, den Gustave erbauen ließ, quartiert der Élysee-Palast seine prominenten Gäste ein. Das Palais in der Avenue Foch 19, in dem Béatrice Ephrussi de Rothschild, Alphonses Tochter, wohnte, ist der Sitz der angolanischen Botschaft, und ihre Villa in Saint-Jean-Cap-Ferrat hinterließ sie dem Institute de France. Die OECD nutzt das Château de la Muette, den ehemaligen Wohnsitz von Henri, Charlottes Enkel. Die Stadtpaläste in der Rue de Monceau 45, 47 und 49, in denen nacheinander Adolphe und Maurice wohnten, sind heute Firmensitze. Die Villa, die ich mir in Cannes im Quartier des Anglais auf den Ruinen der Villa Marie-Thérèse erbauen ließ und in der ich mich in den letzten Wintern meines irdischen Daseins sehr wohlfühlte, diese Villa ist zur öffentlichen Bibliothek umgewandelt worden. Auch Schloss Ferrières gehört den Rothschilds nicht mehr. Zu Beginn der 1970er Jahre nahmen die Belastungen durch den Unterhalt der Domäne überhand (in unseren besten Zeiten beschäftigten wir um die hundert Personen, darunter Gärtner und Wildhüter), und es wurde beschlossen, sich davon zu trennen. Guy allerdings ließ sich ein Chalet im Park bauen, damit er sich weiterhin an dem Ort aufhalten konnte, an dem er einen Großteil seines Lebens verbracht hatte. Er wollte das Schloss dem Staat schenken, doch Marie-Hélène gab dem Drängen des Rektors nach und erreichte, dass das Gebäude und die 130 Hektar Land, die es umgeben, der Universität von Paris überlassen wurden. Nun ist es eine leere Hülle, die Touristen besichtigen, wenn sie nicht gerade an Filmproduzenten vermietet wird. *Bel Ami* und *Der Puppenspieler* wurden dort gedreht. Welche Verschwendung! Man hätte daraus ein Museum im Stil des Zweiten Kaiserreichs machen und einige der Sammlungen, welche die Rothschilds dem Staat geschenkt haben, dort ausstellen können, nach dem Vorbild des Renaissancemuseums von Schloss Ecouen. Große Epochen sind schon stilvoller zu Ende gegangen. Schloss Ferrières hat sogar seine melancholische Aura verloren. Von ihr bewahren nur noch die Kunstgegenstände eine gewisse Wehmut angesichts vergangener Zeiten, das Bedauern über das, was nicht mehr ist und nie wiederkehren wird. Das Herz wird einem schwer – wie kann es anders sein –, wenn man an die Zeilen aus James' Testament denkt, in denen er seine Vorahnung ausdrückte, dass die Rothschilds nie wieder so sein würden wir früher, sobald erst einmal das Familienoberhaupt nicht mehr in der Lage wäre, sie alle in Ferrières um sich zu versammeln.

So waren wir einmal, so werden wir nie wieder sein.

Auf der anderen Seite sind wir immer noch in Lafite und Mouton zu Hause. Es gibt zwei Seiten bei den Rothschilds, man könnte sagen zwei Familienclans, auch wenn sie in ihrer Grenzgemeinschaft in Zuneigung verbunden sind: die Seite der Lafite und die Seite der Mouton. Die Eigentümer beziehen ihren Charakter aus der Erde. In Mouton ist man offenherzig und abenteuerlich; in Lafite diskret und besonnen. Jedes Familienmitglied wählt seine Seite. Aber es ist der Wein, der entscheidet, denn er gibt den Ausschlag. Die Seite

Lafite ist klassisch, die von Mouton überschäumend. Dies gilt vor allem seit der Nachkriegszeit, seit die Châteaux mit den Rothschilds identifiziert wurden, die sich mit dem Wein beschäftigten, anstatt ihn nur zu trinken. Philippe auf der einen, Élie auf der anderen Seite waren häufig uneins, insbesondere in der Frage, was der Wein kosten sollte, ohne dabei jedoch in diese Nachbarschaftsstreitigkeiten mit ihrem üblen Clochemerle-Beigeschmack zu verfallen. Die Journalisten bauschten ihren Zank mit Vergnügen auf, und sie ließen es zu, denn im Grunde amüsierten sie sich köstlich darüber.

Man sagt mir, dass Lafite auch heute noch meinen Stempel trägt. In einem Zimmer im Obergeschoss steht die hübsch gerahmte Photographie eines jungen Mannes mit einem dichten Backenbart, das die Widmung trägt: »Für die beste und zärtlichste aller Mütter. In inniger Liebe und Ergebenheit, ihr Sohn Salomon. 29. Oktober 1859«. In einem Salon im Erdgeschoss findet sich auf dem Schreibtisch, an dem Bismarck 1871 saß und schrieb, ja, sogar den Vertrag von Frankfurt unterzeichnete, eine kleine Reproduktion meines Ingres. Links davon Charlottes Bild, gemalt von Ary Scheffer. Und auf dem Federkasten das schwarz umrandete Briefpapier mit meinem Wappen aus der Zeit meiner Witwenschaft. Heute dient dieses Papier, von dem immer noch ein ausreichender Vorrat vorhanden ist, dazu, dem Kellermeister Anweisungen zu geben.

James war eines der ersten Mitglieder des Jockeyclubs, in einer Zeit, in der die Qualität des Gestüts wichtiger war als die Länge der Adelslinie. Aber Alphonse musste drei Anläufe machen, bis er zugelassen wurde. David wurde Anfang

1980 zum Mitglied gewählt, was für einigen Wirbel sorgte. Es hatte etwas Symbolisches: Nach einem Jahrhundert ohne uns drang wieder ein Rothschild und Jude in diesen Kreis Gleichgesinnter vor, deren gesamte Existenz, vom ersten bis zum letzten Atemzug, darauf ausgerichtet war, vom Lärm der Welt und dem unruhigen Strom des öffentlichen Lebens geschützt ein Leben zwischen Hof und Garten zu führen.

Wenige große Adelsfamilien dieses Landes können sicher sein, dass in ihren Adern kein Rothschild-Blut fließt. Der Ausdruck, mit all seinen biologistischen Anklängen, flößt mir Abscheu ein, aber er drückt gut aus, worum es geht. Gelegentlich kamen Genealogen zu Guy, um mit ihm zu plaudern, und er wies sie mit einer Mischung aus Bewunderung und Erstaunen auf ein dickes Buch hin, das den Titel »Das Blut der Rothschilds« trägt. Liliane, Élias Frau, erklärte zu Recht, dass es gewissermaßen zwischen den Zeilen ein Telefonbuch des französischen Adels sei. Hieß es nicht, dass an den ältesten Fürstengeschlechtern Siziliens genau diese Hinterlassenschaft am anziehendsten war, dieses gewisse Etwas, das auf Friedrich II. zurückging, wie ein leichter Wind aus Schwaben?

Ich glaube heute zu wissen, was von uns in uns fortbesteht. Ein Name, Wertbegriffe, Zuversicht. Der leuchtende Schatten unseres früheren Erfolgs, der Mythos unserer Macht, die Wirklichkeit einer Legende, Gebäude, die atmeten, Sammlungen, die noch lebendig waren, und die unendliche Dankbarkeit der französischen Museen.

Etwas mehr als schöne Überreste, aber viel weniger als das, was einst unseren Ruhm ausgemacht hat.

Doch was macht das, denn unser Name hält sich gut. Die Rothschilds sind immer noch da, Brüder und Cousins, fast alle in Eintracht verbunden. Eine Finanzdynastie, die zu Beginn des 19. Jahrhunderts entstand, ist noch aktiv, es gibt sie noch, sie ist die einzige jüdische Adelsfamilie in Europa, wenn diese Dinge zu Beginn des 21. Jahrhunderts überhaupt noch eine Bedeutung haben.

Es entspricht dem Geist der Rothschilds, Vergnügen daran zu finden, dass man ein Rothschild ist, auch wenn die Mittel nicht mehr dieselben sind wie früher. Es bedeutet, wie früher zugleich im Leben und außerhalb des Lebens zu stehen. Es bedeutet, unternehmerisch zu sein und nach vorn zu blicken. Ein untätiger Rothschild ist ein toter Rothschild. Doch der Narzissmus und der Hochmut der Dynastie wird am besten von den Frauen gepflegt, vor allem denen, die nicht mit diesem Namen geboren sind und dazu neigen, sich auf ihre Teilnahme etwas mehr zugute zu halten als die anderen.

Was haben sie von ihren Vorfahren, die heutigen Rothschilds? Die Vorsicht und die Besonnenheit, die diskrete Abwicklung geschäftlicher Unternehmungen, eine Mischung aus Professionalität und Zurückhaltung, den Willen, sich zu integrieren und darum nicht auf antisemitische Provokationen zu reagieren, das Verantwortungsgefühl gegenüber unserer Gemeinschaft, die absolute Loyalität gegenüber allen Familienmitgliedern. Und über allem die Familie selbst. Die Adelsgeschlechter sind besessen von der Vorstellung, dass ihr Haus nach ihnen womöglich nicht mehr existiert. Ihre Oberhäupter erschrecken bei dem Gedanken, die Letzten in einer sehr alten Linie zu sein, diejenigen, die den Schluss bilden und die Kette unterbrechen. Der Zusammenhalt der

Geschwister, der bei uns gepflegt wird, bewahrt uns vor einer solchen Sorge: Noch ist der Tag nicht gekommen, an dem man einen Baron als »den letzten Rothschild« präsentieren könnte.

Es gibt eine so ausgeprägte Portraittradition bei den Rothschilds, dass man, um das Territorium der Familie im Gedächtnis besser abzustecken, mehrere Kopien meines Ingres' anfertigen ließ, manche davon im Miniaturformat. Eines von ihnen, gemalt von Paul Flandrin, dem Bruder Hippolytes, befindet sich in einem Museum in Israel. In meinem Testament ist festgelegt, dass sie von meinen Nachkommen weitergegeben werden müssen. Ich ließ das Gemälde selbst von Disdéri fotografieren, um daraus eine Visitenkarte zu drucken. Gibt es eine liebevollere Gedächtnisstütze als ein Bild, wenn man seinen Kindern und Kindeskindern ein Gefühl für ihre Abstammung geben möchte? Sogar an unseren Wänden hängen Ingres' Epigonen. Eigenartig, wie ein Jahrhundert später auch Gérome und Balthus seinem Einfluss unterlagen, als sie »ihre« Baronin de Rothschild gemalt haben.

Monsieur Auguste bahnt sich seinen Weg durch die emsigen Möbelpacker. Er will sich verabschieden, nicht von mir, denn er weiß, dass er mich bald an anderen Wänden der Familie wiedersehen wird, sondern von meiner Gegenwart in diesem Haus. Einhundertundzwanzig Jahre sind seit meinem irdischen Tod vergangen. Man dürfte sich schon bei weniger erschöpft fühlen. Ich habe einen Raub durchlitten, einen Brand, einen Bombenangriff und, schlimmer noch, eine allmählich nachlassende Geneigtheit gegenüber Ingres' Malerei, eine gewisse Gleichgültigkeit gegenüber seinem Genie.

Die Aussicht ist alles andere als erfreulich, denn mit dem Tod als Kontrapunkt wird jeder Augenblick zu einer Gnade.

Hätte ich doch die Charakterstärke, mich jede Sekunde zu betrachten, meinen Körper wie mein Herz. Solange man sich in der Blüte seiner Jahre fühlt, ist es schwer, sich das Altern vorzustellen. Gewiss, meine Situation ist ein wenig anders, denn die Patina der Zeit prägt die Blicke, die man auf mich richten wird. Aber eine Frau muss sich mit all ihren Altersstufen verbunden fühlen, zumal eine Frau, die zu einem Kunstwerk wurde.

Glücklicherweise trocknet der Blick schneller als die Farbe. Wer möchte nicht beim Sterben von Rosenblättern weinen? Trotz des Spleens und der Melancholie oder wohl eher dieser namenlosen Sehnsucht, die so stark nach dem drängt, was nicht bei uns ist, sind meine letzten Worte nicht vom Kummer und den Erinnerungen an eine verlorene Zeit durchtränkt. Wir werden nie wieder die sein, die wir einst waren, so ist es nun einmal.

Danksagung

Für Liliane de Rothschild, in herzlicher Erinnerung

Neben den ausführlich konsultierten Briefen und Dokumenten des Rothschild-Archivs in London waren mir die im Folgenden genannten Bücher (so verfügbar, wurde die deutsche Ausgabe angegeben) hilfreich:

Duchesse d'Abrantès, *Mémoires*

Marie d'Agoult, *Mémoires, souvenirs et journaux* (Édition de Charles Dupêchez), Mercure de France, 2007

Erich Achterberg, *Frankfurter Bankherren*, Knapp Verlag, 1956

Mme Ancelot, *Un salon de Paris 1824–1864*, Dentu, 1866; dies: *Anthologie bilingue de la poésie allemande*, hg. von Jean-Pierre Lefebvre, Gallimard, Bibliothèque de la Pléiade, 1933

Comte d'Antioche, *Changarnier*, Plon, 1891

Louis Aragon, *Henri Matisse. Roman*, Gallimard, Quarto, 1998

Daniel Arasse, *Meine Begegnungen mit Leonardo, Raffael & Co.*, Dumont Verlag, 2007

Ders., *Histoires de peintures*, Denoël, 2004

Paul Arnsberg, *Die Geschichte der Frankfurter Juden seit der Französischen Revolution*, 3 Bände, Eduard Roether Verlag 1983
William G. Atwood, *The Parisian World of Frédéric Chopin*, Yale University Press, 1999
Philippe Alexandre und Béatrix de l'Aulnoit, *Le Roi Carême*, Albin Michel, 2003
Rodolphe Apponyi, *Vingt-cinq ans à Paris (1826–1850)*, 4 Bände, 1914
Valérie Bajou, *Monsieur Ingres*, Adam Biro, 1999
Victor de Balabine, *Journal*, Émile-Paul, 1914
Honoré de Balzac, *Correspondance* (5 Bände.), *Lettres à l'étrangère*; *La femme abandonnée*; *L'enfant maudit*; *Un homme d'affaires* ; *Lettres à Mme Hanska*, *La maison Nucingen* (Édition d'Anne-Marie Meininger), Folio, 1989; (dt. Ausgaben in: Honoré de Balzac: *Die menschliche Komödie*. Hg. Von Ernst Sander, 12 Bände, Goldmann Verlag, 1971–77)
Constance Battersea, *Reminiscences*, Mac Millan, 1922
Vicomte de Beaumont-Vassy, *Les salons de Paris et la scoiété parisienne sous Louis-Philippe*, 1866
Charles Blanc, *Ingres, sa vie et ses ouvrages*, 1870
Jean Bouvier, *Les Rothschild. Histoire d'un capitalisme familial*, Complexe, 1922
Boyer d'Agen, *Ingres d'après une correspondance inédite*, Dragon, 1909
Marquis de Breteuil, *Journal secret, 1886–1889*, Mercure de France, 2007
J. G. Bulliot, *Le général Changarnier*, Autun, 1877
Antonin Carême, *Le cuisinier parisien ou L'art de la cuisine française au dix-neuvième siècle*, Firmin Didot, 1828

Andrew Carrington Shelton, *Ingres' Portraits*, 1999; ders.: *Ingres and his Critics*, 2005
Jean des Cars, *La princesse Mathilde*, 2006
Jean Cassou (Hrsg.), *Le pillage par les Allemands des œuvres d'art et des bibliothèques appartenant à des Juifs en France*, Édition du Centre, 1947
Gilles de Chaudenay, *Physiologie du Jockey-Club*, Éditions mondiales, 1958
Frédéric Chopin, *Correspondance 1810–1849*, La revue musicale/Richard-Masse, 1981
Egon César, *Comte Corti, La maison Rothschild*, Payot, 1929
Virginia Cowles, *The Rothschilds. A Family of Fortune*, Weidenfeld and Nicolson, 1973
Henri Delaborde, *Ingres, sa vie, ses travaux, sa doctrine, d'après les notes manuscrites et les lettres du maître*, 1870
Benjamin Disraeli, *Letters*, University of Toronto Press, 2004
J. H. Donnard, *Qui est Nucingen?*, AB, 1960
Pascale Dubus, *Qu'est-ce qu'un portrait?*, L'insolite, 2006
Amos Elon, *Der erste Rothschild. Biographie eines Frankfurter Juden*. Deutsch von Matthias Fienbork, Rowohlt TB, 1999
Léo Ewals, *Ary Scheffer*, Paris-Musées, 1966
Jules Favre, *Gouvernement de la défense nationale* (entrevue de Ferrières), Plon 1876
Hector Feliciano, *Le musée disparu. Enquête sur le pillage des œuvres d'art en France par les nazis*, Austral, 1995
Niall Ferguson, *The World's Banker. The History of the House of Rothschild, Weidenfeld and Nicolson*, 1998 (dt.: *Die Geschichte der Rotschilds. Propheten des Geldes*, Aus dem Englischen von Irmela Arnsperger und Boike Rehbein, 2 Bände, DVA, 2002)

Ernest Feydeau, *Mémoire d'un coulissier*, Librairie nouvelle, 1873
Théophile Gautier, *L'atelier de M. Ingres en 1848*, in: L'Événement, 2. August 1848
Louis de Geoffroy, *Vénus Aphrodite. Portrait de Mme de R. par M. Ingres*, in: La Revue des Deux Mondes, 1. August 1948
Bertrand Gille, *Histoire de la maison Rothschild*, Droz, 1965
Amaury Duval, *L'atelier d'Ingres*, 1878, Kritische Neuausgabe Arthena, 1993
Edmond und Jules de Goncourt, *Journal. Scènes de la vie littéraire*, Laffont, 1989
Élisabeth de Gramont, *Au temps des équipages. Mémoires I*, Grasset, 1929
Cyril Grange, *La haute société juive. Dans les cercles et clubs parisiens de la fin du XIX siècle à 1914*, in: Élites et sociabilité en France, Perrin, 2003
Heinrich Heine, *Lutetia I*, in: Gesammelte Werke, hg. von G. Karpeles/K. A. Buchheim, Bd.: Französische Zustände, Nabu Press, 2010
Ders., *Briefe in einem Band*, hg. von Fritz Mende, Aufbau Verlag, 1994
Georg Heuberger (Hg.) *Die Rothschilds. Eine europäische Familie*, Thorbecke Verlag, 1994
Rachel Heuberger und Helga Krohn, *Hinaus aus dem Ghetto … Juden in Frankfurt am Main 1800–1950*, 1988
Gabrielle Houbre, (Hg.), *Le livre des courtisanes. Archives secretes de la police des moeurs*, Tallandier, 2007

Thomas Carr Howe Jr., *Salt Mines and Castles: The Discovery and Restitution of Looted European Arts*, Bobbs Merrill, 1946
Victor Klemperer, *LTI. Notizen eines Philologen*, Reclam, 2007
Isabelle Le Masne de Chermont und Didier Schulman, *Le pillage de l'art en France pendant l'occupation et la situation des 2000 oeuvres confiées aux musées nationaux*, La Documentation française, 2000
Iris Lautenbach (Hg.), *Bürokratie* und *Kult. Das Parteizentrum der NSDAP am Königsplatz in München. Geschichte* und *Rezeption*, Deutscher Kunstverlag, 1995
Isidore Loeb, *Biographie d'Albert Cohn*, Durlacher, 1878
Herbert Lottman, *La dynastie Rothschild*, Seuil, 1995
Anne Martin-Fugier, *La vie élégante ou la formation du Tout-Paris 1815–1848*, Fayard 1990
Éric Mension-Rigau, *Aristocrates et grands bourgeois*, Plon, 1994
Fürstin Pauline Metternich, *Souvenirs 1859–1871*, Plon, 1935
Eugène de Mirecourt, *Rothschild*, Havard, 1859
Paul Morand, *Vie de Guy de Maupassant*, Flammarion, 1952
Frédéric Morton, *The Rothschilds. A Family Portrait*, Atheneum 1962
Lynn H. Nicholas, *Le pillage de l'Europe. Les œuvres d'art volées par les nazis*, Seuil, 1995
Ernst Pawel, *Der Dichter stirbt. Heinrich Heines letzten Jahre in Paris*. Berlin Verlag, 1997
Mgr Perraud, *Èloge funèbre du général Changarnier*, Autun, 1877
Duc de Persigny, *Mémoires*, Plon, 1896

Christine Piette, *Les Juifs de Paris (1808–1840). La marche vers l'assimiliation*, Presse de l'université Laval, 1983

Michel Pinçon und Monique Pinçon-Charlot, *Les Rothschild. Une famille bien ordonée*, La dispute, 1998

S. S. Prawer, *Heine, the Tragic Satirist*, Cambridge, 1961

Marcel Proust, *Auf der Suche nach der verlorenen Zeit.* Ins Deutsche übertragen von Eva Rechel-Mertens, Suhrkamp, 2009

M. E. Ravage, *Grandeur et décadence de la Maison Rothschild*, Albin Michel, 1931

Cyril Ray, *The Story of Château Lafite-Rothschild*, Peter Davies, 1968

Michel Rayssac, *L'exode des musées. Histoire des oeuvres d'art sous l'occupation*, Payot, 2007

Aillen Ribeiro, *Ingres in fashion. Representations of Dress and Appearance in Ingres' Image of Women*, 1999

Guy de Rothschild, *Geld ist nicht alles* (deutsch von Herrmann Stiehl), Albrecht Knaus Verlag, 1984

Henri de Rothschild, *La lignée française de la famille de Rothschild*, Porto, 1943

Fréderic Rouvillois, *Histoire de la politesse de 1789 à nos jours*, Flammarion, 2006

Robert Rosenblum, *Jean-Dominique Ingres*, Édition Cerce d'art, 1968

Satan, *Rothschild I, roi des juifs*, Paris 1846

Laura S. Schor, *The Life and Legacy of Baroness Betty de Rothschild*, Peter Lang, 2006

Elisabeth Simpson (Hg.), *The Spoils of War. WW II and his Aftermath. The loss, Reappearence and Property of Cultural Property*, Harry Abrams, 1997

Gary Tinterow und Philip Conisbee (Hg.), *Portraits of Ingres. Image of an Epoch*, The Metropolitan Museum of Art, 1996

Jospeh Valynseele und Henri-Claude Mars, *Le sang de Rothschild*, L'Intermédiaire des chercheurs et curieux, 2004

Jean-Claude Yon, *Jacques Offenbach*, Gallimard 2000

Alexandre Weill, *Les grandes Juives*, Dentu, o. J.

Jan-Christoph Hauschild und Michael Werner, *Heinrich Heine*, dtv-Portrait, 2002

In großer Dankbarkeit für Guy de Rothschild, Élie de Rothschild, David de Rothschild, Éric de Rothschild, Nathalie Reims, Mélanie Aspey, Claire Iafrate, Henri Loyrette und José Alvarez.

Inhalt

1 Rue Laffitte 13

2 Rue Saint-Florentin 65

3 Auf Schloss Ferrières 145

4 Im Schloss Neuschwanstein 199

5 Im Louvre 253

6 Hôtel Lambert 295

Danksagung 311

Amitav Ghosh

Der neue Roman vom Autor des Weltbestsellers *Der Glaspalast*

Wie ein großer Vogel gleitet das stolze Segelschiff den Ganges hinauf. Diti, die auf den Feldern am Flussufer für Englands Opiumhandel schuftet, kann sich die Vision nicht erklären. Hat das Schicksal ihr ein Zeichen gesandt? Sie flieht nach Kalkutta, wo die Ibis, ein ehemaliges Sklavenschiff, bereits auf sie wartet. Mit den anderen Passagieren hat die junge Frau nur eines gemeinsam: Sie alle müssen Indien und ihr bisheriges Leben für immer hinter sich lassen.

978-3-453-40597-4

»Ein erstaunliches Panorama bewegender Schicksale.«
Frankfurter Allgemeine Zeitung

Leseprobe unter: **www.heyne.de**

HEYNE